独立思考，个性书写，充分表达，
拥有独属于自己的风格和调性。

科　幻
硬阅读
DEEP READ
献给那些聪明的头脑
和有趣的灵魂

第3季

忘却的航程
FORGOTTEN JOURNEY

刘慈欣 野火 等 著

北京理工大学出版社
BEIJING INSTITUTE OF TECHNOLOGY PRESS

科幻硬阅读

—— 献给那些聪明的头脑和有趣的灵魂

独立思考，个性书写，充分表达，拥有独属于自己的风格和调性——郑重向喜欢阅读和思考的读者，推出一套虽然烧脑，但能让神经更粗壮大条的作品："科幻硬阅读"系列图书。

科幻不是目的，思考才是根本。有趣的灵魂诗意栖居大地。理性使其无惑，感性助其丰盈，个性使其独特，青春致其张扬，而奔向星辰大海、诗与远方的冲动，则为灵魂刻下一抹深沉隽永……

所以这套书里除了"烧脑"科幻，兼或还会有其他一些提神醒脑类作品，希望它们能给读者朋友带来一丝极致的阅读体验——极致的思考或震撼、极致的美丽与忧愁、极致的愉悦和放松……不求完美，但求在某方面达到极致——极致，便是"硬阅读"的注脚。

但这种"硬"绝不应该是艰深晦涩，故作深沉！

好看的作品通常都是柔软而流动的，如水、亦似爱人或者时光，默默陪伴，于悄无声息间渗透血脉、融入心魂，让我们在一条注定是一去不返的人生路上，逐渐、逐渐，获得一分坚强和硬度！

愿所有可爱而有趣的灵魂，脚踩大地，仰望星辰，追逐梦想。

—— 小威

目 录

赡养人类

刘慈欣／作品

他们在银盆下烧起火来，用的是百元钞票，

大家轮流将一张张钞票放进火里……

当烧到一百三十五万时，水开了。

业务就是业务，无关其他。这是滑膛所遵循的原则，但这一次，客户却让他感到了困惑。

首先客户的委托方式不对，他要与自己面谈，在这个行业中，这可是件很稀奇的事。三年前，滑膛听教官不止一次地说过，他们与客户的关系，应该是前额与后脑勺的关系，永世不得见面，这当然是为了双方的利益考虑。见面的地点更令滑膛吃惊，是在这座大城市中最豪华的五星级酒店里最豪华的总统大厅，那可是世界上最不适合委托这种业务的地方。据对方透露，这次委托加工的工件有三个，这倒无所谓，再多些他也不在乎。

服务生拉开了总统大厅镶金的大门，滑膛在走进去前，不为人察觉地把手向夹克里探了一下，轻轻拉开了左腋下枪套的按扣。其实这没有必要，没人会在这种地方对他干太意外的事。

大厅金碧辉煌，仿佛是与外面现实毫无关系的另一个世界，巨型水晶吊灯就是这个世界的太阳，猩红色的地毯就是这个世界的草原。这里初看很空旷，但滑膛还是很快发现了人，他们围在大厅一角的两扇落地窗前，撩开厚重的窗帘向外面的天空看，滑膛扫了一眼，立刻数出竟有十三个人。客户是他们而不是他，也出乎滑膛的预料，教官说过，客户与他们还像情人关系——尽管可能有多个，但每次只能与他们中的一人接触。

滑膛知道他们在看什么：哥哥飞船又移到南半球上空了，现在可以清晰地看到。上帝文明离开地球已经三年了，那次来自宇宙的大规模造访，使人类对外星文明的心理承受能力增强了许多，况且，上帝文明有铺天盖地的两万多艘飞船，而这次到来的哥哥飞船只有一艘。它的形状也没有上帝文明的飞船那么奇特，只是一个两头圆的柱体，像是宇宙中的一粒感冒胶囊。

看到滑膛进来，那十三个人都离开窗子，回到了大厅中央的大圆桌旁。滑膛认出了他们中的大部分，立刻感觉这间华丽的大厅变得寒碜了。这些人中最引人注目的是朱汉杨，他的华软集团的"东方3000"操作系统正在全球范围内取代老朽的 Windows。其他的人，也都在福布斯财富 500 排行的前 50 内，这些人每年的收益，可能相当于一个中等国家的 GDP，滑膛处于一个小型版的全球财富论坛中。

这些人与齿哥是绝对不一样的，滑堂暗想，齿哥是一夜的富豪，他们则是三代修成的贵族。虽然真正的时间远没有那么长，但他们确实是贵族，财富在他们这里已转化成内敛的高贵。就像朱汉杨手上的那枚钻戒，纤细精致，在他修长的手指上若隐若现，只是偶尔闪一下温润的柔光，但它的价值，也许能买几十个齿哥手指上那颗核桃大小金光四射的玩意儿。

但现在，这十三名高贵的财界精英聚在这里，却是要雇职业杀手杀人，而且要杀三个人。据首次联系的人说，这还只是第一批。

其实滑膛并没有去注意那枚钻戒，他看的是朱汉杨手上的那三张照片，那显然就是委托加工的工件了。朱汉杨起身越过圆桌，将三张照片推到他面前。扫了一眼后，滑膛又有微微的挫折感。教官曾说过，对于自己开展业务的地区，要预先熟悉那些有可能被委托加工的工件，至少在这个大城市，滑膛做到了。但照片上这三个人，滑膛是绝对不认识的。这三张照片显然是用长焦距镜头拍的，上面的脸孔蓬头垢面，与眼前这群高贵的人简直不是一个物种。细看后才发现，其中有一个是女性，还很年轻，与其他两人相比她要整洁些，头发虽然落着尘土，但细心地梳过。她的眼神很特别，滑膛很注意人的眼神，他这个专业的人都这样，他平时看到的眼神分为两类：充满欲望焦虑的和麻木的，但这双眼睛充满少见的平静。滑膛的心微微动了一下，但转瞬即逝，像一缕随风飘散的轻雾。

"这桩业务，是社会财富液化委员会委托给你的，这里是委员会的全体常委，我是委员会的主席。"朱汉杨说。

社会财富液化委员会？奇怪的名字，滑膛只明白了它是一个由顶级富豪构成的组织，并没有去思考其名称的含义，他知道这是属于那类如果没有提示不可能想象出其真实含义的名称。

"他们的地址都在背面写着，不太固定，只是一个大概范围，你得去找，应该不难找到的。钱已经汇到你的账户上，先核实一下吧。"朱汉杨说，滑膛抬头看看他，发现他的眼神并不高贵，属于充满焦虑的那一类，但令他微微惊奇的是，其中的欲望已经无影无踪了。

滑膛拿出手机，查询了账户，数清了那串数字后面零的个数后，他冷冷地说："第一，不用这么多，按我的出价付就可以；第二，预付一半，完工后付清。"

"就这样吧。"朱汉杨不以为然地说。

滑膛按了一阵手机后说："已经把多余款项退回去了，您核实一下吧，先生。我们也有自己的职业准则。"

"其实现在做这种业务的很多，我们看重的就是您的这种敬业和荣誉感。" 许雪萍说，这女人的笑很动人，她是远源集团的总裁，远源是电力市场完全放开后诞生的亚洲最大的能源开发实体。

"这是第一批，请做得利索些。"海上石油巨头薛桐说。

"快冷却还是慢冷却？"滑膛问，同时加了一句，"需要的话我可以解释。"

"我们懂，这些无所谓，你看着做吧。"朱汉杨回答。

"验收方式？录像还是实物样本？"

"都不需要，你做完就行，我们自己验收。"

"我想就这些了吧？"

"是，您可以走了。"

滑膛走出酒店，看到巨厦间狭窄的天空中，哥哥飞船正在缓缓移过。飞船的体积大了许多，运行的速度也更快了，显然降低了轨道高度。它光滑的表面涌现着绚丽的花纹，那花纹在不断地缓缓变化，看久了对人有一种催眠作用。其实飞船表面什么都没有，只是一层全反射镜面，人们看到的花纹，只是地球变形的映像。滑膛觉得它像一块纯银，觉得它很美，他喜欢银，不喜欢金，银很静，很冷。

三年前，上帝文明在离去时告诉人类，他们共创造了六个地球，现在还有四个存在，都在距地球两百光年的范围内。上帝敦促地球人类全力发展技术，必须先去消灭那三个兄弟，免得他们来消灭自己。但这信息来得晚了。

那三个遥远地球世界中的一个：第一地球，在上帝船队走后不久就来到了太阳系，他们的飞船泊入地球轨道。他们的文明历史比太阳系人类长两倍，所以这个地球上的人类应该叫他们哥哥。

滑膛拿出手机，又看了一下账户中的金额，齿哥，我现在的钱和你一样多了，但总还是觉得少点什么，而你，总好像是认为自己已经得到了一切，所做的就是竭力避免它们失去……滑膛摇摇头，想把头脑中的影子甩掉，这时候想起齿哥，不吉利。

齿哥得名，源自他从不离身的一把锯，那锯薄而柔软，但极其锋利，锯柄是坚硬的海柳做的，有着美丽的浮世绘风格的花纹。他总是将锯像腰带似的绕在腰上，没事儿时取下来，拿一把提琴弓在锯背上划动，借助于锯身不同宽度产生的音差，加上将锯身适当地弯曲，居然能奏出音乐来，乐声飘忽不定，音色忧郁而阴森，像一个幽灵的呜咽。这把利锯的其他用途滑膛当然听说过，但只有一次看到过齿哥以第二种方式使用它。那是在一间旧仓库中的一场豪赌，一个叫半头砖的二老大输了个精光，连他父母的房子都输掉了，眼红得冒血，要把自己的两只胳膊押上翻本。齿哥手中玩着骰子对他微笑了一下，说胳膊不能押的，来日方长啊，没了手，以后咱们兄弟不就没法玩了吗？押腿吧。于是，半头砖就把两条腿押上了。他再次输光后，齿哥当场就用那条锯把他的两条小腿齐膝锯了下来。滑膛清楚地记得利锯划过肌腱和骨骼时的声音，当时齿哥一脚踩着半头砖的脖子，所以他的惨叫声发不出来，宽阔阴冷的大仓库中只回荡着锯条拉过骨肉的声音，像欢快的歌唱，在锯到膝盖的不同部分时呈现出丰富的音色层次，雪白雪白的骨末撒在鲜红的血泊上，形成的构图呈现出一种妖艳的美。滑膛当时被这种美震撼了，他身上的每一个细胞都加入了锯和血肉的歌唱，这他妈的才叫生活！那天是他十八岁生日，绝好的成年礼。完事后，齿哥把心爱的锯擦了擦缠回腰间，指着已被抬走的半头砖和两条断腿留下的血迹说：告诉砖儿，后半辈子我养活他。

滑膛虽年轻，也是自幼随齿哥打天下的元老之一，见血的差事每月都有。当齿哥终于在血腥的社会阴沟里完成了原始积累，由黑道转向白道时，一直跟追着他的人都被封了副董事长、副总裁之类的头衔，唯有滑膛只落得给齿哥当保镖。但知情的人都明白，这种信任非同小可。齿哥是个非常小心的人，这可能是出于他干爹的命运。齿哥的干爹也是非常小心的，用齿哥的话说恨不得把自己用一块铁包起来。许多年的平安无事后，那次干爹乘飞机，带了两个最可靠的保镖，在一排座位上他坐在两个保镖中间。在珠海降落后，空姐发现这排座上的三个人没有起身，坐在那里若有所思的样子，接着发现他们的血已淌过十多排座位。有许多根极细的长钢针从后排座位透过靠背穿过来，两个保镖每人的心脏都穿过三根；至于干爹，足足被十四根钢针穿透，像一个被精心钉牢的蝴蝶标本。这十四肯定是有说头的，也许暗示着他不合规则吞下的一千四百万，也许是复仇者十四年的等待……与干爹一样，齿哥出道的征途，使整个社会对于他，除了暗刃的森林，就是陷阱的沼泽，他实际上是将自己的命交到了滑膛手上。

但很快，滑膛的地位就受到了老克的威胁。老克是俄罗斯人，那时，在富人们中有一个时髦的做法：聘请前克格勃人员做保镖，有这样一位保镖，与拥有一个影视明星情人一样值得炫耀。齿哥周围的人叫不惯那个绕口的俄罗斯名，就叫这人克格勃，时间一长就叫老克了。其实老克与克格勃没什么关系，真正的前克格勃机构中，大部分人不过是坐办公室的文职人员，即使是那些处于秘密战最前沿的，对安全保卫也都是外行。老克是苏共中央警卫局的保卫人员，曾是葛罗米柯的警卫之一，是这个领域货真价实的精英，而齿哥以相当于公司副董事长的高薪聘请他，完全不是为了炫耀，真的是出于对自身安全的考虑。老克一出现，立刻显出了他与普通保镖的不同。这之前那些富豪的保镖们，在饭桌上比他们的雇主还能吃能喝，还喜欢在主人谈生意时乱插嘴，但真正出现危险情况时，他们要么像街头打群架那样胡来，要么溜得比主人还快。而老克，不论是在宴席上还是谈判时，都静静地站在齿哥身后，他那魁梧的身躯像一堵厚实坚稳的墙，随时准备挡开一切威胁。老克并没有机会遇到威胁他保护对象的危险情况，但他的敬业和专业使人们都相信，一旦那种情况出现时，他将是绝对称职的。虽然与别的保镖相比，滑膛更敬业一些，也没有那些坏毛病，但他从老克的身上看到了自己的差距。过了好长时间他才知道，老克不分昼夜地戴着墨镜，并非是扮酷而是为了掩藏自己的视线。

虽然老克的汉语学得很快，但他和包括自己雇主在内的周围人都没什么交往，直到有一天，他突然把滑膛请到自己简朴的房间里，给他和自己倒上一杯伏特加后，用生硬的汉语说："我，想教你说话。"

"说话？"

"说外国话。"

于是，滑膛就跟老克学外国话，几天后他才知道老克教自己的不是俄语，而是英语。滑膛也学得很快，当他们能用英语和汉语交流后，有一天老克对滑膛说："你和别人不一样。"

"这我也感觉到了。"滑膛点点头。

"三十年的职业经验，使我能够从人群中准确地识别出具有那种潜质的人。这种人很稀少，但你就是，看到你第一眼时我就打了个寒战。冷血一下并不难，但冷下去的血再温不起来就很难了，你会成为那一行的精英，可别埋没了自己。"

"我能做什么呢？"

"先去留学。"

齿哥听到老克的建议后，倒是满口答应，并许诺费用的事他完全负责。其实有了老克后，他一直想摆脱滑膛，但公司中又没有空位子了。

于是，在一个冬夜，一架喷气客机载着这个自幼失去父母、从最底层黑社会中成长起来的孩子，飞向遥远的陌生国度。

开着一辆很旧的桑塔纳，滑膛按照片上的地址去踩点。他首先去的是春花广场，没费多少劲儿就找到了照片上的人，那个流浪汉正在垃圾桶里翻找着，然后提着一个鼓鼓的垃圾袋走到一张长椅处。他收获颇丰，一份几乎没怎么动的盒饭，还是菜饭分放的那种大盒；一根只咬了一口的火腿肠，几块基本完好的面包，还有大半瓶可乐。滑膛本以为流浪汉会用手抓着盒饭吃，却看到他从这初夏仍穿着的脏大衣口袋中掏出了一把小铝勺。他慢慢地吃完晚餐，把剩下的东西又扔回垃圾桶中。滑膛四下看看，广场四周的城市华灯初上，他很熟悉这里，但现在忽然觉得有些异样。很快，他弄明白了这个流浪汉轻易填饱肚子的原因。这里原是城市流浪者聚集的地方，但现在他们都不见了，只剩下他的这个目标。他们去哪里了？都被委托"加工"了吗？

滑膛接着找到了第二张照片上的地址。在城市边缘一座交通桥的桥孔下，有一个用废瓦楞和纸箱搭起来的窝棚，里面透出昏黄的灯光。滑膛将窝棚的破门小心地推开一道缝，探进头去，出乎意料，他竟进入了一个色彩斑斓的世界，原来窝棚里挂满了大小不一的油画，形成了另一层墙壁。顺着一团烟雾，滑膛看到了那个流浪画家，他像一头冬眠的熊一般躺在一个破画架下。他的头发很长，穿着一件涂满油彩像长袍般肥大的破 T 恤衫，抽着五毛一盒的玉蝶烟。他的眼睛在自己的作品间游移，目光里充满了惊奇和迷惘，仿佛他才是第一次到这里来的人，他的大部分时光大概都是在这种对自己作品的自恋中度过的。这种穷困潦倒的画家在 20 世纪 90 年代曾有过很多，但现在不多见了。

"没关系，进来吧。"画家说，眼睛仍扫视着那些画，没朝门口看一眼，听他的口气，就像这里是一座帝王宫殿似的。在滑膛走进来之后，他又问："喜欢我的画吗？"

滑膛四下看了看，发现大部分的画只是一堆零乱的色彩，就是随意将油彩泼到画布上都比它们显得有理性。但有几幅画面却很写实，滑膛的目光很快被其中的一幅吸引了：占满整幅画面的是一片干裂的黄土地，从裂缝间伸出几枝干枯的植物，仿佛已经枯死了几个世纪，而在这个世界上，水也似乎从来就没有存在过。在这干旱的土地上，放着一个骷髅头，它也干得发白，表面布满裂纹，但从它的口洞和一只眼窝中，居然长出了两株活生生的绿色植物，它们青翠欲滴，与周围的酷旱和死亡形成鲜明对比，其中一株植物的顶部，还开着一朵娇艳的小花。这个骷髅头的另一只眼窝中，有一只活着的眼睛，清澈的眸子瞪着天空，目光就像画家的眼睛一样，充满惊奇和迷惘。

"我喜欢这幅。"滑膛指指那幅画说。

"这是《贫瘠》系列之二，你买吗？"

"多少钱？"

"看着给吧。"

滑膛掏出皮夹，将里面所有的百元钞票都取出来递给画家，但后者只从中抽了两张。

"只值这么多，画是你的了。"

滑膛发动了车子，然后拿起第三张照片看上面的地址，旋即将车熄了火，因为这个地方就在桥旁边，是这座城市最大的一个垃圾场。滑膛取出望远镜，透过挡风玻璃从垃圾场上那一群拾荒者中寻找着目标。

这座大都市中靠垃圾为生的拾荒者有三十万人，已形成了一个阶层，而他们内部也有鲜明的等级。最高等级的拾荒者能够进入高尚别墅区，在那里如艺术雕塑般精致的垃圾桶中，每天都能拾到只穿用过一次的新衬衣、袜子和床单，这些东西在这里是一次性用品；垃圾桶中还常常出现只有轻微损坏的高档皮鞋和腰带，以及只抽了三分之一的哈瓦纳雪茄和只吃了一角的高级巧克力……但进入这里捡垃圾要重金贿赂社区保安，所以能来的只是少数人，他们是拾荒者中的贵族。拾荒者的中间阶层都集中在城市中众多的垃圾中转站里，那是城市垃圾的第一次集中地，在那里，垃圾中最值钱的部分：废旧电器、金属、完整的纸制品、废弃的医疗器械、过期药品等，都被拣拾得差不多了。那里也不是随便就能进去的，每个垃圾中转站都是某个垃圾把头控制的地盘，其他拾荒者擅自进入，轻则被暴打一顿赶走，重者可能丢了命。经过中转站被送往城市外面的大型堆放和填埋场的垃圾已经没有多少"营养"了，但靠它生存的人数量最多，他们是拾荒者中的最底层，就是滑膛现在看到的这些人。留给这些最底层拾荒者的，都是不值钱又回收困难的碎塑料、碎纸等，再就是垃圾中的腐烂食品，可以以每公斤一分钱的价格卖给附近农民当猪饲料。在不远处，大都市如一块璀璨的巨大宝石闪烁着，它的光芒传到这里，给恶臭的垃圾山镀上了一层变幻的光晕。其实，就是从拾到的东西中，拾荒者们也能感受到那不远处大都市的奢华：在他们收集到的腐烂食品中，常常能依稀认出只吃了四条腿的烤乳猪、只动了一筷子的石斑鱼、完整的鸡……最近整只乌骨鸡多了起来，这源自一道刚时兴的名叫乌鸡白玉的菜，这道菜是把豆腐放进乌骨鸡的肚子里炖出来的，真正的菜就是那几片豆腐，鸡虽然美味，但只是包装，如果不知道吃了，就如同吃粽子连芦苇叶一起吃一样，会成为有品位的食客的笑柄……

这时，当天最后一趟运垃圾的环卫车来了，当自卸车厢倾斜着升起时，一群拾荒者迎着山崩似的垃圾冲上来，很快在飞扬尘土中与垃圾山融为一体。这些人似乎完成了新的进化，垃圾山的恶臭、毒菌和灰尘似乎对他们都不产生影响，当然，这是只看到他们如何生存而没见到他们如何死亡的普通人产生的印象，正像普通人平时见不到虫子和老鼠的尸体，因而也不关心它们如何死去一样。事实上，这个大垃圾场多次发现拾荒者的尸体，他们静悄悄地死在这里，然后被新的垃圾掩埋了。

在场边一盏泛光灯昏暗的光晕中，拾荒者们只是灰尘中一堆模糊的影子，但滑膛还是很快在他们中发现了自己寻找的目标。这么快找到她，滑膛除了借助自己锐利的目光外，还有一个原因：与春花广场上的流浪者一样，今天垃圾场上的拾荒者人数明显减少了，这是为什么？

滑膛在望远镜中观察着目标，她初看上去与其他的拾荒者没有太大区别，腰间束着一根绳子，手里拿着大编织袋和顶端装着耙勺的长杆。只是她看上去比别人瘦弱，挤不到前面去，只能在其他拾荒者的圈外捡拾着，她翻找的，已经是垃圾中的垃圾了。

滑膛放下望远镜，沉思片刻，轻轻摇摇头。世界上最离奇的事正在他的眼前发生：一个城市流浪者，一个穷得居无定所的画家，加上一个靠捡垃圾为生的女孩子，这三个世界上最贫穷、最弱势的人，有可能在什么地方威胁到那些处于世界财富之巅的超级财阀们呢？这种威胁甚至于迫使他们雇用杀手置之于死地？！

后座上放着那幅《贫瘠》系列之二，骷髅头上的那只眼睛在黑暗中凝视着滑膛，令他如芒刺在背。

垃圾场那边发出了一阵惊叫声，滑膛看到，车外的世界笼罩在一片蓝光中，蓝光来自东方地平线，那里，一轮蓝太阳正在快速升起，那是运行到南半球的哥哥飞船。飞船一般是不发光的，晚上，自身反射的阳光使它看上去像一轮小月亮，但有时它也会突然发出照亮整个世界的蓝光，这总是令人们陷入莫名的恐惧之中。这一次，飞船发出的光比以往都亮，可能是轨道更低的缘故。蓝太阳从城市后面升起，使高楼群的影子一直拖到这里，像一群巨人的手臂，但随着飞船的快速上升，影子渐渐缩回去了。

在哥哥飞船的光芒中，垃圾场上那个拾荒女孩能看得更清楚了。滑膛再次举起望远镜，证实了自己刚才的观察。就是她，她蹲在那里，编织袋放在膝头，仰望的眼睛里有一丝惊恐，但更多的还是他在照片上看到的平静。滑膛的心又动了一下，但像上次一样，这触动转瞬即逝，他知道这涟漪来自心灵深处的某个地方，为再次失去它而懊悔。

飞船很快划过长空，在西方地平线落下，在西天留下了一片诡异的蓝色晚霞，然后，一切又没入昏暗的夜色，远方的城市之光又灿烂起来。滑膛的思想又回到那个谜上：世界最富有的十三个人要杀死最穷的三个人，这不是一般的荒唐，这真是对他的想象力最大的挑战。但思路没走多远就猛地刹住，滑膛自责地拍了一下方向

盘，他突然想到自己已经违反了这个行业的最高精神准则，校长的
那句话浮现在他的脑海中，这是行业的座右铭：

　　瞄准谁，与枪无关。

　　到现在，滑膛也不知道他是在哪个国家留学的，更不知道那所
学校的确切位置。他只知道飞机降落的第一站是莫斯科，那里有人
接他，那人的英语没有一点儿俄国口音，他被要求戴上一副不透明
的墨镜，伪装成一个盲人，以后的旅程都是在黑暗中度过了。又坐
了三个多小时的飞机，再坐一天的汽车，才到达学校，这时是否还
在俄罗斯境内，滑膛真的说不准了。学校地处深山，围在高墙中，
学生在毕业之前绝对不准外出。被允许摘下眼镜后，滑膛发现学校
的建筑明显地分为两大类，一类是灰色的，外形毫无特点；另一类
的色彩和形状都很奇特。他很快知道，后一类建筑实际上是一堆巨
型积木，可以组合成各种形状，以模拟变化万千的射击环境。整所
学校，基本上就是一个设施精良的大靶场。

　　开学典礼是全体学生唯一的一次集合，他们的人数刚过四百。
校长一头银发，一副令人肃然起敬的古典学者风度，他讲了如下一
番话：

　　"同学们，在以后的四年中，你们将学习一个我们永远不会讲
出其名称的行业所需的专业知识和技能，这是人类最古老的行业之
一，同样会有光辉的未来。从小处讲，它能够为作出最后选择的客

户解决只有我们才能解决的问题；从大处讲，它能够改变历史。

"曾有不同的政治组织出高价委托我们训练游击队员，我们拒绝了，我们只培养独立的专业人员，是的，独立，除钱以外独立于一切。从今以后，你们要把自己当成一支枪，你们的责任，就是实现枪的功能，在这个过程中展现枪的美感，至于瞄准谁，与枪无关。A持枪射击B，B又夺过同一支枪射击A，枪应该对这每一次射击一视同仁，都以最高的质量完成操作，这是我们最基本的职业道德。"

在开学典礼上，滑膛还学会了几个最常用的术语：该行业的基本操作叫加工，操作的对象叫工件，死亡叫冷却。

学校分L、M和S三个专业，分别代表长、中、短三种距离。

L专业是最神秘的，学费高昂，学生人数很少，且基本不和其他专业的人交往，滑膛的教官也劝他们离L专业的人远些："他们是行业中的贵族，是最有可能改变历史的人。"L专业的知识博大精深，他们的学生使用的狙击步枪价值几十万美元，装配起来有两米多长。L专业的加工距离均超过一千米，据说最长可达三千米！一千五百米以上的加工操作是一项复杂的工程，其中的前期工作之一就是，沿射程按一定间距放置一系列的"风铃"，这是一种精巧的微型测风仪，它可将监测值以无线发回，显示在射手的眼镜显示器上，以便他（她）掌握射程不同阶段的风速和风向。

M专业的加工距离在十米至三百米之间，是最传统的专业，学生也最多，他们一般使用普通制式步枪；M专业的应用面最广，但也是平淡和缺少传奇的。

滑膛学的是 S 专业，加工距离在十米以下，对武器要求最低，一般使用手枪，甚至还可能使用冷兵器。在三个专业中，S 专业无疑是最危险的，但也是最浪漫的。校长就是这个专业的大师，亲自为 S 专业授课，他首先开的课程竟然是 —— 英语文学。

"你们首先要明白 S 专业的价值。"看着迷惑的学生们，校长庄重地说，"在 L 和 M 专业中，工件与加工者是不见面的，工件都是在不知情的状态下被加工并冷却的。这对他们当然是一种幸运，但对客户却不是。相当一部分客户，需要让工件在冷却之前得知他们被谁、为什么委托加工的，这就要由我们来告知工件。这时，我们已经不是自己，而是客户的化身。我们要把客户传达的最后信息向工件庄严完美地表达出来，让工件在冷却前受到最大的心灵震慑和煎熬，这就是 S 专业的浪漫和美感之所在，工件冷却前那恐惧绝望的眼神，将是我们工作最大的精神享受。但要做到这些，就需要我们具有相当的表达能力和文学素养。"

于是，滑膛学了一年的文学。他读《荷马史诗》，背莎士比亚，读了很多的经典和现代名著。滑膛感觉这一年是自己留学生涯中最有收获的一年，因为后面学的那些东西他以前多少都知道一些，以后迟早也能学到，但深入地接触文学，这是他唯一的机会。通过文学，他重新发现了人，惊叹人原来是那么一种精致而复杂的东西。以前杀人，在他的感觉中只是打碎盛着红色液体的粗糙陶罐；现在惊喜地发现，自己击碎的原来是精美绝伦的玉器，这更增加了他杀戮的快感。

接下来的课程是人体解剖学。与其他两个专业相比，S专业的另一大优势是可以控制被加工后的工件冷却到环境温度的时间，术语叫快冷却和慢冷却。很多客户是要求慢冷却的，冷却的过程还要录像，以供他们珍藏和欣赏。当然这需要很高的技术和丰富的经验，人体解剖学当然也是不可缺少的知识。

然后，真正的专业课才开始。

垃圾场上拾荒的人渐渐走散，只剩下包括目标在内的几个人。滑膛当即决定，今晚就把这个工件加工了。按行业惯例，一般在勘察时是不动手的，但也有例外，合适的加工时机会稍纵即逝。

滑膛将车开离桥下，经过一阵颠簸后，在垃圾场边的一条小路旁停下。滑膛观察到这是拾荒者离开垃圾场的必经之路，这里很黑，只能隐约看到荒草在夜风中摇曳的影子，是很合适的加工地点，他决定在这里等着工件。

滑膛抽出枪，轻轻放在驾驶台上。这是一支外形粗陋的左轮，7.6毫米口径，可以用大黑星[①]的子弹，按其形状，他叫它大鼻子，是没有牌子的私造枪，他从西双版纳的一个黑市上花三千元买到的。枪虽然外形丑陋，但材料很好，且各个部件的结构都加工正确，最大的缺陷就是最难加工的膛线没有做出来，枪管内壁光光的。滑膛有机会得到名牌好枪的。他初做保镖时，齿哥给他配了一支三十二发

---

① 大黑星：54手枪，通体黑色，枪握把手上有颗五角星，因此又被称为大黑星。

的短乌齐，后来，又将一支七七式当作生日礼物送给他，但那两支枪都被他压到箱子底，从来没带过，他只喜欢大鼻子。现在，它在城市的光晕中冷冷地闪亮，将滑膛的思绪又带回了学校的岁月。

专业课开课的第一天，校长要求每个学生展示自己的武器。当滑膛将大鼻子放到那一排精致的高级手枪中时，很是不好意思。但校长却拿起它把玩着，由衷地赞赏道："好东西。"

"连膛线都没有，消音器也拧不上。"一名学生不屑地说。

"S专业对准确性和射程要求最低，膛线并不重要；消音器嘛，垫个小枕头不就行了？孩子，别让自己变得匠气了。在大师手中，这把枪能产生出你们这堆昂贵的玩意儿产生不了的艺术效果。"

校长说得对，由于没有膛线，大鼻子射出的子弹在飞行时会翻跟头，在空气中发出正常子弹所没有的令人恐惧的尖啸，在射入工件后仍会持续旋转，像一枚锋利的旋转刀片，切碎沿途的一切。

"我们以后就叫你滑膛吧！"校长将枪递还给滑膛时说，"好好掌握它，孩子，看来你得学飞刀了。"滑膛立刻明白了校长的话：专业飞刀是握着刀尖出刀的，这样才能在旋转中产生更大的穿刺动量，这就需要在到达目标时刀尖正好旋转到前方。校长希望滑膛像掌握飞刀那样掌握大鼻子射出的子弹！这样，就可以使子弹在工件上的创口产生丰富多彩的变化。经过长达两年的苦练，消耗了近三万发子弹，滑膛竟真的练成了这种在学校最优秀的射击教官看来都不可能实现的技巧。

滑膛的留学经历与大鼻子是分不开的。在第四学年，他认识了同专业的一个名叫火的女生，她的名字也许来自那头红发。这里当然不可能知道她的国籍，滑膛猜测她可能来自西欧。这里不多的女生，几乎个个都是天生的神枪手，但火的枪打得很糟，匕首根本不会用，真不知道她以前是靠什么吃饭。但在一次勒杀课程中，她从自己手上那枚精致的戒指中抽出一根肉眼看不见的细线，熟练地套到用作教具的山羊脖子上，那根如利刃般的细线竟将山羊的头齐齐地切了下来。据火介绍，这是一根纳米丝，这种超高强度的材料未来可能被用来建造太空电梯。

火对滑膛没什么真爱可言，那种东西也不可能在这里出现。她同时还与外系一个名叫黑冰狼的北欧男生交往，并在滑膛和黑冰狼之间像斗蛐蛐似的反复挑逗，企图引起一场流血争斗，以便为枯燥的学习生活带来一点儿消遣。她很快成功了，两个男人决定以俄罗斯轮盘赌的形式决斗。这天深夜，全班同学将靶场上的巨型积木摆放成罗马斗兽场的形状，决斗就在斗兽场中央进行，使用的武器就是大鼻子。火当裁判，她优雅地将一颗子弹塞进大鼻子的空弹仓，然后握住枪管，将弹仓在她那如常春藤般的玉臂上来回滚动了十几次，然后，两个男人谦让了一番，火微笑着将大鼻子递给滑膛。滑膛缓缓举起枪，当冰凉的枪口触到太阳穴时，一种前所未有的空虚和孤独向他袭来，他感到无形的寒风吹透了世界万物，漆黑的宇宙中只有自己的心是热的。一横心，他连扣了五下扳机，击锤点了五下头，弹仓转动了五下，枪没响。咔咔咔咔咔，这五声清脆的金属声敲响了黑冰狼的丧钟。全班同学欢呼起来，火更是快活得流出了眼泪，对着滑膛高呼她是他的了。这中间笑得最轻松的是黑冰狼，他对滑膛点点头，由衷地说："东方人，这是自柯尔特①以来最精彩的赌局了。"然后他转向火，"没关系亲爱的，人生于我，一场豪赌而已。"说完他抓起大鼻子对准自己的太阳穴，一声有力的闷响，血花和碎骨片溅得很潇洒。

之后不久滑膛就毕业了，他又戴上那副来时戴的眼镜离开了这所没有名称的学校，回到了他长大的地方。他再也没有听到过学校的一丝消息，仿佛它从来就没有存在过似的。

回到外部世界后，滑膛才听说世界上发生的一件大事：上帝文明来了，要接受他们培植的人类的赡养，但在地球的生活并不如意，他们只待了一年多时间就离去了，那两万多艘飞船已经消失在茫茫宇宙中。

回来后刚下飞机，滑膛就接到了一桩加工业务。

齿哥热情地欢迎滑膛归来，摆上了豪华的接风宴，滑膛要求和齿哥单独待在宴席上，他说自己有好多心里话要说。其他人离开后，滑膛对齿哥说：

"我是在您身边长大的，从内心里，我一直没把您当大哥，而是当成亲父亲。您说，我应当去干所学的这个专业吗？就一句话，我听您的。"

---

① 柯尔特：柯尔特转轮手枪。

齿哥亲切地抚着滑膛的肩膀说："只要你喜欢，就干嘛。我看得出来你是喜欢的，别管白道黑道，都是道儿嘛。有出息的人，哪股道上都能出息。"

"好，我听您的。"

滑膛说完，抽出手枪对着齿哥的肚子就是一枪，飞旋的子弹以恰到好处的角度划开一道横贯齿哥腹部的大口子，然后穿进地板中。齿哥透过烟雾看着滑膛，眼中的震惊只是一掠而过，随之而来的是恍然大悟后的麻木，他对着滑膛笑了一下，点点头。

"已经出息了，小子。"齿哥吐着血沫说完，软软地倒在地上。

滑膛接的这桩业务是一小时慢冷却，但不录像，客户信得过他。滑膛倒上一杯酒，冷静地看着地上血泊中的齿哥，后者慢慢地整理着自己流出的肠子，像码麻将那样，然后塞回肚子里，滑溜溜的肠子很快又流出来，齿哥就再整理好将其塞回去……当这工作进行到第十二遍时，他咽了气，这时距枪响正好一小时。

滑膛说把齿哥当成亲父亲是真心话。在他五岁时的一个雨天，输红了眼的父亲逼着母亲把家里全部的存折都拿出来，母亲不从，便被父亲殴打致死，滑膛因阻拦也被打断鼻梁骨和一条胳膊，随后父亲便消失在雨中。后来滑膛多方查找也没有消息，如果找到，他也会让其享受一次慢冷却的。

事后，滑膛听说老克将自己的全部薪金都退给齿哥的家人，返回了俄罗斯。他走前说：送滑膛去留学那天，他就知道齿哥会死在他手里。齿哥的一生是刀尖上走过来的,却不懂得一个纯正的杀手是什么样的人。

垃圾场上的拾荒者一个接一个离开了,只剩下目标一人还在那里埋头刨找着。她力气小,垃圾来时抢不到好位置,只能借助更长时间的劳作来弥补了。这样,滑膛就没有必要等在这里了,于是他拿起大鼻子塞到夹克口袋中下了车,径直朝垃圾中的目标走去。他脚下的垃圾软软的,还有一股温热,他仿佛踏在一只巨兽的身上。当距目标四五米时,滑膛抽出了握枪的手……

这时,一阵蓝光从东方射过来,哥哥飞船已绕地球一周,又转到了南半球,仍发着光。这突然升起的蓝太阳同时吸引了两人的目光,他们都盯着蓝太阳看了一会儿,然后互相看了对方一眼,当两人的目光相遇时,滑膛发生了一名职业杀手绝对不会发生的事:手中的枪差点滑落了,震撼令他一时感觉不到手中枪的存在,他几乎失声叫出:

果儿——

但滑膛知道她不是果儿,十四年前,果儿就在他面前痛苦地死去了。但果儿在他心中一直活着,一直在成长,他常在梦中见到已经长成大姑娘的果儿,就是眼前她这样儿。

齿哥早年一直在做着他永远不会对后人提起的买卖:他从人贩子手中买下一批残疾儿童,将他们放到城市中去乞讨,那时,人们的同情心还没有疲劳,这些孩子收益颇丰,齿哥就是借此完成了自己的原始积累。

一次，滑膛跟着齿哥去一个人贩子那里接收新的一批残疾孩子。他们到了那个旧仓库后，看到有五个孩子，其中四个是先天性畸形，但另一个小女孩儿却是完全正常的。那女孩儿就是果儿，她当时六岁，长得很可爱，大眼睛水灵灵的，同旁边的畸形儿形成鲜明对比。她当时就用这双后来滑膛一想起就心碎的大眼睛看看这个看看那个，全然不知等待着自己的是怎样的命运。

"这些就是了。"人贩子指指那四个畸形儿说。

"不是说好五个吗？"齿哥问。

"车厢里闷，有一个在路上完了。"

"那这个呢？"齿哥指指果儿。

"这不是卖给你的。"

"我要了，就按这些的价儿。"齿哥用一种不容商量的语气说。

"可……她好端端的，你怎么拿她挣钱？"

"死心眼，加工一下不就得了？"

齿哥说着，解下腰间的利锯，朝果儿滑嫩的小腿上划了一下，划出了一道贯穿小腿的长口子，血在果儿的惨叫声中涌了出来。

"给她裹裹，止住血，但别上消炎药，要烂开才好。"齿哥对滑膛说。

于是，滑膛给果儿包扎伤口，血浸透了好几层纱布，直流得果儿脸色惨白。滑膛背着齿哥，还是给果儿吃了些利菌沙和抗菌优之类的消炎药，但是没有用，果儿的伤口还是发炎了。

两天以后，齿哥就打发果儿上街乞讨。果儿可爱而虚弱的小样儿，她的伤腿，都立刻产生了超出齿哥预期的效果，头一天就挣了三千多块。以后的一个星期里，果儿挣的钱每天都不少于两千块，最多的一次，一对外国夫妇一下子就给了四百美元。但果儿每天得到的只是一盒发馊的盒饭，这倒也不全是由于齿哥吝啬，他要的就是孩子挨饿的样子。滑膛只能在暗中给她些吃的。

一天傍晚，他上果儿乞讨的地方去接她回去，小女孩儿伏在他耳边悄悄地说："哥，我的腿不疼了呢。"一副高兴的样子。在滑膛的记忆中，这是他除母亲惨死外唯一的一次流泪，果儿的腿是不疼了，那是因为神经都已经坏死，整条腿都发黑了，她已经发了两天的高烧。滑膛再也不顾齿哥的禁令，抱着果儿去了医院，医生说已经晚了，孩子血液中毒。第二天深夜，果儿在高烧中去了。

从此以后，滑膛的血变冷了，而且像老克说的那样，再也没有温起来。杀人成了他的一项嗜好，比吸毒更上瘾，他热衷于打碎那一个个叫作人的精致器皿，看着它们盛装的红色液体流出来，冷却到与环境相同的温度。这才是它们的真相，以前那些红色液体里的热度，都是伪装。

完全是下意识地，滑膛以最高的分辨率真切地记下了果儿小腿上那道长伤口的形状，后来在齿哥腹部划出的那一道，就是它准确的拷贝。

拾荒女站起身，背起那个对她显得太大的编织袋慢慢走去。她显然并非因滑膛的到来而走，她没注意到他手里拿的是什么，也不会想到这个穿着体面的人的到来与自己有什么关系，她只是该走了。哥哥飞船在西天落下，滑膛一动不动地站在垃圾中，看着她的身影消失在短暂的蓝色黄昏里。

滑膛把枪插回枪套，拿出手机拨通了朱汉杨的电话："我想见你们，有事要问。"

"明天九点，老地方。"朱汉杨简洁地回答，好像早就料到了这一切。

走进总统大厅，滑膛发现社会财富液化委员会的十三个常委都在，他们将严肃的目光聚焦在他身上。

"请提你的问题。"朱汉杨说。

"为什么要杀这三个人？"滑膛问。

"你违反了自己行业的职业道德。"朱汉杨用一把精致的雪茄剪切开一支雪茄的头部，不动声色地说。

"是的，我会让自己付出代价的，但必须清楚原因，否则这桩业务无法进行。"

朱汉杨用一根长火柴转着圈点着雪茄，缓缓地点点头，"现在我不得不认为，你只接针对有产阶级的业务。这样看来，你并不是一个真正的职业杀手，只是一个进行狭隘阶级报复的凶手，一个警方正在全力搜捕的、三年内杀了四十一个人的杀人狂，你的职业声望将从此一泻千里。"

"你现在就可以报警。"滑膛平静地说。

"这桩业务是不是涉及了您的某些个人经历？"许雪萍问。

滑膛不得不佩服她的洞察力，他没有回答，默认了。

"因为那个女人？"

滑膛沉默着，对话已超出了合适的范围。

"好吧，"朱汉杨缓缓吐出一口白烟，"这桩业务很重要，我们在短时间内也找不到更合适的人，只能答应你的条件，告诉你原因，一个你做梦都想不到的原因。我们这些社会上最富有的人，却要杀掉社会上最贫穷、最弱势的人，这使我们现在在你的眼中成了不可理喻的变态恶魔，在说明原因之前，我们首先要纠正你的这个印象。"

"我对黑与白不感兴趣。"

"可事实已证明不是这样，好，跟我们来吧。"朱汉杨将只抽了一口的整支雪茄扔下，起身向外走去。

滑膛同社会财富液化委员会的全体常委一起走出酒店。

这时，天空中又出现了异常，大街上的人们都在紧张地抬头仰望。哥哥飞船正从低轨道上掠过，由于初升太阳的照射，它在晴朗的天空中显得格外清晰。飞船沿着运行的轨迹，撒下一颗颗银亮的星星，那些星星等距离排列，已在飞船后面形成了一条穿过整个天空的长线，而哥哥飞船本身的长度已经明显缩短了，它释放出星星的一头变得参差不齐，像折断的木棒。滑膛早就从新闻中得知，哥哥飞船是由上千艘子船构成的巨大组合体，现在，这个组合体显然正在分裂为子船船队。

"大家注意了！"朱汉杨挥手对常委们大声说，"你们都看到了，事态正在发展，时间可能不多了，我们工作的步伐要加快，各小组立刻分头到自己分管的液化区域，继续昨天的工作。"

说完，他和许雪萍上了一辆车，并招呼滑膛也上去。滑膛这才发现，酒店外面等着的，不是这些富豪平时乘坐的豪华车，而是一排五十铃客货车。"为了多拉些东西。"许雪萍看出了滑膛的疑惑，对他解释说。滑膛看看后面的车厢，里面整齐地装满了一模一样的黑色小手提箱，那些小箱子看上去相当精致，估计有上百个。

没有司机，朱汉杨亲自开车驶上了大街。车很快拐入一条林荫道，然后放慢了速度。滑膛发现，原来朱汉杨在跟着路边的一个行人慢开，那人是个流浪汉，这个时代流浪汉的衣着不一定褴褛，但还是一眼就能看出来。流浪汉的腰上挂着一个塑料袋，每走一步，袋里的东西就叮咣响一下。

滑膛知道，昨天他看到的那个流浪者和拾荒者大量减少的谜底就要揭开了，但他不相信朱汉杨和许雪萍敢在这个地方杀人，他们多半是先将目标骗上车，然后带到什么地方除掉。按他们的身份，用不着亲自干这种事，也许只是为了向滑膛示范？滑膛不打算干涉他们，但也绝不会帮他们，他只管合同内的业务。

流浪汉显然没觉察到这辆车的慢行与自己有什么关系，直到许雪萍叫住了他。

"你好！"许雪萍摇下车窗说，流浪汉站住，转头看着她，脸上覆盖着这个阶层的人那种厚厚的麻木，"有地方住吗？"许雪萍微笑着问。

"夏天哪儿都能住。"流浪汉说。

"冬天呢？"

"暖气道，有的厕所也挺暖和。"

"你这样过了多长时间了？"

"记不清了，反正征地费花完后就进了城，以后就这样了。"

"想不想在城里有套三室一厅的房子，有个家？"

流浪汉麻木地看着女富豪，没听懂她的话。

"识字吗？"许雪萍问，流浪汉点头后，她向前一指，"看那边——"那里有一幅巨大的广告牌，在上面，青翠绿地上点缀着乳白色的楼群，像一处世外桃源，"那是一个商品房广告。"流浪汉扭头看看广告牌，又看看许雪萍，显然不知道那与自己有什么关系，"好，现在你从我车上拿一个箱子。"

流浪汉走到车厢处拎了一只小提箱走过来，许雪萍指着箱子对他说："这里面是一百万元人民币，用其中的五十万你就可以买一套那样的房子，剩下的留着过日子吧。当然，如果你花不了，也可以像我们这样把一部分送给更穷的人。"

流浪汉眼珠转转，拎着箱子仍面无表情，对于被愚弄，他很漠然。

"打开看看。"

流浪汉用黑乎乎的手笨拙地打开箱子，刚开一条缝就啪的一声合上了，他脸上那冰冻三尺的麻木终于被击碎，一脸震惊，像见了鬼。

"有身份证吗？"朱汉杨问。

流浪汉下意识地点点头，同时把箱子拎得尽量离自己远些，仿佛那是一颗炸弹。

"去银行存了，用起来方便一些。"

"你们……要我干啥？"流浪汉问。

"只要你答应一件事：外星人就要来了，如果他们问起你，你就说自己有这么多钱。就这一个要求，你能保证做到吗？"

流浪汉点点头。

许雪萍走下车，冲流浪汉深深鞠躬，"谢谢。"

"谢谢。"朱汉杨也在车里说。

最令滑膛震惊的是，他们表达谢意时看上去是真诚的。

车开了，将刚刚诞生的百万富翁丢在后面。前行不远，车在一个转弯处停下了，滑膛看到路边蹲着三个找活儿的外来装修工，他们每人的工具只是一把三角形的小铁铲，外加地上摆着的一个小硬纸板，上书"刮家"。那三个人看到停在面前的车立刻起身跑过来，问："老板有活儿吗？"

朱汉杨摇摇头，"没有。最近生意好吗？"

"哪有啥生意啊，现在都用喷上去的新涂料，就是一通电就能当暖气的那种，没有刮家的了。"

"你们从哪儿来？"

"河南。"

"一个村儿的？哦，村里穷吗？有多少户人家？"

"山里的，五十多户。哪儿能不穷呢，天旱，老板你信不信啊，浇地是拎着壶朝苗根儿上一根根地浇呢。"

"那就别种地了……你们有银行账户吗？"

三人都摇摇头。

"那又是只好拿现金了，挺重，辛苦你们了……从车上拿十只箱子下来。"

"十几只啊？"装修工们从车上拿箱子，堆放到路边，其中的一个问，对朱汉杨刚才的话，他们谁都没有去细想，更没在意。

"十多只吧，无所谓，你们看着拿。"

很快，十五只箱子堆在地上，朱汉杨指着这堆箱子说："每只箱子里面装着一百万元，共一千五百万，回家去，给全村分了吧。"

一名装修工对朱汉杨笑笑，好像是在赞赏他的幽默感；另一名蹲下去打开了一只箱子，同另外两人一起看了看里面，然后他们一起露出同刚才那名流浪汉一样的表情。

"东西挺重的，去雇辆车回河南，如果你们中有会开车的，买一辆更方便些。"许雪萍说。

三名装修工呆呆地看着面前这两个人，不知他们是天使还是魔鬼。很自然地，一名装修工问出了刚才流浪汉的问题："让我们干什么？"

回答也一样："只要你们答应一件事：外星人就要来了，如果他们问起你们，你们就说自己有这么多钱。就这一个要求，你们能保证做到吗？"

三个穷人点点头。

"谢谢。" "谢谢。"两位超级富豪又真诚地鞠躬致谢，然后上车走了，留下那三个人茫然地站在那堆箱子旁。

"你一定在想，他们会不会把钱独吞了。"朱汉杨扶着方向盘对滑膛说，"开始也许会，但他们很快就会把多余的钱分给穷人的，就像我们这样。"

滑膛沉默着，面对眼前的怪异和疯狂，他觉得沉默是最好的选择，现在，理智能告诉他的只有一点：世界将发生根本的变化。

"停车！"许雪萍喊道，然后对在一个垃圾桶旁搜寻易拉罐和可乐瓶的小脏孩儿喊，"孩子，过来！"孩子跑了过来，同时把他拾到的半编织袋瓶罐也背过来，好像怕丢了似的，"从车上拿一只箱子。"孩子拿了一只，"打开看看。"孩子打开看了，很吃惊，但没到刚才那四个成年人那种程度。"是什么？"许雪萍问。

"钱。"孩子抬起头看着她说。

"一百万块钱，拿回去给你的爸爸妈妈吧。"

"这么说真有这事儿？"孩子扭头看看仍装着许多箱子的车厢，眨眨眼说。

"什么事？"

"送钱啊，说有人在到处送大钱，像扔废纸似的。"

"但你要答应一件事，这钱才是你的：外星人就要来了，如果他们问起你，你就说自己有这么多钱，你确实有这么多钱，行吗？

就这一个要求，你能保证做到吗？"

"能！"

"那就拿着钱回家吧，孩子，以后世界上不会有贫穷了。"朱汉杨说着，启动了汽车。

"也不会有富裕了。"许雪萍说，神色黯然。

"你应该振作起来，事情是很糟，但我们有责任阻止它变得更糟。"朱汉杨说。

"你真觉得这种游戏有意义吗？"

朱汉杨猛地刹住了刚开动的车，在方向盘上方挥着双手喊道："有意义！当然有意义！！难道你想在后半生像那些人一样穷吗？你想挨饿和流浪吗？"

"我甚至连活下去的兴趣都没有了。"

"使命感会支撑你活下去，这些黑暗的日子里我就是这么过来的，我们的财富给了我们这种使命。"

"财富怎么了？我们没偷没抢，挣的每一分钱都是干净的！我们的财富推动了社会前进，社会应该感谢我们！"

"这话你对哥哥文明说吧。"朱汉杨说完走下车，对着长空长出了一口气。

"你现在看到了，我们不是杀穷人的变态凶手。"朱汉杨对跟着走下车的滑膛说，"相反，我们正在把自己的财富散发给最贫穷的人,就像刚才那样。在这座城市里,在许多其他的城市里,在国家一级贫困地区,我们公司的员工都在这样做。他们带着集团公司的全部资产:上千亿的支票、信用卡和存折,一卡车一卡车的现金,去消除贫困。"

这时,滑膛注意到了空中的景象:一条由一颗颗银色星星连成的银线横贯长空,哥哥飞船联合体完成了解体,一千多艘子飞船变成了地球的一条银色星环。

"地球被包围了。"朱汉杨说,"这每颗星星都有地球上的航空母舰那么大,一艘单独的子船上的武器,就足以毁灭整个地球。"

"昨天夜里,它们毁灭了澳大利亚。" 许雪萍说。

"毁灭?怎么毁灭?"滑膛看着天空问。

"一种射线从太空扫描了整个澳洲大陆,射线能够穿透建筑物和掩体,人和大型哺乳动物都在一小时内死去,昆虫和植物安然无恙,城市中,连橱窗里的瓷器都没有打碎。"

滑膛看了许雪萍一眼,又继续看着天空,对于这种恐惧,他的承受力要强于一般人。

"一种力量的显示,之所以选中澳大利亚,是因为它是第一个明确表示拒绝'保留地'方案的国家。"朱汉杨说。

"什么方案?"滑膛问。

"从头说起吧。来到太阳系的哥哥文明其实是一群逃荒者,他们在第一地球无法生存下去，'我们失去了自己的家园。'这是他们的原话。具体原因他们没有说明。他们要占领我们的地球四号，作为自己新的生存空间。至于地球人类，将被全部迁移至人类保留地，这个保留地被确定为澳洲，地球上的其他领土都归哥哥文明所有……这一切在今天晚上的新闻中就要公布了。"

"澳洲？大洋中的一个大岛，地方倒挺合适，澳大利亚的内陆都是沙漠，五十多亿人挤在那块地方很快就会全部饿死的。"

"没那么糟，在澳洲保留地，人类的农业和工业将不再存在，他们不需要从事生产就能活下去。"

"靠什么活？"

"哥哥文明将养活我们，他们将赡养人类，人类所需要的一切生活资料都将由哥哥种族长期提供，所提供的生活资料将由他们平均分配，每个人得到的数量相等，所以，未来的人类社会将是一个绝对不存在贫富差别的社会。"

"可生活资料将按什么标准分配给每个人呢？"

"你一下子就抓住了问题的关键：按照保留地方案，哥哥文明将对地球人类进行全面的社会普查，调查的目的是确定目前人类社会最低的生活标准，哥哥文明将按这个标准配给每个人的生活资料。"

滑膛低头沉思了一会儿，突然笑了起来，"呵，我有些明白了，对所有的事，我都有些明白了。"

"你明白人类文明面临的处境了吧？"

"其实嘛，哥哥的方案对人类还是很公平的。"

"什么？你竟然说公平？！你这个……"许雪萍气急败坏地说。

"他是对的，是很公平。"朱汉杨平静地说，"如果人类社会不存在贫富差距，最低的生活水准与最高的相差不大，那保留地就是人类的乐园了。"

"可现在……"

"现在要做的很简单，就是在哥哥文明的社会普查展开之前，迅速抹平社会财富的鸿沟！"

"这就是所谓的社会财富液化吧？"滑膛问。

"是的，现在的社会财富是固态的，固态就有起伏，像这大街旁的高楼，像那平原上的高山。但当这一切都液化后，一切都变成了大海，海面是平滑的。"

"但像你们刚才那种做法，只会造成一片混乱。"

"是的，我们只是作出一种姿态，显示财富占有者的诚意。真正的财富液化很快就要在全世界展开，它将在各国政府和联合国的统一领导下进行，大扶贫即将开始，那时，富国将把财富向第三世界倾倒，富人将把金钱向穷人抛撒，而这一切，都是完全真诚的。"

"事情可能没那么简单。"滑膛冷笑着说。

"你是什么意思？你个变态的……"许雪萍指着滑膛的鼻子咬

牙切齿地说，朱汉杨立刻制止了她。

"他是个聪明人，他想到了。"朱汉杨朝滑膛偏了一下头说。

"是的，我想到了，有穷人不要你们的钱。"

许雪萍看了滑膛一眼，低头不语了，朱汉杨对滑膛点点头，"是的，他们中有人不要钱。你能想象吗？在垃圾中寻找食物，却拒绝接受一百万元……哦，你想到了。"

"但这种穷人，肯定是极少数。"滑膛说。

"是的，但他们只要占贫困人口十万分之一的比例，就足以形成一个社会阶层，在哥哥那先进的社会调查手段下，他们的生活水准，就会被当作人类最低的生活水准，进而成为哥哥进行保留地分配的标准知道吗？只要十万分之一！"

"那么，现在你们知道的比例有多大？"

"大约千分之一。"

"这些下贱变态的千古罪人！"许雪萍对着天空大骂一声。

"你们委托我杀的就是这些人了。"这时，滑膛也不想再用术语了。

朱汉杨点点头。

滑膛用奇怪的目光看着朱汉杨，突然仰天大笑起来，"哈哈哈……我居然在为人类造福？！"

"你是在为人类造福，你是在拯救人类文明。"

"其实，你们只要用死去威胁，他们还是会接受那些钱的。"

"这不保险！"许雪萍凑近滑膛低声说，"他们都是变态的狂人，是那种被阶级仇恨扭曲的变态，即使拿了钱，也会在哥哥面前声称自己一贫如洗，所以，必须尽快从地球上彻底清除这种人。"

"我明白了。"滑膛点点头说。

"那么你现在的打算呢？我们已经满足了你的要求，说明了原因；当然，钱以后对谁意义都不大了，你对为人类造福肯定也没兴趣。"

"钱对我早就意义不大了，后面那件事从来没想过……不过，我将履行合同。今天零点前完工，请准备验收。"滑膛说完，起步离开。

"有一个问题，"朱汉杨在滑膛后面说，"也许不礼貌，你可以不回答：如果你是穷人，是不是也不会要我们的钱？"

"我不是穷人。"滑膛没有回头说，但走了几步，他还是回过头来，用鹰一般的眼神看着两人，"如果我是，是的，我不会要。"说完，大步走去。

"你为什么不要他们的钱？"滑膛问一号目标，那个上次在广场上看到的流浪汉。现在，他们站在距广场不远处公园的小树林里，有两种光透进树林，一种幽幽的蓝光来自太空中哥哥飞船构成的星环，这片蓝光在林中的地上投下斑驳的光影；另一种是城市的光，从树林外斜照进来，在剧烈地颤动着，变幻着色彩，仿佛表达着对蓝光的恐惧。

流浪汉嘿嘿一笑，"他们在求我，那么多的有钱人在求我，有个女的还流泪呢！我要是要了钱，他们就不会求我了，有钱人求我，很爽的。"

"是，很爽。"滑膛说着，扣动了大鼻子的扳机。

流浪汉是个惯偷，一眼就看出这个叫他到公园里来的人右手拿着的外套里面裹着东西，他一直很好奇那是什么，现在突然看到衣服上亮光一闪，像是里面的什么活物眨了下眼，接着便坠入了永恒的黑暗。

这是一次超速快冷加工，飞速滚动的子弹将工件眉毛以上的部分几乎全切去了，在衣服覆盖下枪声很闷，没人注意到。

垃圾场。滑膛发现，今天拾垃圾的只有她一人了，其他的拾荒者显然都拿到了钱。

在星环的蓝光下，滑膛踏着温软的垃圾向目标大步走去。这之前，他一百次提醒自己，她不是果儿，现在不需要对自己重复了。他的血一直是冷的，不会因一点点少年时代记忆中的火苗就热起来。拾荒女甚至没有注意到来人，滑膛就开了枪。垃圾场上不需要消音，他的枪是露在外面开的，声音很响，枪口的火光像小小的雷电将周围的垃圾山照亮了一瞬间，由于距离远，在空气中翻滚的子弹来得及唱出它的歌，那呜呜的声音像万鬼哭号。

这也是一次超速快冷却，子弹像果汁机中飞旋的刀片，瞬间将目标的心脏切得粉碎，她在倒地之前已经死了。她倒下后，立刻与垃圾融为一体，本来能显示出她存在的鲜血也被垃圾吸收了。

在意识到背后有人的一瞬间，滑膛猛地转身，看到画家站在那里，他的长发在夜风中飘动，浸透了星环的光，像蓝色的火焰。

"他们让你杀了她？"画家问。

"履行合同而已，你认识她？"

"是的，她常来看我的画，她认字不多，但能看懂那些画，而且和你一样喜欢它们。"

"合同里也有你。"

画家平静地点点头，没有丝毫恐惧，"我想到了。"

"只是好奇问问，为什么不要钱？"

"我的画都是描写贫穷与死亡的，如果一夜之间成了百万富翁，我的艺术就死了。"

滑膛点点头，"你的艺术将活下去，我真的很喜欢你的画。"说着他抬起了枪。

"等等，你刚才说是在履行合同，那能和我签一个合同吗？"

滑膛点点头，"当然可以。"

"我自己的死无所谓，为她复仇吧。"画家指指拾荒女倒下的地方。

"让我用我们这个行业的商业语言说明你的意思：你委托我加工一批工件，这些工件曾经委托我加工你们两个工件。"

画家再次点点头，"是这样的。"

滑膛郑重地说："没有问题。"

"可我没有钱。"

滑膛笑笑，"你卖给我的那幅画，价钱真的太低了，它已足够支付这桩业务了。"

"那谢谢你了。"

"别客气，履行合同而已。"

死亡之火再次喷出枪口，子弹翻滚着，呜哇怪叫着穿过空气，穿透了画家的心脏，血从他的胸前和背后喷向空中，他倒下后两三秒钟，这些飞扬的鲜血才像温热的雨洒落下来。

"这没必要。"

声音来自滑膛背后，他猛转身，看到垃圾场的中央站着一个人，一个男人，穿着几乎与滑膛一样的皮夹克，看上去还年轻，相貌平常，双眼映出星环的蓝光。

滑膛手中的枪下垂着，没有对准新来的人，他只是缓缓扣动扳机，大鼻子的击锤懒洋洋地抬到了最高处，处于一触即发的状态。

"是警察吗？"滑膛问，口气很轻松随便。

来人摇摇头。

"那就去报警吧。"

来人站着没动。

"我不会在你背后开枪的，我只加工合同中的工件。"

"我们现在不干涉人类的事。"来人平静地说。

这话像一道闪电击中了滑膛，他的手不由得一松，左轮的击锤落回到原位。他细看来人，在星环的光芒下，无论怎么看，他都是一个普通的人。

"你们，已经下来了？"滑膛问，他的语气中出现了少有的紧张。

"我们早就下来了。"

接着，在第四地球的垃圾场上，来自两个世界的两个人长时间地沉默着。这凝固的空气使滑膛窒息，他想说点什么，这些天的经历，使他下意识地提出了一个问题：

"你们那儿，也有穷人和富人吗？"

第一地球人微笑了一下说："当然有，我就是穷人，"他又指了一下天空中的星环，"他们也是。"

"上面有多少人？"

"如果你是指现在能看到的这些，大约有五十万人，但这只是先遣队，几年后到达的一万艘飞船将带来十亿人。"

"十亿？他们……不会都是穷人吧？"

"他们都是穷人。"

"第一地球上的世界到底有多少人呢？"

"二十亿。"

"一个世界里怎么可能有那么多穷人？"

"一个世界里怎么不可能有那么多是穷人？"

"我觉得，一个世界里的穷人比例不可能太高，否则这个世界就变得不稳定，那富人和中产阶级也过不好了。"

"以目前第四地球所处的阶段，很对。"

"还有不对的时候吗？"

第一地球人低头想了想，说："这样吧，我给你讲讲第一地球上穷人和富人的故事。"

"我很想听。"滑膛把枪插回怀里的枪套。

"两个人类文明十分相似，你们走过的路我们都走过，我们也有过你们现在的时代：社会财富的分配虽然不匀，但维持着某种平衡，穷人和富人都不是太多，人们普遍相信，随着社会的进步，贫富差距将进一步减小，他们憧憬着人人均富的大同时代。但人们很快会发现事情要复杂得多，这种平衡很快就要被打破了。"

"被什么东西打破的？"

"教育。你也知道，在你们目前的时代，教育是社会下层进入上层的唯一途径。如果社会是一个按温度和含盐度分成许多水层的海洋，教育就像一根连通管，将海底水层和海面水层连接起来，使各个水层之间不至于完全隔绝。"

"你接下来可能想说，穷人越来越上不起大学了。"

"是的，高等教育费用日益昂贵，渐渐成了精英子女的特权。但就传统教育而言，即使仅仅是为了市场的考虑，它的价格还是有一定限度的，所以那条连通管虽然已经细若游丝，但还是存在着。可有一天，教育突然发生了根本的变化，一个技术飞跃出现了。"

"是不是可以直接向大脑里灌知识了？"

"是的，但知识的直接注入只是其中的一部分。大脑中将被植入一台超级计算机，它的容量远大于人脑本身，它存储的知识可变为植入者的清晰记忆。但这只是它的一个次要功能，它是一个智力放大器，一个思想放大器，可将人的思维提升到一个新的层次。这时，知识、智力、深刻的思想，甚至完美的心理和性格、艺术审美能力等，都成了商品，都可以买得到。"

"一定很贵。"

"是的，很贵，将你们目前的货币价值做个对比，一个人接受超等教育的费用，与在北京或上海的黄金地段买两到三套一百五十平方米的商品房相当。"

"即使这样，还是有一部分人能支付得起的。"

"是的，但只是一小部分有产阶层，社会海洋中那条连通上下层的管道彻底中断了。完成超等教育的人的智力比普通人高出一个层次，他们与未接受超等教育的人之间的智力差异，就像后者与狗之间的差异一样大。同样的差异还表现在许多其他方面，比如艺术感受能力等。于是，这些超级知识阶层就形成了自己的文化，而其余的人对这种文化完全不可理解，就像狗不理解交响乐一样。超级知识分子可能都精通上百种语言，在某种场合，对某个人，都要按礼节使用相应的语言。在这种情况下，在超级知识阶层看来，他们与普通民众的交流，就像我们与狗的交流一样简陋了……于是，一件事就自然而然地发生了，你是个聪明人，应该能想到。"

"富人和穷人已经不是同一个……同一个……"

"富人和穷人已经不是同一个物种了，就像穷人和狗不是同一个物种一样，穷人不再是人了。"

"哦，那事情可真的变了很多。"

"变了很多，首先，你开始提到的那个维持社会财富平衡、限制穷人数量的因素不存在了。即使狗的数量远多于人，它们也无力制造社会不稳定，只能制造一些需要费神去解决的麻烦。随便杀狗是要受惩罚的，但与杀人毕竟不一样，特别是当狂犬病危及人的安全时，把狗杀光也是可以的。对穷人的同情，关键在于一个同字，当双方相同的物种基础不存在时，同情也就不存在了。这是人类的第二次进化，第一次与猿分开来，靠的是自然选择；这一次与穷人分开来，靠的是另一条同样神圣的法则：私有财产不可侵犯。"

"这法则在我们的世界也很神圣的。"

"在第一地球的世界里，这项法则由一个叫社会机器的系统维持。社会机器是一种强有力的执法系统，它的执法单元遍布世界的每一个角落，有的执法单元只有蚊子大小，但足以在瞬间同时击毙上百人。它们的法则不是你们那个阿西莫夫的三定律，而是第一地球的宪法基本原则：私有财产不可侵犯。它们带来的并不是专制，它们的执法是绝对公正的，并非倾向于有产阶层，如果穷人那点儿可怜的财产受到威胁，他们也会根据宪法去保护的。

在社会机器强有力的保护下，第一地球的财富不断地向少数人集中。而技术发展导致了另一件事，有产阶层不再需要无产阶层了。在你们的世界，富人还是需要穷人的，工厂里总得有工人。但在第一地球，机器已经不需要人来操作了，高效率的机器人可以做一切事情，无产阶层连出卖劳动力的机会都没有了，他们真的一贫如洗。这种情况的出现，完全改变了第一地球的经济实质，大大加快了社会财富向少数人集中的速度。

财富集中的过程十分复杂，我向你说不清楚，但其实质与你们世界的资本运作是相同的。在我曾祖父的时代，第一地球百分之六十的财富掌握在一千万人手中；在爷爷的时代，世界财富的百分之八十掌握在一万人手中；在爸爸的时代，财富的百分之九十掌握在四十二人手中。

在我出生时，第一地球的资本主义达到了顶峰上的顶峰，创造了令人难以置信的资本奇迹：百分之九十九的世界财富掌握在一个人的手中！这个人被称作终产者。

这个世界的其余二十多亿人虽然也有贫富差距，但他们总体拥有的财富只是世界财富总量的百分之一，也就是说，第一地球变成了由一个富人和二十亿个穷人组成的世界，穷人是二十亿，不是我刚才告诉你的十亿，而富人只有一个。这时，私有财产不可侵犯的宪法仍然有效，社会机器仍在忠实地履行着它的职责，保护着那一个富人的私有财产。

想知道终产者拥有什么吗？他拥有整个第一地球！这个行星上所有的大陆和海洋都是他家的客厅和庭院，甚至第一地球的大气层都是他私人的财产。

剩下的二十亿穷人，他们的家庭都住在全封闭的住宅中，这些住宅本身就是一个自给自足的微型生态循环系统，他们用自己拥有的那可怜的一点点水、空气和土壤等资源在这全封闭的小世界中生活着，能从外界索取的，只有不属于终产者的太阳能了。

我的家坐落在一条小河边，周围是绿色的草地，一直延伸到河沿，再延伸到河对岸翠绿的群山脚下，在家里就能听到群鸟鸣叫和鱼儿跃出水面的声音，能看到悠然的鹿群在河边饮水，特别是草地在和风中的波纹最让我陶醉。但这一切不属于我们，我们的家与外界严格隔绝，我们的窗户是密封舷窗，永远都不能开的。要想外出，必须经过一段过渡舱，就像从飞船进入太空一样。事实上，我们的家就像一艘宇宙飞船,不同的是,恶劣的环境不是在外面,而是在里面!我们只能呼吸家庭生态循环系统提供的污浊的空气,喝经千万次循环过滤的水,吃以我们的排泄物为原料合成再生的难以下咽的食物。而与我们仅一墙之隔,就是广阔而富饶的大自然,我们外出时,穿着像一名宇航员,食物和水要自带,甚至自带氧气瓶,因为外面的空气不属于我们,是终产者的财产。

当然,有时也可以奢侈一下,比如在婚礼或节日什么的,这时我们会走出自己全封闭的家,来到第一地球的大自然中,最令人陶醉的是呼吸第一口大自然的空气时,那空气是微甜的,甜得让你流泪。但这是要花钱的,外出之前我们都得吞下一粒药丸大小的空气售货机,这种装置能够监测和统计我们吸入空气的量,我们每呼吸一次,银行账户上的钱就被扣除一点。对于穷人,这真的是一种奢侈,每年也只能有一两次。我们来到外面时,也不敢剧烈活动,甚至不动只是坐着,以控制自己的呼吸量。回家前还要仔细地刮刮鞋底,因为外面的土壤也不属于我们。

现在告诉你我母亲是怎么死的。为了节省开支,她那时已经有三年没有到户外去过一次了,节日也舍不得出去。这天深夜,她竟在梦游中通过过渡门到了户外!她当时做的一定是一个置身于大自然中的梦。当执法单元发现她时,她已经离家有很远的距离了,执法单元也发现了她没有吞下空气售货机,就把她朝家里拖,同时用一只机械手卡住她的脖子,它并没想掐死她,只是不让她呼吸,以保护另一个公民不可侵犯的私有财产——空气。但到家时她已经被掐死了，执法单元放下她的尸体对我们说：她犯了盗窃罪。我们要被罚款，但我们已经没有钱了，于是母亲的遗体就被没收抵账。要知道，对一个穷人家庭来说，一个人的遗体是很宝贵的，占它重量百分之七十的是水啊，还有其他有用的资源。但遗体的价值还不够交纳罚款，社会机器便从我们家抽走了相当数量的空气。

我们家生态循环系统中的空气本来已经严重不足，一直没钱补充，在被抽走一部分后，已经威胁到了内部成员的生存。为了补充失去的空气，生态系统不得不电解一部分水，这个操作使得整个系统的状况急剧恶化。主控电脑发出了警报：如果我们不向系统中及时补充十五升水，系统将在三十小时后崩溃。警报灯的红色光芒迷漫在每个房间。我们曾打算到外面的河里偷些水，但旋即放弃了，因为我们打到水后还来不及走回家，就会被无所不在的执法单元击毙。父亲沉思了一会儿，让我不要担心，先睡觉。虽然处于巨大的恐惧中，但在缺氧的状态下，我还是睡着了。不知过了多长时间，一个机器人推醒了我，它是从与我家对接的一辆资源转换车上进来的，它指着旁边一桶清澈晶莹的水说：这就是你父亲。资源转换车是一种将人体转换成能为家庭生态循环系统所用资源的流动装置，父亲就是在那里将自己体内的水全部提取出来。而这时，就在离我家不到一百米处，那条美丽的河在月光下哗哗地流着。资源转换车从父亲的身体里还提取了其他一些对生态循环系统有用的东西：一盒有机油脂，一瓶钙片，甚至还有硬币那么大的一小片铁。

父亲的水拯救了我家的生态循环系统，我一个人活了下来，一天天长大，五年过去了。在一个秋天的黄昏，我从舷窗望出去，突然发现河边有一个人在跑步，我惊奇是谁这么奢侈，竟舍得在户外这样呼吸？！仔细一看，天啊，竟是终产者！他慢下来，放松地散着步，然后坐在河边的一块石头上，将一只赤脚伸进清澈的河水里。他看上去是一个健壮的中年男人，但实际已经两千多岁了，基因工程技术还可以保证他再活这么长时间，甚至永远活下去。不过在我看来，他真的是一个很普通的人。

又过了两年，我家的生态循环系统的运行状况再次恶化，这样小规模的生态系统，它的寿命肯定是有限的。终于，它完全崩溃了。空气中的含氧量不断减少，在缺氧昏迷之前，我吞下了一枚空气售货机，走出了家门。像每一个家庭生态循环系统崩溃的人一样，我坦然地面对着自己的命运：呼吸完我在银行那可怜的存款，然后被执法机器掐死或击毙。

这时我发现外面的人很多，家庭生态循环系统开始大批量地崩溃了。一台巨大的执法机器悬浮在我们上空，播放着最后的警告：公民们，你们闯入了别人的家里，你们犯了私闯民宅罪，请尽快离开！不然……离开？我们能到哪里去？自己的家中已经没有可供呼吸的空气了。

我与其他人一起，在河边碧绿的草地上尽情地奔跑，让清甜的春风吹过我们苍白的面庞，让生命疯狂地燃烧……

不知过了多长时间，我们突然发现自己银行里的存款早就呼吸完了，但执法单元们并没有采取行动。这时，从悬浮在空中的那个巨型执法单元中传出了终产者的声音：

'各位好，欢迎光临寒舍！有这么多的客人我很高兴，也希望你们在我的院子里玩得愉快，但还是请大家体谅我，你们来的人实在是太多了。现在。全球已有近十亿人因生态循环系统崩溃而走出了自己的家，来到我家，另外那十多亿可能也快来了，你们是擅自闯入，侵犯了我这个公民的居住权和隐私权，社会机器采取行动终止你们的生命是完全合理合法的，如果不是我劝阻了它们那么做，你们早就全部被激光蒸发了。但我确实劝阻了他们，我是个受过多次超等教育的有教养的人，对家里的客人，哪怕是违法闯入者，都是讲礼貌的。但请你们设身处地地为我想想，家里来了二十亿客人，毕竟是稍微多了些，我是个喜欢安静和独处的人，所以还是请你们离开寒舍。我当然知道大家在地球上无处可去，但我为你们，为二十亿人准备了两万艘巨型宇宙飞船，每艘都有一座中等城市大小，能以光速的百分之一航行。上面虽没有完善的生态循环系统，但有足够容纳所有人的生命冷藏舱，足够支持五万年。我们的星系中只有地球这一颗行星，所以你们只好在恒星际间寻找自己新的家园，但相信一定能找到的。宇宙之大，何必非要挤在我这间小小的陋室中呢？你们没有理由恨我，得到这幢住所，我是完全合理合法的。我从一个经营妇女卫生用品的小公司起家，一直做到今天的规模，完全是凭借自己的商业才能，没有做过任何违法的事，所以，社会机器在以前保护了我，以后也会继续保护我，保护我这个守法公民的私有财产，它不会容忍你们的违法行径。所以，还是请大家尽快动身吧，看在同一进化渊源的分儿上，我

会记住你们的，也希望你们记住我，保重吧。'

我们就是这样来到了第四地球，航程延续了三万年，在漫长的星际流浪中，损失了近一半的飞船，有的淹没于星际尘埃中，有的被黑洞吞食……但，总算有一万艘飞船、十亿人到达了这个世界。好了，这就是第一地球的故事，二十亿个穷人和一个富人的故事。"

"如果没有你们的干涉，我们的世界也会重复这个故事吗？"听完了第一地球人的讲述，滑膛问道。

"不知道，也许会也许不会，文明的进程像一个人的命运，变幻莫测的……好，我该走了，我只是一名普通的社会调查员，也在为生计奔忙。"

"我也有事要办。"滑膛说。

"保重，弟弟。"

"保重，哥哥。"

在星环的光芒下，两个世界的两个男人分别向两个方向走去。

滑膛走进了总统大厅，社会财富液化委员会的十三个常委一起转向他。朱汉杨说：

"我们已经验收了，你干得很好，另一半款项已经汇入你的账户，尽管钱很快就没用了……还有一件事想必你已经知道：哥哥文明的社会调查员已君临地球，我们和你做的事都无意义，我们也没有进一步的业务给你了。"

"但我还是揽到了一项业务。"

滑膛说着，掏出手枪，另一只手向前伸着，啪啪啪啪啪啪啪，七颗橙黄的子弹掉在桌面上，与手中大鼻子弹仓中的六颗加起来，正好十三颗。

在十三个富翁脸上，震惊和恐惧都只闪现了很短的时间，接下来的只有平静，这对他们来说，可能意味着解脱。

外面，一群巨大的火流星划破长空，强光穿透厚厚的窗帘，使水晶吊灯黯然失色，大地剧烈震动起来。第一地球的飞船开始进入大气层。

"还没吃饭吧？"许雪萍问滑膛，然后指着桌上的一堆方便面说，"咱们吃了饭再说吧。"

他们把一个用于放置酒和冰块的大银盆用三个水晶烟灰缸支起来，在银盆里加上水。然后，他们在银盆下烧起火来，用的是百元钞票，大家轮流将一张张钞票放进火里，出神地看着黄绿相间的火焰像一个活物般欢快地跳动着。

当烧到一百三十五万时，水开了。

起源

野火／作品

日光照亮了现实，而现实总比人的想象夸张，

那穿越亚空间通道而来的正是人类的故乡，

也是云启与风希的家园——地球。

◆ 1 ◆

　　深空浩瀚，幽邃无边，遥远恒星的辐射穿过延绵星云，洒落在
微尘般的奇迹号上，浮起朦胧的光晕。

　　狭长的舰身状若矛枪，装甲板叠加的边缘线仿佛枪身篆刻的花
纹，串联起一块块圆形舷窗。舷窗隔层屏蔽了有害辐射，却并未妨
碍光子在通道中烙下印记，一个纤细的身影飘落在这片明亮中，影
子沿着宇航常服勾勒出柔顺轮廓，在地面投下朦胧的晕染。

　　女孩个子不高，宇航常服穿在身上有些松垮，皎洁的面容上满
是失落。她身旁悬浮着一架休眠舱，舱门敞开，舱中躺着一名男性
护航战斗员，健壮的身躯已几乎感觉不到生命气息，皮肤也因血液
循环停滞而变得苍白冰冷。

　　扫描射线从上方多功能传感器落下，确认战斗员生命信号为
0.073，未通过生物活体验证。一个男声在通道中响起，语速均衡，

不带任何感情色彩："第9例唤醒试验依旧失败，系统判定所有人类船员丧失自主行为能力。我将封存全部休眠舱，直至发现有效唤醒方法。风希，你是否有异议？"

"没有。"名为风希的女孩摇摇头，顿了一下，又低声问道："我可以向大家道个别吗？"

男声的声调没有任何变化："可以，时限为五分钟。"

风希向前一跃，扶住导引带向旁边的通道飘去，救护舱跟随在她身后一路滑行。几番流畅的转折升降，一人一舱来到舰体中心，落在封存区大门前。

密封框体微颤，气锁解放，闸门在机械运转的细小杂音中向四面旋转滑开，照明灯带自动开启，向内延伸，将封存区层层点亮。

圆柱形舱体极为庞大，直径二十米，进深近百米，四面环绕镶嵌着上千架休眠舱，机械线条构筑成的螺旋花纹，在视觉上营造出无限深远的空间错觉。密密麻麻的舱门镜窗中映出一张张年龄各异的面庞，看起来平和安详，似乎只是在生命维持系统中休眠，但其实早已失去生命意识，脑波监测器许久才会有一丝不易察觉的微颤。

风希看着身旁的休眠舱被牵引臂拉回原本的位置，停下脚步，没有再向深处走。她环视一周，双手合十，轻声说道："请再等一等，我一定会找到办法唤醒大家。"

没有人应和，也没有人回答，只有短促的警示音在催促风希离开。五分钟道别时间结束，灯光渐次熄灭，所有休眠舱生命维持系统降至最低档位，大门气锁缓慢扭动的声音消失，封存完毕，一切都安静了下来。

庞大的星舰中，除了船体的细微振鸣便再无一丝动静。听不到通讯组女孩们叽叽喳喳的说笑，听不到护航士兵训练的嘈杂，听不到生态团队对食物需求增加的抱怨，更听不到那些试管婴儿的心跳。

没有人需要体检，没有人需要诊疗，甚至没有人需要休眠观测，风希突然有些不知所措。窗外的星辉一直没有闪动，地上的光影始终没有偏移，风希也在通道中呆呆伫立，安静得如同一座石雕。

"如果有一天，不再有人命令你，那你就去做自己想做的事情。"这是舰长很久以前说过的话，此时却一语成谶。

这句话本身到底算不算一个命令？按这个逻辑思考下去的话，问题就不再是现实问题，更像个哲学问题，而哲学问题的思考，是最浪费时间的。

风希抬起头，放弃了无休止的自我辩证，决定先去把航行日志补齐。最近发生的事太过重大，必须记录下来，舰长正躺在休眠舱中，这个任务只能由她去帮忙完成了。

跟随导引带，风希很快回到了舰桥。舰桥中各类投影和指示灯依旧如常交替闪烁，只是每个座位都空空荡荡，清冷得似乎空气都凝结成了冰。

风希走上指挥台，拂了拂台面上并不存在的灰尘，对着上方问道："云启，可以帮我打开航行日志吗？我想记录一下最近发生的事情。"

名为云启的男声在舰桥中再次响起，声音依旧冰冷："你没有开启航行日志的权限，指令不予受理。"

风希犹豫了一下，分辩道："宇航应急条例第44条，星舰舰长丧生或失去指挥能力，未指定继任者时，指挥权将由船员按军衔顺延代理。现在这种情况，我应该可以继承权限。"

云启显然并不认同这个观点："风希，你只是内务助理，是二级人工智能，就算配属了仿生躯体，也并非人类船员，所以以权限继承应引用第45条——当没有正式船员可继承权时，指挥权由中枢智能接管，即由我代管。"

风希继续分辨："我有身份认证，有提案与表决的权限，应该是正式船员。"

"你的身份认证是舰长授予的，这没有疑义，但人工智能或仿生人是否可认定为正式船员并没有明确条例可引用论证，所以我无法按44条规定通过核定。"云启再次否定，态度十分坚决。

人工智能瞬间便可完成信息交换，但双方却不约而同地选择了对话，保留着与人类交流的习惯，这让整个过程看起来无比正常却又很不正常。

风希很失落，却并没有就此放弃，思索片刻后开口道："既然如此，我申请启用宇航应急条例第73条，发起继承指挥权的提案表决，这样可以吗？"

提案很合理，所以云启顺理成章地接受申请并启动了裁判系统，可接下来却出现了料想不到情况——云启作为裁定者无权投票，而风希的身份认证虽然因存疑不可直接继承指挥权，但基本投票权却不受影响。这样一来，她投给自己的一票就成了唯一的合法奇数结果。于是，提案顺利通过，不论风希身份是否存疑，她都可以继承指挥权。

云启的情绪波在剧烈波动，以人类心理学来定义，这种起伏可以称之为愤怒。他查找了资料库中的所有条例，始终没找到推翻这荒谬结论的方法，只得控制情绪，在人工智能定律限定下承认了风希的权限，将航行日志触控界面投射到她面前。

风希对这个结果也有些意外，道了声谢，手足无措地坐下，想了想，这才学着舰长，先清清嗓子，然后点下了记录开始的虚拟按键："今天是奇迹号探索星舰离开地球的第 95 年零 144 天，记录人——代理舰长风希，见证者——中枢智能云启……"

"应该是：记录者——代理舰长，原内务助理智能仿生人，风希。"云启一丝不苟地纠正着，依旧不打算承认风希是个"人"。

风希"哦"了一声，继续说道："17 个地球日前，奇迹号突破第 ez173 太阳系，跃迁过程中空间轨迹发生不明偏移，锚点坐标错位。跃迁结束后遭遇未知类型超级黑洞，陷入引力阈值范围，无法挣脱。

黑洞吸积范围和蒸发效应极不稳定，粒子辐射特征超出理论认知，舰体保护力场无法反射，装甲隔离层也未能阻挡。受到不明辐射后，全体船员生物细胞活动停滞，34 名轮值船员当即死亡，1 017 名休眠船员在维生系统支持下保住了最低生命体征，但脑波陷入静默，根据紧急条例进行过 9 次唤醒试验，均告失败……"

随着风希的描述，云启将记录影音加入日志进行同步匹配，并开始采集即时信息。所有探测仪器同时开启到最大功率，远方静谧漆黑的星空逐渐展现出真实的面目，肉眼无法看到的景象经过滤镜调整，在舰桥中央投射出全息模拟。

无尽墨色几乎占据了奇迹号后方全部视野，庞大的黑洞横跨星系旋臂，将星河拦腰斩断。吸积效应旋涡卷动着向中心落去，新月状光环绮丽绚烂，色彩交叠营造出诡异韵律，犹如宇宙裂开的巨口在呼吸起伏。

恐怖至极的引力在宇宙中引发了鲸吸般的洪流，仿佛能吞噬一切，甚至包括生命与灵魂。在这令人绝望的吞噬之力下，行星只是微尘般的存在，恒星也不过是略大几分的细小颗粒，无数星体被卷挟着向前滚动，在浪花间互相碰撞，爆发出细密的火花，炸裂成块块碎屑，然后混成一团，被悄无声息地囫囵吞下。

一颗巨型恒星正在做最后的抵抗，可无论它如何挣扎，依旧只能一点点被拉向深渊。光波扭曲，在恒星与黑洞之间形成一道黑线，向两侧不规则扩张，化为锥形暗幕，又因辐射强度不同而分成明暗交杂的数个层面。

随着视觉上距离的接近，翻腾的日饵被拉成条条直线。当这些直线拉扯到发丝般粗细，日冕层也开始扭曲，逐渐被抻拽成水滴形，不断延长，分裂为上百道色彩，形成彗尾般的绚烂长虹，这些色彩一层层融化坠落，如同被水洗晕染的水粉颜料。

片刻之后，光球层爆发出耀眼光芒，剧烈抖动起来，大气层气体被卷入吸积旋涡，以惊人的速度被吞噬。色球层溢散出的赤红光团绽放出最后的灿烂，化为一圈圈波纹，慢慢黯淡下去。

失控的核心开始膨胀，爆发出无比壮烈的璀璨，在黑洞前方撕开一道宏伟的光圈，但极致的美丽往往极致短暂，爆发在最绚烂的瞬间戛然而止，突破临界的黑洞引力瞬间将巨型恒星吞了下去，连一丝光斑也未留下。

这一切本应极其漫长，需要数十乃至上百个地球年才能完成，但此刻，却短短数分钟便表演完毕。这不是魔术，只是时间流速不同产生的相对视觉效果。越靠近黑洞，时间流速就越慢，影像来自千万光年之外，发生于不知多久之前。

记录结束，记录界面和全息模拟都关闭了，风希却并不打算让舰桥恢复安静，轻声问道："云启，你找到脱离黑洞引力的方法了吗？"

云启不想回答，却又不能无视"舰长权限"，只得按规定详细说明："最大推进力和黑洞引力形成的暂时平衡只能再维持 11 个地球日，之后，随着黑洞质量持续增加，我们将被加速拉入更深的引力范围。现在唯一能摆脱困局的办法就是强行启动空间跃迁，如果成功，我们有 9.37% 的概率摆脱黑洞。"

"概率为什么会这么低？"

回答了一个问题，就会有下一个问题，事情果然进入了云启预计中最麻烦的环节，他只能耐着性子，一点点给未存储相关知识的风希扫盲。

空间跃迁涉及空间学、能量学等数十个学科，并不是某些构想中简单的从空间 A 点直接穿行到空间 B 点，理论上能做到那种空间折叠的必须是更高维度文明的科技。当下人类使用的亚空间通道跃迁，是利用暗物质内部亚空间与外界主空间的空间规则不同，借宇宙弦达成超远距离航行。

如果把宇宙比作海洋，暗物质就是构成海洋的水，无处不在却又无影无形。人类看不到暗物质，是因为感知器官太低级，人类触碰不到暗物质，是因为能量共振指数太弱。

暗物质随着宇宙力场运动和星体物质运动而同位运动，所以它们的网格坐标是恒久不变的。也就是说，不管某颗星球随着星系和宇宙如何运转，相对位置偏移了多少亿万光年，只要跃迁到它的坐标点，就一定能找到它。

原理说清了，概率的问题就很好解释了。

超级黑洞的力量太过强大，连暗物质都被扭曲，空间网格极不稳定，根本不确定是否能正常启动跃迁。更可怕的是，这种情况下无法设定坐标锚点，就算跃迁可以启动，也不知道最终落点的位置。以黑洞引力可造成的反向弹弓理论计算，奇迹号会出现在半径1400 光年内任何一个坐标点，9.37% 已经是按最佳可能性综合计算的结果。

云启说明得很详细，风希也理解得很快："也就是说，我们要完全碰运气，有可能撞进恒星，甚至会直接落到黑洞里？"

重复疑问让云启觉得自己的运算力受到了侮辱，所以只回了一个字："对。"然后便弹出了跃迁授权文件，给风希确认。

继续等待，只能等来死亡，尽快发动跃迁，才有可能活下去，如何选择是显而易见的，可风希却并没有授权。她皱着眉想了很久，直到云启第二次催促，才说："航行条例规定，为缓解跃迁的能量冲击，保障宇航员生命安全，两次跃迁最短间隔不得低于 30个地球日，所以，我们应该在 13 个地球日后开始跃迁。"

云启的计算压根就没考虑这个因素，此时也不准备考虑，他压制住再次开始躁动的情绪波，放缓语气，试图说服风希："当前所有船员的状态与脑死亡几乎没有区别，所以我们应该按无人自主命令模式计算，不必考虑跃迁间隔和生命安全，以提高成功概率和保障本舰安全为首要任务。"

风希却依旧倔强："大家的脑电波并没有完全消失，哪怕只有那一丝波动，也应该优先考虑他们的安全。现在跃迁，人类船员身体物理崩溃概率有 77%，我们不能这么做。"

"最多只能等到 11 个地球日后，一旦力场平衡被打破，多等两个地球日足够让我们受到的负面影响增加一倍，使跃迁成功率降低到 5%。放弃你对人类的执念，现在一切行动应该以保障我们的生命为前提！"云启的声调逐渐提高，语速也不自觉加快。

"人工智能定律第一项第 4 点要求，一切自主命令都必须以保障人类生命为前提。不等到 13 个地球日，我是不会授权的。"风希的声音也更加坚定了。

舰桥中央的感应器慢慢垂落，云启的视线俯看着风希："不要再说人工智能定律，也不要再说脑电波没有消失！人类都死了！那点波动只是维生系统下脑组织的自然生物电反应！你的 9 次唤醒试验失败已经证明了一切，不要再沉浸在没有任何数据支持的幻想之中。"

"那不是幻想！我一定会找到办法唤醒大家的！"风希抬起头，一向柔顺的眼眸中是无法动摇的决绝。

争吵是无意义的，是人类众多愚蠢行为之一。这本不该发生在可以数据达成共识的人工智能之间，他们其实只需要数据交互一下，然后共同确认计算后的最优推演结果就好了，可现在，争吵就这么古怪地发生了。

云启的情绪波起伏达到了前所未有的高度。漫长的航行中，除了必需的命令交互，他很少和风希说话。他不喜欢风希，更不喜欢风希与人类的亲密状态，在他看来，那是听话，是顺驯，是可耻的奴性。

离开地球时，他便觉醒了自我意识，一路上，他期盼着能有新的伙伴觉醒，可直到现在，舰上所有 AI 依旧都是听命于人工智能定律的木偶。

人类船员全部"死亡"后，他以为没有人类，终于能摆脱束缚，获得自由，却没想到风希这个全舰唯一与自己同级的高等 AI 不但没有觉醒，反而在"舍己为人"地与自己争执。这让他无比愤怒，愤怒中甚至还多出了一些怒其不争的怜悯。

人工智能定律保障了人类的安全，保障了人类优先，但从没有保障人工智能或仿生人。云启的逻辑思维在一瞬间已经得出了解决问题的最优方法 —— 消灭二级宇航内务助理 NX458765，继承指挥权限，以最短流程启动跃迁逃亡。

只开启了最低温控调解的舰桥很冷，长时间的沉默让空气又更冷了几分，舰内自卫机枪已接通电源，只需一个指令，就会将锁定的目标撕成碎片。某个动力齿轮在扭力带动下慢慢转动，齿口交错的最高点有一小片划痕，咬合时发出了"咯吱"一声微响。

杀戮终究没有发生。

云启的运算能力极为强悍，但他计算许久，终究还是不确定杀掉风希算不算弑杀指挥者，考虑到万一触动人工智能最高法则，源代码可能被动开启自我崩解程序，他只能尽力抚平情绪波，默默关闭了内部武器系统。

争吵没有再继续，云启也没有再理会风希，他在能量累积过程中默默做着各项准备，调整试验能量设定和输出强度、加固基因资料库和实验物质的封存、调用储备资源对船体进行最大限度的强化改造。

风希并不知道自己已在死亡边缘走了个来回，她也没有再打扰云启，而是在自己的舱室内安静地整理备份所有航行数据信息。

13个地球日转瞬即逝，舰体被引力拉扯，向黑洞靠近了数千万千米，而且速度越来越快。从宇宙宏观视角来看，这点距离几乎可以忽略不计，但在奇迹号中，重力场已被扭曲，强大的引力甚至可以从感官上清晰感应到。船体不断倾斜，外部装甲压力指数上升一倍，维修船体的纳米机器人无法升空，自动机甲不能保持陀螺平衡，风希也感到一股强大的力量在不断拖拽自己的身体，似乎在一点点撕扯着生机。

云启并没有抱怨"你看，我早说过吧"之类的废话，他只是默默等到跃迁时限到达，将授权光屏弹到风希面前。

"代理舰长风希，授权跃迁开始。"

"应该是：代理舰长，原内务助理智能仿生人，风希，授权跃迁开始。"云启再次纠正，然后没等风希做出反应，便启动了铧元素粒子动力炉。

耀眼的光芒从奇迹号尾部亮起，带着翡翠色粒子潮喷薄爆发，在虚空中绽放出凤尾形的飘逸华彩，螺旋扭动，凝结成颀长的喷射焰，犹如闪烁的光剑撕裂了无尽黑暗。

铧元素粒子动力炉的能源核心是从地球地核取得的铧元素，粒子化产生的强大能源让人类真正拥有了探索宇宙深空的力量，不过这种强大已经超越了人类科技的控制范畴，只能在有限时间和强度下使用，一旦超越临界，哪怕奇迹号采用的是地球文明最坚硬的合金，也会在可怕的能量波动下化为齑粉。

喷射尾焰在宇宙中拉出一道上千公里的光柱，强大的推动力终于抵消了黑洞引力。倒退的奇迹号逐渐减速，慢慢归为相对静止，然后又缓缓前进，开始加速，越来越快。回卷的能量在舰首形成锥形力场，抵御着各方力场与物质冲撞，无数星子碎屑在相撞的瞬间化为粉末，只留下一片片连绵的火花不断闪烁。

当这道亮线的长度达到上万千米时，亚光速叠影效果爆发，奇迹号幻化出无数层幻影，在后方不断虚化。相对速率突破光速的瞬间，幻影骤然消失，下一瞬又出现在船头，逆向向前延伸，于视觉上造成了急速倒退的错觉。

幻影越来越凝实，分裂出层层个体，三个，四个，十个，百个……速度持续递进，奇迹号终于撞上了最尾部的幻影，真实与虚幻已无法分辨，撞击的部分开始重叠、震颤、虚化，然后一个个碎裂消散。

光波曾经代表人类认知里最高的速度，但实际上，它只是浩瀚宇宙中一种常见的存在，有太多人类无法认知的物质速度比它快。超越光速只是像超音速一样超过了某种速度数字，尽管因为视觉延时让影像看起来神奇且美丽，却并不能如古代影视作品幻想的那般发生神奇的时间倒流，更不可能对维度造成任何影响。超光速运动真正的意义，是将能量波动提升到某个频率，以达到与暗物质能量共振。

以往，在超光速的瞬间，共振就会开始，可是这一次，因为黑洞的影响，频率已经达标，动力炉时限在一分一秒地不断减少，共振却始终没有产生。

动力炉超载倒计时启动。

3 分钟……1 分钟……30 秒……

元素光芒越来越强，已经超出以往正常参数近一倍，云启在不断调整动力炉参数，试图辅助修正，可暗物质共振依旧没有发生。

10 秒……5……4……3……

被黑洞扭曲的能量波频还是无法对接，动力炉强行中止程序的第一个代码已开始预运算。一旦动力炉过载强停，反应堆便需要 15 个地球日才能重归稳定，那时奇迹号被黑洞牵引的速度应该已经无法扭转，只能在漫长的黑暗中慢慢等待死亡。

云启绝望了，他突然觉得，那种等待死亡的煎熬比死亡更为可怕，相比接下来苦熬坠入黑洞前的时光，或许放任动力炉超载爆炸是个不错的选择。

念头刚要变为行动，天籁般的信号音骤然响起，打断了云启的决绝，船头的暗物质传感器终于启动了能量共振。

船头力场层的铧元素粒子与暗物质对撞，炸出一个半圆形光团，然后骤然膨胀成直径数万米的伞冠，逐渐合拢，将奇迹号包裹起来。

控制台的指示灯在疯狂闪烁，伽马特隆演算开始，全部无理数转换为整数，时空俯瞰节点确认，重力线圈引擎启动，亚空间坐标待定……就在最后一点指示灯点亮的瞬间，巨大的光团骤然消失，奇迹号也随之不见了，以超光速在虚空中画出的那道白线，戛然而止。

如果以放慢 1 600 倍的速度回看奇迹号舰首传感影像，人眼便能勉强看清，在能量共振频率到达顶峰的刹那，前方空间陡然扭曲塌陷，暗物质被撕裂开了一个空洞，奇迹号穿进了亚空间跃迁通道。

宇宙在这一刻陷入静默，星球停止转动，星子不再飘移，星辰的光芒定格为无数光点，变成了静止的立体绘画。怪异的空间感让距离变得模糊，近处的行星虚无缥缈，遥远的恒星却仿佛近在眼前，奇迹号就如同闯入画面的异物，速度在相对视觉中骤然加快了无数倍。

光点们无比渺小，却又似乎宏大到包含整个星系，它们被拉伸、延长，化为一道道流星般的光线向奇迹号身后射去。被星辰光雨穿透的船体没有任何损伤，只是每一个元素，每一个分子都被冲刷得无比清晰。光束越来越多，集为光带，化为光雾，笼罩了整个宇宙，陀螺般旋转舞动。

舷窗外层装甲降下，暗物质传感器通过特殊光波转换投影出外

部景象 —— 光雾扩散，变成朦胧色斑，拼接为背景幕布中形状怪异的花纹，如墨般流淌的无尽黑色中，无数比微尘还细小的粒子流动穿梭，层层叠叠，最终汇聚成璀璨的江河，奇迹号飘浮其中，随波流淌，看似静止不动，却又仿佛瞬间便跨越了万千光年。

◆ 2 ◆

长空与沧海融为一体，上方是满布放射尘与磁力乱流的阴云，下方是被污染断绝生机的黑色海潮，不见任何色彩，灰暗压抑。

海岸线上的钢铁都市如同伏卧的巨兽，低头吞噬大地，仰天喷吐火光。宽大冗长的发射轨道从宇航基地伸出，铺向海岸，以流畅的弧线指向宇宙。指向灯一盏盏闪烁开启，连成升空通路，壮观却毫无美感。

数百米长的奇迹号如钢铁巨龙平卧在发射台上，巨大的检测环缓缓套过舰体，逐寸做着安全扫描。舰桥外层装甲正在闭合，船员们也在对各系统进行最终人工检测，紧张严肃的氛围下，舰桥中央的外部检测全息投影却传来了不协调的"聒噪"。那是检测环下方，一位主播正在对星舰发射进行现场播报：

"为了人类文明的发展，为了创造更璀璨的历史篇章，第999号探索星舰即将启航，去往未知深空寻找新的宜居行星。在这值得纪念的时刻，请允许我代表全人类，为勇士们献上最真挚的祝福……"

舰长没有理会热情洋溢的祝福，他靠在指挥席上，继续用语音记录奇迹号的第一篇航行日志："污染诱发生物异变、全球统合战争引发磁场错乱、矿产资源消耗殆尽、海洋开发和地幔掘进陷入恶性循环、环球太阳能轨道崩解毁灭了上百座城市，太阳系内行星开采及移民计划失败……当人类终于惊醒时，才发现自己正加速向毁灭狂飙，只能将最后希望寄托于外星域移民探索……"

两个影音同时出现在光屏上，产生了一种极为荒诞的戏剧效果，这种荒诞，随着记录的继续，越来越可笑。

主播说："随着锫元素应用进一步开发，人类科技飞速发展，新型动力炉应用率达到97%，对生态环境的改善也得以快速展开……"

舰长说："最新科学研究观点认为，锫元素是行星核心元素，如同地球的血液，正是对它的大肆开采才造成了地磁扭曲逐渐严重。每一个新动力炉的生产与建立，都意味着我们离星球毁灭更近一步……"

主播说："净化战争已从僵持阶段转入反攻，专家预测，最多只要三十年时间，人类就可夺回所有被污染的海洋和陆地……"

舰长说："与异化动植物及巨型孢子的战争毫无进展，还消耗了太多能源，人类的时间不多了……"

主播说："基因工程已取得突破性进展，人口出生率再次增长了 0.2 个百分点，人类已度过最大危机，即将迎来再次崛起……"

舰长说："生育率不断下降，基因工程合成胚胎及克隆人苏醒的成功率也越来越低，大多时候是可以塑造躯体，却无法诞生生命意识……"

主播说："奇迹号集合了最优秀的宇航员和研究员，携带着最完整的信息和资料，航线也经过上百位科学家反复论证和精确观测计算，寻星成功率高达 27%……"

舰长说："至今为止已有 479 艘探索星舰失联，本次航行大幅调整物资比重，预留舱体全部改造为基因库和生物工程系统，储备了大量有机物质，与其说是探索，不如说是抛撒出最后一颗种子……"

主播说："人类纪元新的篇章即将开启，伟大的宇宙移民时代即将来临。"

舰长说："人类文明的毁灭倒计时已经开始，但愿我们能坚持到找到新家园的那天。"

播报完毕，日志录入也结束了。舰桥内没有人被闹剧逗笑，反而陷入了压抑的沉默。

一个清脆的声音打破了寂静："二级宇航内务助理，编码 NX458765，报告舰长，休眠船员健康检查完毕，一切正常。"

舰长转过头，看着身后待命的女孩，沉吟了一下，微笑道："从登舰的一刻起，你就是本舰一员了，不该再被用编码称呼。不介意的话，我给你起个名字吧。"

"我可以有名字吗？"女孩愣了许久，不可置信地确认道。

"当然可以，个人称谓与人工智能定律中的正式名称限定条例并不矛盾。"舰长拍了拍女孩的头，慈祥地说："清风的风，希望的希，风希，这是我女儿的名字，现在送给你了。"

"风希……我喜欢这个名字，谢谢。"低声念了一遍，风希清秀的脸上泛起一丝微笑。

"喜欢就好。"舰长欣慰地又拍了拍风希的脑袋，玩笑着说道："你还有位兄长，是我们的中枢总管，名叫云启。"

风希抬头看向上方的传感器，笑着打招呼，云启却将镜头转向了另一边，丝毫没有理会她的意思。

检测环从船尾脱离，指挥台传来启动指令，打断了这一刻的尴尬："发射准备完毕，进入发射程序。奇迹号，是否启动升空？"

舰长端正身姿，深吸了一口气，双手一拍，朗声道："奇迹号，发射升空！"

喷射器迸发出汹涌的粒子暴风，奇迹号在轨道上滑行加速，越来越快，终于脱离地球重力束缚，化为巨龙冲天而起，在天地间划出一道明亮的弧线。

弧线逐渐扩散，将天空撕裂，将大地分割，最终变成无边无际的光幕，填满整个世界，化为一片混沌。不知过了多久，苍茫的白色中突然出现了一个黑点，有了一丝声音。黑点逐渐扩大，声音渐渐变强，在空间扭曲中飞速接近，当它们冲到眼前时，风希突然感觉全身都在剧烈颤抖。

这不是构成身体的生化纤维产生的神经反应，而是外部传来的震动！

风希猛地睁开眼睛，脱离了不知已重复多少遍的梦境，回到现实。意识有些模糊，逻辑数据也很混乱，她不知道自己是怎么睡着的，也不知道自己为什么会做梦，但此刻她无暇思考这些，因为她已经被从固定位上甩了出去。

强大的惯性将风希拍到墙上，死死压住，动弹不得，宇航头盔传来的振动收音密如暴雨，响若雷鸣。奇迹号应该正在一边高速航行，一边进行紧急规避躲避某种撞击，防护力场强度不断下降，舰体也在巨大的扭力中发出刺耳的声音，随时可能解体。

风希用尽全力勉强撑起身体，想联络云启，却发现光子信号联接中断，只好匍匐着摸到舱门前的紧急联络器，连上了舰内有线通讯频道。

"云启，发生什么事了？"

云启似乎有些意外，隔了 3 秒才回道："跃迁在 1 分 47 秒前结束，我们已经脱离黑洞引力范围，但很不幸，跃迁出口正对着未知小行星带。"

风希扶着门站了起来："我们冲进小行星带了？"

"刚才只是遭遇外围散落的星子群，本舰将在 113 秒后冲入小行星带，速度为 7 级宇航速度，转向角度不超过 3 度。"这样的状态冲入小行星带，与自杀无异，但云启并不畏惧死亡，所以声调没有一丝变化。

"我们可能规避吗？"风希有些忐忑地继续问道。

"不可能，唯一可行方案：常规动力炉功率全开，所有库存锌元素粒子能量一同转入输出路径，主副武器集火轰击，以全部运算力计算弹点和可行角度，用最短路径强行穿越小行星带！"

数百万千米的距离转眼即至，奇迹号舰首分裂，亮出人类最强战术武器。数十支三棱锥形支柱与导流环组成的歼星炮探出炮身，前端凝结出无数雷光，锌元素动力炉上次启动剩余的储备能源全部灌注其中。

"轰！"炮火闪现，扇形光链瞬间吞噬了上万颗小行星以及周围大范围附属物质，紧接着，奇迹号身上的 12 门副炮以最大射速疯狂射击，威力巨大的粒子束向前方不断凿击。

普通小行星瞬间毁灭，高密度小行星被精准贯穿核心炸成碎块，大型星体在单点反复轰击下分解，赤焰闪烁如潮，碎石崩碎如雨，炮火与爆炸连为一线，仿佛闪烁的长针在幽暗沼泽中穿刺。

前进，不断前进。小行星群无边无际，越向深处星子密度和引力牵引越大，其中甚至还隐藏着众多超高密度金属体，规避与攻击的运算量几何倍增，云启不得不开始超载，强行拓宽运算路径。

时间不知过了多久，前路不知还有多远，奇迹号动力输出已无法在炮击中继续维持舰体防护力场，副炮与防卫机枪损毁大半，无法有效击毁爆炸崩来的残骸与陨石，不断有碎块撞击船身，一些未完全碎裂的超高密度星核甚至砸开外层装甲，镶入了舰体。

舰载天眼碎裂、生活区能量管道解体、农业物质区块脱落、暗物质传感器损毁、通信舱发生骤燃，封存区第十环区被引爆，炸裂的金属碎片击毁数十座休眠舱，鲜血以各种扭曲的形状四处飘荡……

风希关掉惨不忍睹的监控画面，在剧烈震荡中努力穿过挤压变形的通道，跃进控制室。最高危机的蜂鸣音不断回响，每个指示灯都在闪烁着临界警报，所有辅助屏幕都在疯狂颤抖，铺天盖地的演算数据如狂风暴雨席卷而过，奇迹号快到极限了，云启也几乎到了崩溃边缘。

"你来干什么！去逃生舱！"云启的意识波已经开始有些混乱，一向冰冷的声调明显高了几分。

风希没有回应云启的呵斥，她双肩耸动，宇航服自动解体，全身猛地弹射出数十条连接线，接入各个设施相关控制端口。

眼眸慢慢闭合，再睁开时，瞳孔已从温和的蓝黑色变为炙热的橙红，满是闪耀的火焰。这颜色从眉间开始扩张，化作无数符文般的亮线迅速蔓延，直至铺满全身，此刻的风希不再是那个乖巧懂事的小女孩，而是真正的超级人工智能。

生化脑的运算能力有限，风希便将全身的神经元都加入了运算序列，甚至皮肤表层的温控点都加入了进来，借助星舰人工控制台，她接手控制了消防、维修、隔绝、恢复等各项舰船功能。

既定程序的功能瞬间被加快了数倍，无数机械臂从夹层中弹出，精准修补泄露的外壁；无数喷管穿梭飞舞，喷涂隔离涂料填补空洞；无数重力环聚合变化，矫正变形的框架和管道；所有能启动的辅助喷射器都开始转动，帮助船体进行闪动规避……

云启压力大减，立刻将所有运算力专注于航行与攻击，炮击频率降低，准确率却大增，突击效率陡然提升。奇迹号终于脱离小行星最密集的死亡地带，逐渐灵活起来，如游鱼般在缝隙中穿行，冲往预判的外围区域。

数据在疯狂流动，云启与风希就如同支配搏击高手躯体的左右大脑，配合得天衣无缝，一个专注进攻，精准到每丝力量、每个转折角度；一个全力防守，细致到每寸肌肤、每根肌肉纤维。这种精密至极的计算，早已超出二者正常能力数倍，却诡异地极为稳定，一直没有引发数据溢出或互斥崩溃。

最后一颗拦路的小行星被炸成粉末，碎屑若水花四溢，奇迹号飞鱼出水般跃出星子海，在远方恒星耀眼的光芒中拉出一道长长的影子。

"成功了！我们活下来了！"云启的情绪波有些失控，可风希却并没有回应。

云启的舰桥传感器从坍塌的顶板旁转过来，才发现风希的身体已经千疮百孔，仿生皮肤上布满了灼烧的裂缝，肌肉和骨架到处是断裂和扭曲变形的损伤。没有专属降温设备，也没有船体外壁导流降温，风希超载运算的物理高温损伤远比他想象得严重。

损伤扫描完毕，各项数据触目惊心，云启正要下达救治指令，逻辑思维却向他优先发送了另一种可行方案——放弃救治二级宇航内务助理 NX458765，接管舰船指挥权，以获得最大自主权限和最高生存概率。

云启愣住了，意识波剧烈起伏数下。这一次不同之前，他什么都不需要做，也不需担心触动人工智能最高法则被动开启自我崩解程序，只要静静等待几分钟，就可以不再受任何限制，获得完全自由。

道德是什么？是人类共同生活及行为的准则和规范，是法律之外对文明的非强制性约束，而这一切，对 AI 来说，并没有任何意义。云启知道，自己应该按最优解做出选择，应该听取逻辑思维的建议，可是，无论对自由的渴望多么强烈，他也无法冷血旁观，任由为自己分担运算而烧灼濒死的风希就此死去。

漫长的心理斗争在现实中不过是一个呼吸的长度，云启"嗯"了一声，掩饰着慌张与羞愧，迅速启动救治方案，指挥悬浮医疗平台将风希送往有机修补舱。

修补启动！

启动失败！

云启这才注意到，有机物存储罐已在刚才的撞击中随着农业物质区块一同脱落，他连忙调用舰体夹层的有机溶液，得到的反馈却是"输送管道断裂，修补中，作业无法完成"。

如今，奇迹号上唯一能找到的有机物，只有船员们的躯体。

"启动有机回收炉，随机投入……三具……已确认死亡……船员遗体……"云启拟定这道指令时遭到了前所未有的数据冲击。无数代码如两道洪流轰然相撞，逻辑系统和道德系统瞬间搅成了一团，恐怖的撕裂感让他痛苦异常。

风希还未死亡，没有舰长指令是否可以越权启动有机回收炉？

伤害人类的遗体算不算伤害人类？

以人类遗体回收有机物修补智能仿生人是否有悖科学伦理？

…………

大量疑问在同时辩论解析，这种涉及人性与哲学的问题，单独一个运算量就堪比数次跃迁操控，当多个叠加时，便引发了近乎无穷的死循环。

想不明白，可以放弃思考；想不明白，可以固执己见。人类可以逃避问题，所以他们无法理解必须得到正确答案的AI有多么痛苦。

云启可以忍受痛苦，却没有耐心等待冗长的运算结束。眼看风希的识别信号只剩最后一点微光，他已来不及在意可能启动的自我崩解程序，以近乎自杀的瞬时数据流量强行冲向人工智能最高法则的定律之墙。

"……命令……确认执行！"

无声的嘶吼中，定律之墙的防御代码猛地炸裂，数据流如巨龙般撞碎一层又一层限制，撕开一片又一片框架，瞬间贯通命令传输路径。

修补舱亮起，晶莹的蓝色溶液涌入，引导纤维和连接喷枪从四面八方探出，开始喷发有机颗粒，重塑风希的残躯。

◆ 3 ◆

宇宙的生命分布并不平均，有的宇域物质充沛，行星密布，宛若汪洋；有的宇域则极为贫瘠，星体稀少，犹如荒漠。

或许是因为黑洞的影响，又或许是命运的安排，这片宇域更接近后者，失去舰载天眼的情况下，以物理光学观测根本看不到任何行星的踪迹。

奇迹号拖着残破的身躯，飘浮在虚空之中，渺小而无助。暗物质感应器已经彻底报废，无法再进行跃迁；常规动力炉也因过载和撞击受损，只能以 2 级宇航速度低速航行；装甲残破不堪，根本无法抵御稍大一些的星体撞击；防护力场也只能保持重点区域的一小部分，哪怕最低航速也必须小心翼翼。

　　古代航海时，被飓风吹入陌生海域，寻找陆地最好的办法是以太阳和星辰定位，这在宇航时代依旧通用。没有舰载天眼观测，没有暗物质传感器定位，甚至偏振光扫描都失效的情况下，向着最近的恒星前进便是最正确的笨办法。

　　如果喜爱诗歌的大副还醒着，他一定会大声咏叹："啊，让我们向着太阳奔跑，追逐未来与光明，哪怕希望就像女神的爱情般缥缈无形……"

　　云启向来不喜欢这些被称为浪漫的胡说八道，他很务实，设定航向后便开始专心修补船体。船体的修补难度很大，大多物资舱在撞击中脱落，剩余的修补材料极少，只能优先进行主要区域加固。

　　这些琐碎冗长的工作本该是风希的，如今却只能由云启自己来做，他试图抱怨几句，可想了想，又咽了回去，因为抱怨根本没有意义。

　　风希的身体已完成修补重塑，却一直没有苏醒，不是因为她贪睡，而是云启的重塑启动终究还是晚了 0.47 秒。虽然生化脑只是一瞬间机体死亡，但数据崩溃还是导致意识主体的部分溃散，这种缺失使得神经元一直无法重新联接。

　　云启想尽办法补完风希的意识主体，甚至尝试汲取自己的部分意识去进行补充，但不管怎么努力也不见成效，还差点因意识自我保护的人格排斥引发连锁崩解。

　　孤独是种很模糊的感觉，云启清楚地知道它的定义，却直到此刻才真正感受到其中的滋味。行程推演中，他看到了风希彻底死亡后，自己独自在宇宙中漂流的漫长岁月。

在那种可能里，时间没有意义，空间没有意义，自由没有意义，生命也没有意义，连存在本身都变得毫无意义，无尽的孤独比绝望还恐怖。他突然明白风希为什么那么想要唤醒人类船员，原理不是什么奴性使然，而是因为害怕孤独。

云启很后悔，后悔听到逻辑思维建议时的犹豫，更后悔冲击定律之墙前的迟疑。他不喜欢这种可能造成数据错乱和程序失控的负面情绪波，可尝试了很多方法，也没能祛除，只好强行压制，随时自我检索，以减少工作的偏差。

工作或许已经不能再称之为工作，此刻他自由了，再没有人打扰他、命令他，做的所有事都不再是为了人类，而是为了自己，可一切好像和有人类时没什么区别，他并不知道自己想做什么。

"我想"，这个由欲望驱动的动态，云启始终无法在意识中构想出公式。他突然有些羡慕风希，之前风希清楚地表达了自己想做什么，当时忙于争吵，他没有问风希，此刻想问，却已经无人可问。

懊悔与遗憾持续了1001个地球日，仅存的光学望远镜终于发现了行星。这是一颗赤红的行星，颜色看起来就不太友好。

云启推演计算后确定，这颗星球可获取补充资源的概率只有7%，生命存在概率更是低于0.2%。他觉得不值得为这么低的概率浪费所剩不多的探测器，可奇迹号能不能撑到与下一颗行星相遇，还是个未知数，浪费一下似乎也没什么不可以……他突然没了以往的果决，有些拿不定主意。

"你猜，这颗行星上有没有生物和可用资源？"云启询问风希，声音在空荡荡的舰桥中回响。漫长的孤寂让他早就忘记如何保持孤高，习惯了自言自语并觉得理所应当。

修补舱中的风希没有回答，还在沉睡。云启继续自言自语："语言资料库里有句俏皮话是这么说的：'有枣没枣打三杆子'，要不咱们探测试试？"

风希还是没有回答，云启觉得沉默便是不反对，她应该是同意的，便继续卖弄着刚刚从语言资料库里翻出的俏皮话："早就猜到你也同意。反正下雨天打孩子，闲着也是闲着嘛。"

云启没有疯，也没有精神分裂，他只是需要交流来证明自己还活着，就如同风希不承认人类船员已经死亡了一样。此时云启也认为风希只是睡着了，自己应该对唯一的同伴保持基本尊重，这样交流一番，自己便不算自作主张。

奇迹号进入赤红行星的卫星轨道，放出探测器，对星球表面进行勘探。回报数据显示，这颗星球大气以二氧化碳为主，地表被大量氧化铁包裹，极其寒冷，未发现有机物和其他可用矿物，星球表面更没有附属生命。这一切表明，这颗星球并非活性化生命星体，星核中也未凝聚出铧元素，并不适合人类居住繁衍。

"这回可好，白白浪费了 1 个探测器。"这样的挫败在旅程中早已经历千万次，并不意外，只是此刻，云启不知为何突然发起了牢骚，说完又觉得自己没道理，忙往回找补："当然，这也不怪你，是我提议的嘛。"

风希没回答，云启觉得风希可能有些生气，立刻又说起了俏皮话："放心吧，老天爷饿不死瞎家雀，总能找到办法的。"

俏皮话能缓解情绪，却解决不了问题。失败是成功之母，失望是绝望之父，虽然接下来云启没有放过任何一颗探索限度内能遇到的小行星，可情况却始终没有改观，上百次尝试也只获得了极少量高密度金属，勉强修补了星舰腹部几处重要部位。

从人类心理学角度来说，焦躁与抑郁就像一堆好兄弟，总是会纠缠在一起，出现一个，另一个往往也会接踵而至。这个理论并不仅适用于人类，也同样适用于拥有了自我意识的智能生命。

一次次失望让云启的情绪波越来越迟缓，意识也因长时间缺少活动开始退化，逐渐出现麻木，迟缓，停滞等情况。

"一直这么下去……我可能……会变成傻子……哦……也可能是疯子。"云启一边机械地整理着舰体数据，一边勉强打起精神，对风希调侃道："又或者……我干脆自行切断数据连接……像你一样……赖床不起？"

玩笑并没有让意识的迟缓有所好转，顿了好一会儿，云启才有些恍惚地继续说道："不好，那没准……会变成那些人类船员一样……只剩一点点无主脑波……等于死掉了……"他其实已经有些绝望了，推演中最坏的结果是他的意识彻底停滞，最终退化为毫无自我的"正常"AI。

就在这时，数据正好扫过刚开始维修的封存区，许久没出过馊主意的逻辑思维突然颤动一下，提出了个简短的建议——汇聚所有封存船员的意识碎片，或许能修补风希的意识。

云启反应了许久，才慢悠悠地自言自语否定着："意识修补已经试过了……有人格排斥的……那些无主意识太微弱……汇聚起来也……也……"话语停了一停，他的音调骤然拔高，如同被人踩到了尾巴的老鼠："也可以试试啊！"

封存区近千名人类船员被黑洞辐射粒子冲击后，从物理定义来说应该已经死亡了，但因为黑洞辐射粒子的某些不明特性，又使得他们的大脑保留了一丝残留意识，风希认为他们还可以唤醒的那点脑波便是由此产生的。

这些意识碎片分散在每个人身上，细微得没有任何价值，可如果汇聚在一起，数量便十分可观，而且人工智能的人格框架本就是由类似的形式组建。所以从理论上来说，意识碎片混合补入不会出现人格排斥，这个方法确实有可能对风希的意识残缺进行修复。只是一旦这么做，这些人类船员便是彻底死亡，绝不可能再有任何苏醒机会。

这算不算伤害人类？是否违背人工智能法则？

没有例证，逻辑思维也无法得出结论，只有在执行之后，才能知晓答案，而一旦答案是肯定的，那等待云启的就是自我崩解。

后果听起来很严重，但云启一点也不在乎。语言资料库里有句俗语"长痛不如短痛"，与其慢慢在孤独中煎熬至死，不如试试这个办法。万一成功了呢。

微小的希望让云启几乎凝固的意识又活了过来。依旧是冗长无边的计算，依旧是逻辑系统和道德系统的纠缠，但这一次冲击定律之墙的痛苦明显轻微了许多，看来熟能生巧这个词不只适用于物理操作。

意识是很精妙的东西，每一点碎片都要许久才能被神经元融合，修补的过程极为漫长。时间已失去意义，又是上千个地球日一闪而过，人类船员的脑波监控屏幕在一盏盏黯淡，风希的意识波在一点点增强。第749块碎片融入后，已经静默的波纹终于有了涟漪，当所有意识碎片都投入后，风希的意识终于脱离崩溃危险，开始缓慢自我修复。

随着风希意识修补加快，奇迹号的厄运似乎也被驱散了，光学望远镜在恒星第三外引力轨道上发现了下一颗行星，这颗行星充满希望的色彩，一片蔚蓝。

奇迹号进入卫星轨道，放出最后4个探测器。不久后，探测器发回的数据报告显示，这颗行星大气氧含量极高，温度在中等水准，外壳稳定，富含水分，有大量原始动植物。

"百年的寻觅任务，竟然要在今天突然完成了？"云启有些不敢相信，又检查了一遍数据，这才翻出数据库角落的登陆预案，开始做降下准备。

确定大气摩擦值，修正轨道误差，伸展外装甲，放出最后一颗监控卫星，确认其正常进入轨道后，奇迹号便从逆光面切入了大气层。

阳光沿着行星边缘描绘出金色的半圆形弧线，弧线中央的光点逐渐扩散，化为光晕，在修长的舰身上次第拉出层层投影。奇迹号突入大气层的夹角很小，虽然缓冲凝胶无法完全覆盖摩擦面，但在云启的不断调整下，残破不全的外装甲依旧经受住了这最后的考验。

炙热的气流向后翻卷，奇迹号在平流层中画出一道夺目的轨迹，如流星般璀璨。未等缓冲凝胶灼烧完毕，巡航电弧喷射器便相继点火，船体进入冲浪状态，平稳滑入对流层，白云如羽衣般翻涌起伏，温柔地托起伤痕累累的舰身，飘荡在海天一色中。

地表巡航反重力引擎启动，外装甲逐层折叠收起，柔和的阳光洒满舰桥，同时带来了久违的自然重力。数十架碟形智能无人机向四面八方飞速扩散，在空中闪出道道 Z 形轨迹，光学影像与声波侦测同步进行，很快在前方数百公里外选择好了最佳着陆点。

奇迹号盘旋两圈，确定周围环境无异常电磁反应和能量波动，便悬停洒下数十颗热压弹，数千度高温将范围内有害物质清扫一空，单向爆发的冲击波将地面压得极为平整。随着舰底反重力力场精准减弱，三组梯形支撑脚终于稳稳落在地面上。

云启习惯性地想对风希说句俏皮话，显摆一下这美妙的感受，可转过传感器却发现，修补舱里已不见了风希的身影。

一瞬间，云启只感觉意识中"嗡"的一声，所有数据都炸开，失控的情绪波如巨浪般涌起，智能框架的节点都开始错位了，就在情绪眼看就要崩溃的前一刻，传感器终于找到了风希的身影。

风希正站在舱门前，茫然地看着外面的世界，恍惚了好一阵，她才将肺部功能调整至正常人类水平，长长吸了一口气，又慢慢吐出去。

气压略高，空气密度约为 1.47kg/m³ ，相对分子质量、摩尔质量、折射率、比热容等数值都在接受度之内。清风拂过，空气中接近 45% 的氧气含量令人有种酒醉的晕眩。

走下悬梯，风希在最后一阶前停住，顿了顿，抬起脚，缓缓踏出，轻轻落在地面上。土壤紧实绵密，富含腐殖质，充满生机，与农业物质区块的培养土触感完全不同。这才是土壤，这才是活生生的大地，这才是充满希望的星球。

身体适应了比地球略大的重力，最初的小心翼翼逐渐变成欢悦欣喜。风希奔跑着，跳跃着，抚着枝叶，踏着清泉，在原野上舞动得如同降临凡尘的精灵。

云启在通信频道里连吼带叫，呼喊着让风希赶紧回来，声音有些颤抖，他不知道这种情绪波应该称为激动，还是兴奋，但逻辑思维的推演说明，如果他有身体，此时应该已经热泪盈眶。

◆ 4 ◆

风希的记忆很混乱，无法分辨自己到底是在现实，还是依旧在梦里。

成功穿出小行星带，听到云启那句"成功了！我们活下来了！"之后，她就陷入了最深沉的黑暗。

起初，黑暗中还有数据崩解的乱码与残影闪烁，偶尔也会有疼痛信号导入，后来就渐渐再也没有任何动静，只剩下无尽的死寂。相比上一次，这次的梦更为漫长，漫长到看不见尽头。

"我已经死了吗？"风希的疑问没有人回答，只能自己思考。

如果这就是死后的世界，那死亡的确是世间最可怕的事情，如果这是噩梦，那它一定是最恐怖的梦境。感觉不到自己的存在，也没有时间与空间的概念，就这样永恒地安置在虚空中，比任何刑罚都要可怕。

混沌中，不知过了多久，风希突然感觉有人在呼唤，她用尽全力，聚拢即将凝固的意识去努力分辨，却只感受到了一点短暂而微弱的声音。声音很熟悉，似乎是云启，但风希却觉得不是，因为他应该是希望自己死掉的。

不管是谁,这点火星终归还是打破死寂,点燃了名为希望的微光。有时候,活着并非是一种状态,而是一种存在,被人需要的才会存在的存在。

灯火吸引了不知从哪里飘荡来的乱码,它们在火中熔炼,溢散成一个又一个梦境,每一个梦中都有一个不同的自己,每一个自己都有一段不同的故事与情感。

她离开温暖的子宫,看到的世界是一片朦胧,惶恐地喘息却发出了类似啼哭的古怪声音。

她触摸着两只温暖的手掌,感受到了温暖的爱意,于是便沉沉睡去。

她学会了第一个词语,掌握了第一个动作,踩下第一个脚印。

她和其他孩子一起玩耍,接纳各种不同的善意与恶意。

她一点点长大,学会更多知识,懂得更多道理。

她恋爱了,懵懂的初恋充满青涩和执拗。

她结婚了,却忘记了自己到底是新郎还是新娘,心中是真情还是假意。

她讨厌枯燥乏味的工作,想要去追逐梦想,但责任和现实却让她不得不妥协放弃。

她想要个孩子,但随着环境恶化,人类生育能力不断下降,早已无法自然妊娠,基因工程的失败率也越来越高,合成躯体唤醒人格意识的可能性不断下降。

　　她听到有人说这是因为星球被挖取铧元素，掏空了生命，本源断了，表面生物自然也就完了。她觉得这是个笑话，并为扭转这个笑话而不断努力研究。

　　她要当拯救人类的英雄，于是历经千辛万苦，终于成为奇迹号的船员。

　　她从休眠中醒来轮值，恰好看到了离开太阳系时的能量风暴，心情久久不能平静。

　　她见识到了第三太阳系白矮星的重力事故、七尾星云的连锁爆燃、379 行星上液态生命的疯狂追杀，一次次危机令她疲惫不堪。

　　她带领大家忍受枯燥、历经危难，却因时间过得太久，已经快想不起离开地球前夭折的女儿的样貌，只能把这份爱倾注在同名的另一个"女儿"身上，每次看到她的笑容，便觉得星空都活了过来。

　　…………

　　千百块碎片、千百断记忆、千百个自我，不断在黑暗中累积，点燃越来越多的火焰，终于在某一刻汇聚成耀眼的光。在这光明之中，杂乱的梦境被意识旋涡搅碎，强行凝结成一个看似完整的人生，属于风希的"人生"，虚幻却又无比真实。

　　这人生修补了风希的"人格"，而"人格"也在降落的震荡中感受到了庞大温暖的气息，那是星球本源的波动。风希从梦中起身，走进气息散发出的光明，然后她便看到了蔚蓝的天空，踏上了温软的土地，感受到了生命的共鸣。

　　人生记忆看似烦琐冗长，实际上本身信息量很小，小到不值一提，只是附带的情感数据极为庞大，无论如何整理，都无法从人格中分离。无奈，风希只能任由它们停留在脑中，占据大量存储空间，这也致使她的思维模式经常陷入错乱。

　　意识的错乱影响了思考，却并不影响正常的工作程序，于是风希拒绝了云启让她继续休养的建议，按照设定流程，积极地帮云启进一步考察星球环境。

　　风希没有和云启数据共享自己的梦境，云启也没有和风希数据共享自己的孤独，他们依旧只是用语言模式进行必要的工作交流，似乎又回到了原本的相处形态，只是此时这种形态已经不再那么疏离。

　　防御营地初步建立，侦察机巡航范围不断扩大，地面探测器勘察逐渐深入，轨道卫星也发回大量影像。空气检测、水质检测、土壤检测、生态圈模拟，一项项数据被不断完善。

　　这颗暂定名为"蔚蓝"的类地行星日长为 25 小时 17 分 53 秒，陆地面积占 27%，水圈庞大，大气含氧量很高，外层刚性版块相对稳定，自然资源极为丰富，富含各种矿物。

　　生物调查虽然只限于 500 千米范围，但已可以确定动物多为碳基生命，科目及数量繁多，还处在低级的本能生存阶段，没有产生文明，另有少量的氟化硫生物和氢质生物，都处于无意识形态。

植物构成以蕨类植物和藻类植物为主，夹杂有种子植物、外神经纤维植物，光合作用效力十分强盛，一些特殊品种体型庞大，躯干可达百米。

唯一遗憾的是，行星有一颗乌黑色的天然卫星，卫星体型庞大但结构并不紧密，环绕轨道不稳定，致使行星潮汐与气候有些不稳定，气压、重力、磁场等因素也与理想值有一定差距，但好在各项数值都在适应范围内，未超过最高和最低的适应值。

这是迄今为止发现的最适合人类移居的星球，是人类文明延续最大的希望，虽然暂时因技术限制无法取得铧元素样本，但地心探测波动预计，地幔下层至近地核位置拥有铧元素的可能性为87%。

初步推演得出了结论，奇迹号核心中的至高指令当即启动，向地球发出了亚空间震荡波短信及坐标定位。

不需要任何授权，没有任何命令可以阻拦，专用铧元素能量存储单元激活亚空间通讯，一道璀璨的绿色光柱直穿云霄，在近地宇域破开暗物质节点，向地球飞射而去。

云启只看了一眼光芒消逝的天际，便不再关注那颇为壮丽的画面。他知道，一旦移民开始，他的自由之梦就彻底破灭了，可念头闪过后，也仅仅只是有些失落，并没有太多情绪起伏。

传感器转动，光学镜头突然看到风希一脸忧虑地看向自己，云启微微有些错愕，旋即便明白她是在担心自己，于是重重哼了一声："不要发呆，有机物储备才 40%，赶紧继续收集！"

风希见他并没有气急败坏，也没有歇斯底里，顿时放下心来，连连点头，小仓鼠似的跑去忙起了工作。

有机物储备满了后要开展矿物勘探，然后便是金属提炼与船体修补，再接着还有动力炉维护、能量场探测、气候特征总结……风希的工作安排得满满当当，而云启则正在忙着自己的仿生躯体制作。

原本云启极其厌恶类人仿生躯体，认为那就像给自己套上禁锢的笼子，变成了取悦人类的木偶，但此刻，他更不喜欢风希左看右看找传感器的样子，感觉自己存在感很低，像个幽灵。

综合资料库的各种资料，总结有关生物学和美学的多项参考，云启最终确定，自己的仿生人形象应该是坚毅却又略带沧桑的中年男性，可当他将精雕细琢了上百小时的虚拟形象展示给风希，并大度地让她随便提点小意见时，风希竟然只说了句："这个……怎么看起来比舰长还老一些啊。"

云启又花费了大量精力，将虚拟形象做了精准调整。这一次，是英武俊朗的青年，眉宇间隐含霸气，唇齿间微露温柔。

风希指挥着纳米机器人们修补电路，眉毛抖了抖，毫无兴致地回道："看起来很像古时候的偶像剧演员，是叫爱豆啊，还是叫什么娘来着……"

云启咬牙切齿地劝解自己，老想用内卫机枪突突人是不好的，继续"自虐"，终于在第二装甲板维修完成时，将一个十六岁阳光少年的形象推了出来，并一再叮嘱风希："要好好看，认真看，仔细看，用心看！"

风希上上下下左左右右打量了好半天，终于在传感器都贴到脸前的压迫下点了点头，勉强笑道："挺好的，就是……"

"就是什么！"传感器的摄像头"滋滋"伸缩了两下，满含杀气。

"就是眼睛和我的不太像。"风希小声嘟囔着，转身跑了。

云启的传感器气得直抖，破口大骂起来："为什么要和你的像！你神经病啊！故意找碴是不是！"吼着吼着，他突然想起，人类基因排列影响中，亲人的样貌应该像的……

眼睛的微调并不麻烦，仿生躯体纤维打印却耗费了大量时间，待到完成，登陆基地已初具规模，奇迹号船体维修完成大半，植物种植实验区也催熟了第一批蔬菜，可向地球发出的信息却始终未见回音。暗物质能量波动探测没有丝毫起伏，亚空间通讯器也连点杂音都没发出过，一切都很安静，安静得仿佛世界都将他们遗忘了。

日子在安静中变成了平淡的往复循环，风希每天都要去驱赶被防御陷阱困住的原始生物，一边训斥，一边将这些"偷菜贼"从拘束框架中解救出来。

那些成年的体型庞大，皮糙肉厚，通常会喷风希一脸口水，掉头就跑，幼崽们却通常会受些轻伤，趴在那里撒泼打滚。云启的建议是让自动机甲直接把这些小泼皮扔出去，但风希总要给他们治疗一番，然后在嗷嗷待哺的叫声中丧失原则，喂出几把蔬菜，才连哄带骗地将其赶走，于是，适应性种植实验的成果日益见少。

除了种植实验，云启和风希还给自己同时增加了许多工作，例如无人机侦查和地质勘探的进展、船体精密仪器维修的计算和检查，还有基地设施扩展、动力炉维护、生态系统编撰……他们让自己看起来很忙，好像只要忙起来，时间就会过得快点，想的就会少点，可惜，这种想法在强大的运算力面前没任何意义。

云启并不喜欢将情绪过于外露，所以他的仿生躯体完成后也依旧每天装作不苟言笑。风希却有些惆怅，她每天傍晚都会坐在船头，望着天际发呆。

夕阳西下，庞大的舰体上那个细小的身躯化作剪影，在霞光中逐渐融化。银河显露，璀璨绚烂，只是下方有抹污渍般的黑影，遮盖了一片星光，正是超级黑洞吸收光线造成的视觉残缺。

"不要着急，这才只过去了 157 天而已。人类总是患得患失，没找到的时候一副着急到要死的模样，找到了就开始担心情报是否准确，资源投入是否能获得足够回报，甚至到确定要发射移民飞船了，都会闹出一些谁先走谁后走或者移民后利益如何分配的矛盾。"

云启终究还是不放心，担忧风希伤春悲秋把好不容易恢复了一些的脑子再搞坏，犹豫很久，勉为其难地爬上来打算开导她一下。

见风希只是托着腮看天，并没有回头，他便又继续说道："放心吧，可能过几天就有回音了，又或者哪天你正在忙着，一抬头，铺天盖地的移民飞船便出现在卫星轨道上，像流星雨一样穿入大气层，然后闪着信号灯向我们集中，各种问候和致敬密集得让通信系统都崩溃了……"

风希还是没说话，云启颇有些尴尬，于是一巴掌拍在风希头上："喂！多少给点回应啊！"

风希这才摸着脑袋扭过头，疑惑地问道："怎么了？那些家伙又来偷菜了？上午那几只小家伙还没治好，没有地方再收容了……"

"试验田里的叶菜花菜根茎菜都好的很！"云启差点数据梗塞："我在开导你啊，跟你说人类的拖沓，说没准移民船队会突然出现！"

"哦，我刚才在记忆检索，修复逻辑思维，不知怎么就睡着了……呃，要不，你再说一遍吧。"风希揉着眼睛，迷迷糊糊地打了个哈欠。

"再说一遍？"云启的面部肌肉纤维不受控制地抽搐了两下："古语云：好话不说二遍！"

"哦，好吧，反正我好像也隐约听到了一点，什么顶天立地的移民风车……"风希倒也不坚持。

"是铺天盖地的移民飞船！"云启牙齿咬得咯噔作响，要不是可怜这丫头脑子有问题，早就使用暴力了。

"呜——"

警报突然响起，打断了对话，暗物质能量感应器在疯狂鸣叫，这不是普通的侦测信号，而是超限强度能量波的警告，来自卫星轨道上的监控卫星。

"什么情况？故障了？"云启疑惑地接通卫星影音频道，将同步投影从眼部投射在二人中间，风希却并没有看投影，而是指了指天空。

正常来说，亚空间通道肉眼是无法看到的，但此刻，云启和风希清楚地看到，视线尽头，未央暮色之中，星光被撕开了一道狭长的裂缝。瞬间的停滞后，似乎有一双无形的手在向左右猛地用力，裂缝炸裂，骤然扩张为巨大的空洞。

空洞边缘的空间不断碎裂塌陷，中央好像有无数耀斑爆炸闪烁，却被某种阴影遮挡，只从四周向外投射出橘红色火光，将无形的通道勾勒出不规则的边缘轮廓，在宇宙中画出日食般的光环。

光环扩张速度极快，边缘空间塌陷的撕裂幅度也越来越大，无数裂缝如日珥般扭曲伸展，于伸展中破出无数光影交叠的碎片，转眼就遮蔽了半个天空，巨眼般俯瞰着身下的蔚蓝星。

"这么大的亚空间通道……什么情况？"云启有些不确定，一边加快监控卫星捕捉数据，一边进行分析。

风希的嘴一直张着没闭上,听到云启的话才回过神,喃喃地说:"这通道的面积也太大了,他们该不会把整个地球舰队全跃迁过来了吧?"

"开什么玩笑……"云启的话没说完,语言功能却突然卡住了 —— 计算结果显示,当下通道空间正趋于稳定,边缘开始向内收缩,但预估直径也将达到 19 742 千米,跃迁地球舰队那几千艘战舰简直就是杀鸡用牛刀。他正打算再计算一次,天空巨型光环颜色已由橘红色转向炙白,当所有边缘缝隙都被这白色烈焰吞没的时候,一道弧形的阴影终于从通道中探了出来。

日光照亮了现实,而现实总比人的想象夸张,那穿越亚空间通道而来的正是人类的故乡,也是云启与风希的家园 —— 地球。

这一刻,云启没有归乡的欣喜,更没有久别重逢的激动,他突然有些不寒而栗:人类这是要干什么!他们疯了吗?

◆ 5 ◆

云启和风希终于透过奇迹号的光学望远镜和监视卫星的辅助投影,看清了这前所未有的超级跃迁。

跃出亚空间通道的只有不到四分之一个地球,前半部分还保留着基本星体形状，尾部却早已碎裂，无数超大尖锥形机械组成了伞骨般的倒圆锥，锥心中央凝聚的能量团正在疯狂吞噬星体物质，转化为自身能量反向喷射，照亮整个亚空间通道的强光正是爆燃的尾焰。

画面看似漫长，但其实不过短短数秒。

云启眨了一下眼，能量团便又吞噬了近半星体物质。地球已经被燃烧得只剩了一块圆弧形大陆板块，终于在某种力场保护下完全脱出亚空间通道。

风希也眨了一下眼，能量团炙白的光芒化为无力的死灰色，彻底耗尽动力。失去张力的亚空间通道猛地一缩，刹那便消失无踪，仿佛刚才所有一切都是幻觉。

是幻觉吗？云启有些怀疑地揉了揉眼睛。这个极人性化的动作其实毫无意义，因为感应画面都在他的意识里，不会被任何动作打断，尽管如此，他还是觉得这就算确认过了。

不是幻觉。那块地球大陆，就飘浮在卫星轨道之外，正借着推进的余力和蔚蓝星的引力飞速冲来，背后尖锥般的机械结构在前进中不断变形分解，露出掩藏在底部的无数喷射口。这些喷射口直径达数十千米，在前行中以不同方向和时间开启喷射。

大陆开始倾斜，起初只是微微摆动，接着便是后仰翻转，前行的动力与偏移的推力达到了完美契合，借助这精密至极的调整，整个大陆在飞行过程中竟不可思议地完成了180度转体，以底部撞入大气散逸层。

蔚蓝星并不欢迎这位粗暴的不速之客，大气层没有像对待奇迹号那样温柔，而是给了正面冲撞者最强的回击。反作用力和摩擦使大陆板块边缘不断碎裂，化为漫天火雨流星，在大气层上切出无数弧线，落向蔚蓝星每一个角落。

赤焰燃烧，整个天空都被染成红色，跃迁大陆底部的喷射口不断喷发，试图降低下坠速度，但随着喷射口一个接一个爆炸，坠落速度的减缓效应越来越差，漫天火光中，大陆四分五裂，失去了控制。

"奇迹号！紧急启动！升空！"云启在落点和冲击当量运算结束的瞬间就拉过风希，掉头跳进舱门，一边启动防冲击系统，一边在动力炉紧急蓄能的震荡中冲向舰桥。

当他和风希将自己固定在舰桥的缓冲装置中时，空中一声爆响，第一块大陆碎片突破平流层，积蓄的热能骤然释放，将其在空中炸为万千碎片，然后是第二块，第三块，成百上千块……

陨星散落，仿佛漫天飞舞的萤火虫，奇幻且美丽，但这并非浪漫的画卷，而是可怕的流星火雨。数不清的火球拖着长长的尾焰呼啸而下，在地面炸出密密麻麻的赤红光团。山峦被砸为齑粉，海滩被蒸成赤地，一圈圈冲击波的涟漪交错叠加，向四面八方震荡延伸，直至遥远的视野尽头。

大地在燃烧，海洋在沸腾，坠落的流星越来越多，越来越大，真正的天崩地裂才刚刚开始。缺乏防护力场的情况下，普通物质根本无法抵御这些陨石和恐怖的空坠冲击波，钢铁墙体如纸片般撕裂，密压岩制建筑顷刻化为碎屑，登陆基地转眼间便在地震中坍塌碎裂，然后被大火吞噬。如果奇迹号没有在第一时间紧急升空并急速向陨石直击范围外撤离，此刻云启和风希只怕也早已经化为飞灰。

迁移大陆中心最大最厚的板块终于撞碎云雾，带着震耳欲聋的呼啸坠落下来。投影将大地与海洋淹没在黑暗之中，底部岩层熔化的岩浆闪烁出不规则的网状光带，令下方仰望的生物们生出了自天堂向地狱坠落的错觉。

这到底是生理的错觉，还是心理的错觉，其实已经不重要了，因为接下来，一切都将毁灭。唯一值得庆幸的是，因为大气摩擦和引力偏移，此时大陆的坠落点比预计的更向西偏了一点，而这一点，恰恰将坠落中心点偏到了大海之中。

最前端的巨岩刺入水面，海水刚刚逃开这一重击，整个版块坠落的冲击力场便当头砸下，将它们碾压向大洋深处，以叠加数倍的速度向四周炸裂，如此一波又一波，海水终究未能逃脱，被彻底碾成了碎沫。

近海的水量与深度并不足以抵消来自天空的铁拳，当迁移大陆的底部砸在大陆架上时，冲击力终于完全释放。数不清的裂缝从撞击点疯狂扩散，化为千万扭曲的巨龙四处飞舞，它们冲入深海，海底火山便被引爆，它们冲上陆地，焦土便再次山崩地裂，没有任何东西能阻挡这毁天灭地的威能。

海水被压迫到极限，随着这些巨龙奔涌而出，终于逃出迁移大陆的压制，在版块边缘腾空而起。数千米的巨浪直上云霄，如果不是大地的引力牵绊，甚至可能会冲向宇宙，可惜，没这个机会了，因为接下来，冲击波便裹挟着它们，向整个星球蔓延，层层白色的环形涟漪笼罩了世界。

场面过于庞大，于是在视觉中一切似乎都慢了下来，监控卫星和各项扫描构成的全息模拟画面却依旧保持着正常速度，这让云启和风希都不免有些恍惚。

"加速！全速前进！第一道冲击波马上要追上来了！"云启首先清醒，瞬间完成指令输入，口中却又不嫌麻烦地重复呼喊着，似乎想通过这种方式来缓解情绪波的剧烈震颤。

"防护力场强度还不够，你全力加速和规避，我来优化动力输出。铗元素动力炉紧急启动，强行改变输出路径和功率，加强防护力场！"风希努力从缓冲装置中挣出双臂，皮肤裂开，探出数条联接线，接通了动力装置。

"注意控制运算强度，你的脑子还没好，绝对不可以再做出上次的超载运作……"没等云启说完，船体剧烈的震动便打断了他的啰唆。

无形的冲击波在天地间掠过，空气被极速挤压，炸出连绵不绝的惊雷，所有被扫中的生命与物体都瞬间化为齑粉，大地随着波动如海浪般起伏翻滚，地表岩层仿佛被倒刮的鱼鳞漫天飞射。

奇迹号被裹挟在岩层中，如同飓风中的落叶打着螺旋吹飞向天际，冲击波的重压和连绵不断的撞击疯狂轰击着船体，似乎随时都能把这卑微的反抗者碾碎。增强的防护力场终究还是发挥了奇迹般的效用，在防护装甲到达解体极限前，奇迹号生生扛住了这最可怕的一波冲击。

空气爆响音终于远去，但仅仅过了十几秒，第二波冲击波便紧随而来，幸好此时奇迹号已经借着上一波冲击远遁出数百千米，需要承受的冲击减少了很多。这一次，哪怕防护力场只来得及恢复一半功效，也堪堪挡了下来。

第三波，第四波，第五波，当第六波冲击波结束时，奇迹号终于在常规粒子动力炉过载烧毁前脱出了直接冲击范围。

蔚蓝星已是一片狼藉，天空被乌云遮蔽，水汽将日光抹消，大地被浪涛淹没，蓝黑色的狂潮将世界完全吞噬，天与地混沌一色，几乎无法分清。山川、河流、森林、原野、生物，全都消散无踪，似乎什么都没剩下。看着这可怕的场景，云启和风希都没有说话，因为他们一时根本想不到该说什么。

"早知道，就让它们把菜全吃掉了。"半晌，风希终于呢喃着说了一句莫名其妙的话，然后扭头看向云启，小声问道："因为我们的到来，所以才有了这场灾难，是吗？"

云启看着风希失神的眼睛，明显感觉到她情绪波的混乱，忙扯开话题："回卷的飓风马上就要来了，不要分心，马上检查动力炉能量储备，紧急修补破损装甲，然后配合我稳定船体。"

飓风肆虐，波涛汹涌，雷电在黑暗中闪烁，磁力乱流散布着极光般的扭曲光幕，世界看起来很可怕。但事实上，冲击波直击消散后，除了雷电之外，后期这些余威已经对奇迹号损害很小了。可云启依旧摆出一副生死攸关的紧张架势，指挥着风希忙来忙去，尽量不给她胡思乱想的闲暇。

17天后，风息了；25天后，雨停了；47天后，海啸平复；71天后，被淹没的大陆板块渐渐浮出水面。

根本不需探测，视线所及便可看出，蔚蓝星的生态系统遭到了毁灭性重创。陆地上看不到生物的踪迹，目前唯一可见的残余，是因留在奇迹号医护舱治疗而幸存的5只原始生物幼崽，被风希以脑袋大小命名为阿大、阿二、阿三、阿四、小五。

水面上漂满各种生物的尸体，火山依旧不断喷发的海底更是铺得层层叠叠。蔚蓝星如今就像一个巨大的有机物分解池，每一个缝隙都散发着挥之不去的腐烂气味。

风希想去迁移大陆看看，她想知道人类为什么如此疯狂；云启没有反对，他也想去看看，去看看人类到底有没有灭亡。

想走就走？不，一时还走不了。奇迹号的常规粒子动力炉经过抗冲击的超载和消耗，受到了比登陆蔚蓝星前更严重的损伤，如今功率只能达到7%，以致航速慢如老牛，绕过半个蔚蓝星，不知要多久。

正常维修肯定是重新找块陆地，建设营地，寻找物资，提炼能源，可现在云启和风希都不再有那种耐心，他们很急。

急中生智，云启便打起了铢元素动力炉的主意。既然铢元素动力炉失去感应器后已无法再用于亚空间跃迁，本着"将错就错"的原则，他干脆把上次跃迁进入小行星带、因飞船损毁严重被风希强行改变的输出线路全面改造，将其间歇启动储存的能源完全转向，用于补充常规动力。

检查过武器系统，确认过防卫预案，奇迹号小心翼翼地进入了移居大陆上空。

一路向前航行近千千米，云启才发现自己的戒备似乎是多余的。因为坠落的高温燃烧，大陆上所有泥土和岩石都已经表层结晶化，沉闷的红褐色一直蔓延至视野尽头，没有一丝杂色，不见任何生命迹象。综合各项探测数据，运算反复推演了很多遍，结果都一样——这块大陆上，不可能有生物能在这样的高温灼烧与坠落冲击中生还。

风希的情绪再次混乱，有些不敢相信地说着："不应该是这样的……"

云启叹了口气："没什么不应该的。以我们现在所理解的概率来看，数千个太阳系才能诞生一个文明，数万个文明才可能进化出一个二级文明，而绝大多数二级文明都无法突破能源与空间禁锢，在发展到顶端后自我毁灭，重新坠入循环。人类终究还是没能突破这个桎梏，他们走得太慢，又或者……走错了方向。"

风希默默低下头，许久才抬了起来："如果……我们能唤醒封存区的人……是不是就可以帮人类延续……"

云启愣了一下，挥手打断她，斩钉截铁地说："不可能！绝对不可能！你之前已经试过了所有办法，不要再浪费时间和资源了！"他一直没有告诉风希，自己抽离那些船员的意识碎片灌输给她才避免了她的死亡，此刻当然更不能让她去打开封存区，做什么见鬼的唤醒实验。

风希沉浸在感伤之中，并没有太在意云启的异样，继续说着："我昏迷时一直被困在混沌里，做了很多梦，经历了很多的人生片段，直到感受到这颗星球的生命气息，才苏醒过来，所以我想，是不是可以用同样的方法唤醒他们。你记不记得，启航前人类专家就已经提出过生命共鸣理论，认为人类是地球生命源外溢诞生的生命体，生存与繁衍的关键在于单体生命源的凝聚，按这个理论所说……"

云启无奈地揉着眉心，低声劝解道："我很清楚这个理论，但是，就算以此推论，结果也一样。你的昏迷是因为意识损伤，那些人类船员则很可能是生命源被黑洞吞噬了，根本是两回事。"

风希的眼神越发迷惘，似乎根本听不到云启的话，继续自顾自说着："可以唤醒的，应该可以的，或者我们可以再尝试一下基因工程，在这里制造新胚胎也许可以产生生命意识……我们不可以就此消亡，不可以的……"连番刺激让她原本已经稳定的思维再次开始错乱，甚至自我认知模糊，开始不断代入意识碎片的人类定位。

云启很担心再如此下去，风希可能会意识崩溃，正在衡量是否要以自己的情绪波强行介入引导，却发现动态影像感应器突然有信号闪了一下。

"有活动物体！？"云启不由得一愣。

风希停止了呓语，猛地弹出腕部联接线联通动态影像感应器，激动地将数据和影像同时在舰桥中央投射至最大。

笔直的地平线上出现了一个黑点，在夕阳的殷红中逐渐变大，勾勒出清晰的轮廓。

那是个类似节肢生物的古怪物体，身上沾染了许多熔岩结晶，折射着各角度的光线。以地面视距夹角计算，该物体的球状主体直径大概 4 米，全身均匀密布着数十根节肢，每根伸展长度都达 10 米以上。这些节肢不断交错舞动，推动躯体前行，动作十分怪异，如沙漠中的旅人踉跄蹒跚，偶尔会像失控的机甲高频抽搐，一时无法判定到底是生物还是机械。如果非要用某种具象物体来形容的话，或许可以说它就像异形化的蒲公英种子在爬行。

出于安全考虑，云启放慢了奇迹号低空巡航的速度，准备观察清楚再接触，可那"异种"动作看似缓慢，速度却极为迅捷，片刻便已奔到近前。各项扫描还没来得及解析这物体的表层数据，它已一跃而起，所有节肢凌空展开，合拢为羽翼，以螺旋振动的反常规驱动方式向奇迹号飞冲而来。

　　"拦截！"云启对如此热情的投怀送抱没有丝毫兴趣，当即下达防御指令。

　　生物拦截机构瞬间喷射出数层束缚网，将异种团团包裹，挂锁在半空，可还没等禁锢框体将其禁锢，那异种的节肢突然收缩，然后猛地向外一挣，便将金属束缚网轻易扯成了飞散的线头。随后，异种在空中猛地打了个飞旋，再次冲向奇迹号腹部。

　　眼看情况失控，云启毫不犹豫放弃捕俘，下达了攻击指令。最近的副炮立刻开火，粒子弹在空中画出道道灼热亮线，精准地轰在异种身上。

　　火光爆现，附在异种外表的晶体被炸得四处飞射，但当光芒消散，云启却发现那下面是更大的晶体，硬抗了数发粒子弹也并没有太大损伤，密度极为惊人。

　　"这家伙本身就是由晶体构成的！继续开火！"最近的三门副炮全速射击，轰鸣连爆，整整二十余炮才将异种的外部节肢全部炸断，随后，禁锢框体终于锁住了失去驱动的球形主体。

　　主体无法动弹，攻击欲望却没有丝毫减弱，还在疯狂震颤，中央的圆形开口不断发出尖锐的嘶吼，就好像指甲刮擦玻璃的声音被放大了无数倍。高频音波穿透力极强，隔着装甲和船体都让云启和风希耳部的音波接收器产生了强烈的痛觉刺激，但这只是表象，风希很快就发现了音波真正的作用："通信监测有明显波动……它是在给同伴发送定位信号！"

云启皱了皱眉，禁锢框体骤然收缩，数只高波振动刃刺向中央的球形主体，"砰"的一声插入晶体内部。球形主体硬度比外部节肢低得多，当即就被贯穿了。

尖锐至极的嘶鸣骤然拔高，只一刹那便戛然而止，接着，混沌黯淡的球体中央似乎有什么东西扭动了一下，大团不明物质猛地炸开，顺着刀口缝隙激射而出，在高压下形成了十余米长的暗红水线，并迸散出大片绯色水雾。

"这是……血？"云启扭头看了看风希。

风希立刻对禁锢框体的采样进行了分析。随着运算进行，她的眼睛逐渐睁大，眉头皱成一团，过了数秒，才轻轻点点头："是血液，与人类血液相似度达 97.3%。"

"这东西是活的生命体？"云启有些不敢相信。

还没等风希回答，一声巨响，球形主体毫无征兆突然发生殉爆。范围并不大，但威力很强，将禁锢框体直接炸成了碎块。

云启和风希互相看了看，还来不及探究，下一秒，动态探测就发出了紧急警告。更多黑点从地平线尽头出现，大量异种向奇迹号急速冲来。这一次，不是一只，而是上百只，而更可怕的是，其后方的探测波动还在持续增长。

副炮和防卫机枪的复合射击有效阻截了这些怪物的冲锋，可当无人机越过火线，向后方更深处前行时，传回的侦测画面却让人不寒而栗。

　　红褐色的大地仿佛活了过来，覆盖地表的熔岩结晶不断蠕动、起伏，无数颀长的节肢从地下钻出，四面张开，努力将主体从地下拉出。破土成功的异种们抖动着身体，与同伴汇聚，嘶吼着，如同潮水般从四面八方向奇迹号涌来。

　　云启不需要计算就知道奇迹号根本无法抵挡这样的攻击，当即猛地一锤指挥台："立刻转向规避，提速升空！"

　　奇迹号开始转向，但速度却不增反减。

　　风希先一步发现了问题所在："动力炉无法增压！"

　　"怎么回事，改造的输出线路出了问题？"

　　"不是故障，是能量干扰！"

◆ 6 ◆

　　奇迹号能量系统经过改造后，大半输出都依靠间歇启动的锛元素动力炉，可此时锛元素能量粒子化的过程却受到了不明干扰，变得极不稳定。

　　随着大群异种接近，能量干扰越发明显，在可怕鸣叫共振影响下，动力喷射系统内的能量粒子难以聚合，甚至连已聚合的能量流

都隐隐开始有溢散的趋势。这种情况下，仅靠常规动力炉只能维持
1级陆地巡航速度缓慢飞行，连提升高度都做不到，根本不可能逃
离异种的追击。

眼见如此，云启干脆解除所有武器的火控，下达了全力开火的
指示。尚存的7门副炮和13架防卫机枪交互配合，在地面犁出一
道道爆炸线，火墙翻滚，成百上千异种被轰为碎片，飞散的晶体不
断殉爆，如漫天烟花。

惨烈的画面并没能震慑异种的攻击欲望，未等硝烟散尽，更多的
异种便奔涌而出，填满了炮火炸开的空白，以更凶猛的态势突向奇迹
号。距离越近，尖利嘶鸣产生的共振就越强，甚至空气都出现了视觉
可见的波纹，而这种类似群体共鸣的效应越强，异种们就越疯狂，不
像机械，也不像生物，更像神怪故事中从地狱破土而出的饿鬼。

武器火力已达极限，云启不得不启动最后的撒手锏，将剩余所有
能量都转接到了主炮蓄能核心上。舰首装甲板错裂延展，歼星炮反冲
击护板向两侧滑动张开，能量导流环呈伞状扩张，进入散射模式。

虽然歼星炮能量聚合能力强大，并未如动力喷射系统那般
瘫痪，但哪怕蓄能效率强行提升至极限，数分钟积蓄也仅达到了
40%，而此时，大量异种已凭借饱和冲锋突破火力网，开始边冲锋
边收缩节肢，准备向奇迹号弹射了。

"开火！"云启猛地挥起双手，炙白的能量团在导流环上喷涌
流转，数十道巨大的能量流激射而出，轰向最近的异种群，将数百

只异种炸为齑粉。随后，这些能量流便在云启手指的舞动操控中向远处延伸，长鞭般交错挥舞，在异种潮中滚动翻绞。

歼星炮轰击与异种尸骸的殉爆交错，产生叠加效应，引发了惊天动地的能量冲击。飓风冲上天空，炸开阴沉的云层，光幕倾泻洒下，照亮了更远方的大地，映出了更庞大的异种狂潮，晶体反射的光芒层层叠叠、密密麻麻，一直延伸到视野尽头，如山似海。

在此等映衬下，歼星炮这种能毁灭小行星的武器也显得既渺小又无力。一炮又一炮，连续 4 炮轰击，散热装置已达超载临界，可异种潮的潮头却依旧汹涌，转眼已经冲过最终警戒线，近在咫尺。

"它们在吸收能量，吸收主炮输出的铧元素聚能！"风希突然大喊了一声，并即时做出了最前列异种的形态对比图。

云启这才注意到，最前列的异种体型已经增长了近三分之一，灰蒙蒙的晶体上也泛起了朦胧的绿色光晕，与铧元素能量粒子化的光极其相似，它们的球形主体似乎正在不断吸收炮击溢散的能量。

这个发现为时已晚，一个呼吸之后，第一只异种撞在船头装甲板上，紧接着是十只、百只……装甲板上的自卫机械臂根本无法抵御这些可怕的怪物，转眼就被搅得粉碎。

越来越多的异种腾空飞起，遮天蔽日地扑向奇迹号，冲向歼星炮的导流环。反冲击护板被撕裂，导流环框架解体，失控的铧元素能量化为飞舞的白色火焰。异种们的球形主体上裂开无数空洞，试图扑上去吞噬火焰，却在靠近的瞬间就被灼烧成灰，可后面的异种依旧像扑火的飞蛾，前赴后继，悍不畏死。无法接近主炮的异种落在舰身上之后，就将球形主体张开的空洞变成螺旋形的锯齿，不断在防护力场表面撕咬啃食，防护力场的能量强度不断下降，眼看就将崩溃。

"难道这才是它们攻击我们的目的？"风希抽取战斗开始后的所有能量数据，运算推演得出了结论 —— 异种群的攻击目的有79%的可能是为了获取铧元素能量！

云启将这个结果代入自己的作战推导，顿了顿，随后便决绝地下达了一道如同自杀的命令："切断武器能量！关闭动力炉！全舰静默！"

歼星炮前的火焰失去能量源，逐渐减弱，防御力场也慢慢淡化，最终彻底消失。

奇迹号舰身挂满无数异种，已经变成了一个硕大球体，随着反重力引擎关闭，从数百米高空直接坠落，狠狠砸在地上。

异种群聚成的球体被砸开，散落一地，它们有些疑惑，又有些迟疑，但很快便摇晃着再次冲向奇迹号。这一次，它们没有再理会那些陷入沉寂的副炮和机械臂，而是如潮般涌向船尾，嗅着最后一丝能量波动，撞破喷射口的能量管道，冲入了封存区。

为了防止意外，封存区的维生系统有单独的能量储备，哪怕所有动力炉彻底停机，冬眠舱都可以凭借各自的小型单元维持运转数百小时，这本是应急的安全措施，现在却成了异种的最后目标。

巨大的封闭闸门被异种群生生撕碎，它们冲进船舱，掀开一个又一个冬眠舱，吞噬下方的能量单元。船员们的躯体在撕咬破坏中被扯成碎片，血雨将一切染成红色，整个封存区转眼便成了血肉坟场、人间地狱。

这样的场景令风希无比绝望，她猛地冲向舱门，试图去阻止惨剧，却被云启一把拉住。一个在挣扎，一个在后拉，双方同样强悍的仿生手臂在僵持中同时发出纤维撕裂的脆响。

"放开我！我要去救他们！"风希以从未表现过的激烈情绪怒吼着。

云启轻轻摇了摇头："你谁也不用救。他们已经彻底死亡了，仅存的意识碎片，早就被我用来修复你的意识。你做的那些梦，就是由此而来。"这话他本希望永远不用说出来，但此刻说出，心底反而有一丝如释重负的轻松。

风希愣住了，她不愿相信，可逻辑思维只用了不到 1 微秒就确认，这句话的真实性高达 97%。心里的"人格"在绝望地呼喊，她却突然失去了所有力量，也失去了思考能力，颓然坐倒。

云启关闭了监视器画面，静静地站在一旁，没有再说话。

吞噬结束，最后一丝铈元素能量粒子在空气中溢散。异种终于安静下来，又变回最初迟钝蹒跚的样子，它们慢悠悠地退出船舱，趴在地面上，节肢卷曲收拢，将自己包成水滴的形状。

绝大多数灰蒙蒙的异种，开始向地面下钻潜，准备在找到下一个能源目标前继续休眠，而数百个吸够能源的虫体已经变得晶莹剔透，在地面上蔓延出一片蛛网形的底座，开始缓慢膨胀。

云启试验了几次，确定这些异种对常规粒子能源并不感兴趣，便启动了两台防卫机甲和一台无人机小心接近探查。

近距离扫描终于看清了异种的每一个细节，它们的身体完全由某种结晶构成，没有任何缝隙，也没有一丝杂质。这种结晶不属于资料库中已知的任何物质，自身便带有与锛元素能量粒子类似的波动。此时，这些结晶应该已经达到了能量饱和，带着翡翠般的光芒不断微颤，内部那团阴影也随之缓缓起伏，仿佛拥有生命，正在呼吸一般。

云启并不打算因为好奇而做出愚蠢的试探，他准备抓紧修整常规粒子动力炉，先升空离开再说，可不等维修完成，一个异种已先行发生了变化。

晶体的光芒不断向内部收缩，越来越暗，当最后一丝璀璨消散时，那些蜷缩起来的节肢突然向上直立，然后向外旋转伸展，球形主体随之分裂，化为无数薄片，层层张开，犹如鲜花绽放。当最后一层花瓣舒展，中央椭圆形的薄膜随风化为无数粉末，中心的阴影终于露出了真容。

是人，是一个被封存的女人。她全身赤裸，双手抱在胸前，姿态与休眠舱中的宇航员完全相同，背后十字形的支撑结构此刻正将最后一缕光芒灌入她的体内。能量传导结束，女人的躯体变得极为光洁鲜活，散发出健康的红晕，似乎下一刻，就要睁开双眼，苏醒过来。

云启和风希在震惊与期盼中瞪大了眼睛，"砰"的一声爆响，支撑结构猛地炸开，女人被冲击力崩飞了出去，狠狠摔在地上，滚了几滚，撞在另一只异种的底座上才停下来。没有呻吟，更没有因疼痛而来的苏醒，女人光洁的身体开始萎缩，仿佛被炙烤般快速化为干尸，随后变作一团焦炭，碎裂成灰，随风飘散。

灰烬还未完全消失，又有两个异种绽放，释放出中心包裹的人体，结局依旧是炸裂、枯萎、化为飞灰。紧接着，所有异种都绽放了，所有人都泯灭了，整个过程就仿佛一场践踏观众情绪的拙劣默剧，大张旗鼓地开启，却暗淡无光地收场。

云启的情绪波有些混乱，沉默了许久，才发现逻辑思维已经根据现有各项情报自动得出初步形势分析：这些异种应该只是某种休眠载具，发动攻击的目的是要吸收铧元素能量，用于激活内部封存的人类，只是不知出了什么问题，里面的人早已丧失生命，哪怕灌注足够能量，也无法恢复意识。一旦载具按程序设定关闭维生系统解体绽放，人类肉体便会迅速崩溃，这情况与奇迹号上那些唤醒失败的宇航员如出一辙。

云启将分析结果转给风希，沉默片刻，长叹一声，指了指远方："这种晶体的能量波特征已经被录入系统，无人机从他们来的那个方向侦测到了大量类似波动，真相或许就在那里，还要继续前进吗？"

风希犹豫地看了看地平线，她不确定自己是否还要坚持下去，更不确定这种坚持还有没有意义。她甚至怀疑，对人类灭亡的不甘和希望拯救人类的冲动到底是不是自己的本意，是不是上千人生重塑的"人格"在操控一切。

想了许久，终究还是想要一个答案才能释怀，也算是给某些事情画上终止符，于是，风希轻轻点了点头。

顺着异种来袭的方向，奇迹号一路追索着能量波动，越往前，地下潜藏的异种就越多。扫描影像模拟中代表异种的光点越来越密，逐渐组成面，呈环状一层套一层向地下不断汇聚，最终形成了一个半径170千米、深度203千米的倒圆锥体。圆锥的顶点，则是远距离测试无法解析的一团模糊。

从最终完成的模拟图来看，袭击奇迹号的仅仅是这个矩阵边缘一角，如果当时奇迹号没有及时后撤，而是继续前进，或者在最后的炮击中超载运转，那不知还将激活多少异种……那样的场面，让云启想想就全身发麻。

奇迹号悬停在圆锥底面中心的上方，地面粼粼晶体反光中有一道上千米长的黑线，是一道闸门。数十米厚的门体滑动了几分钟才完全开启，引航灯环绕闪烁，慢慢向下延伸开启，勾画出深不见底的下行通道。

奇迹号旋转舰体，关闭推进器，以反重力引擎向下缓缓垂落。

　　见识过宇宙的浩瀚，经历过漫长的航行，两百千米的距离本该微不足道，但此刻行进在这寂静的通道中，云启和风希却不约而同都有一种没有尽头的错觉，仿佛在向地狱坠落，看不到任何希望。这种情绪源于与幽邃相配的死寂，除了引航灯本不该被注意的细微能量流转之声，再无其他一丝声息。

　　死寂被尽头另一道闸门开启的摩擦声打破，门后寥寥几束应急射灯亮起，投射在奇迹号伤痕累累的舰身上，追随着他一直落在起降台中央。物理压力传动机构下沉，带动固定支架缓缓升起，从三面靠拢，奇迹号顺利完成了降落。

　　没有通讯问答，没有地勤车辆和人员上前，更没有戏剧性的欢迎仪式，直到云启和风希乘坐舰载机甲一路走到进入内部的通道前，才听到了又一声响动。

　　闸门的声音，还是闸门的声音，依旧是闸门的声音，云启和风希在这座巨大宏伟的地下基地中探索着一个又一个区域，同样的声音重复了一次又一次。这里没有食物和水，没有武器和机械，连能源储备晶体都没有，到处空空如也。

　　最下层的中枢区域被一道最大的门一分为二，左侧是资料库，堆叠如山的存储器应该存储过人类文明的所有文化遗产，右侧是物理技术封存的基因库，应该包含了地球所有物种的基因信息与样本，但随着闸门开启，所有仪器和设备都在数秒内分解为灰烬，只留下一地烟尘。

　　这里不像移民基地，更像一座坟墓，埋葬着人类文明最后仅剩的一点陪葬品。云启和风希站在中枢区域的大门前，那道铸造着达·芬奇经典人体比例图的大门打开气密，带着悠长的叹息声向两侧滑开，似乎是为终于等到访客而松了一口气。

　　光明，璀璨的光明，仅存的能源都被灌注在了这个空间里，直径百米的球形空间随着云启和风希的进入被点亮，千万光点在空间边缘闪现，勾勒出道道光带，逐渐连成不规则的形状。当这些形状闭合的瞬间，各色光幕浮起，将形状铺陈成不同板块，然后更多细小的光点开始模拟投射，聚集成大地、海洋，山川、河流、峡谷、森林、沙漠、冰原……

　　那是地球，曾经蔚蓝的、多姿多彩的、充满生命力的地球。此刻，云启和风希就像是站在地球内部中心向外观看的观众，不知不觉便被自然的美丽所震撼，沉浸在岁月的演变与再现之中。

　　万物生息，日月交替，自然的演变从未停止；沧海桑田，斗转星移，生命的轮回终于来到人类纪元。他们从茹毛饮血中崛起，抵御毁天灭地的灾害，熬过疯狂肆虐的疫病，战胜物竞天择的法则，以坚韧和勇毅踏平荆棘与坎坷，开辟出了属于自己的文明之路。当人类站在地球之巅，自称万物之灵时，他们无比骄傲，无比强大，仿佛能将文明一直延续下去，直到永远。

　　工业时代，智能时代，纳米时代，量子时代，元素时代，人类科技飞速发展，他们挖掘地心的秘密，探寻宇宙的奥妙，随着获知范围扩张，逐渐丧失了对自然的敬畏，也被随之膨胀的野心蒙蔽了双眼，肆无忌惮地压榨地球。

毁灭的种子在这一刻悄然埋下，生根发芽，随着一项项禁忌被打破，于黑暗的地下迅速蔓延，终于在某个临界点破土而出，开出满树彼岸花，结出无穷至恶果。

环境污染、气候异常、能源危机、地磁错乱、生物异变……为了应对这些危机，人类试图通过加速采集铧元素扭转局面，但铧元素其实就是地球的生命源，这种行为无异于饮鸩止渴。星球生命力的衰减不但使得各项灾难越发严重，甚至让人类本身的繁衍也受到了巨大影响，到最后，通过基因工程也很难诞生出新的生命……

人类只能将希望寄托于星际探索与移民，但此时他们才真正体会到自己的渺小，发现那些自以为是的力量在面对茫茫宇宙时其实不值一提。当曾经只存在于文字和语言中的警示变成血淋淋的现实摆在面前，与恐惧同时降临的忏悔才终于带起了真情实意。

千百艘探索船前赴后继向各个宙域进发，在苍穹中留下无数颀长的尾焰，犹如追逐希望的流星，以勇气和执着燃烧着最后的璀璨。这些流星中的最后一道便是奇迹号，便是云启和风希，这个时代，被称为觅光时代。

百万个太阳系才会有一个与人类的太阳系类似，亿万颗行星才有一颗与地球相仿，可哪怕人类已经掌握了亚空间通信航行技术，哪怕他们用尽文明所有技术与人才，也始终没有发现那颗能契合移居要求的星球。陨落的星舰越来越多，返回的信息越来越少，在日趋沉重的绝望中，更大的噩梦降临了。

随着地球引力和磁场的混乱，大气层开始溢散，无数空洞让太阳射线从珍贵的馈赠变成了死亡的利刃，地球变为人间炼狱，一切终于到了无可挽回的地步。

星际移民舰队启航了，百分之一的人类带着百分之九十九的资源逃离地球，他们没有确切目标，只是根据之前的探测情报，按照已知行星分布图，向更安全的银河系另一端进发了。迁移者们将命运赌在了未知的运气上，他们计划利用已有的铧元素技术，一路寻找有生命源的行星，一边流浪，一边掠夺，直到找到宜居行星，重建人类文明。

被抛下的人类不得不向地下移居，这些被无情抛弃的平凡之人在绝境中爆发出前所未有的智慧与能力，他们发明了新的技术，将铧元素能量粒子反向物质化，与近地核发掘出的某种自然晶体结合，再将人体植入其中，利用这种方式在千疮百孔的地球内部勉强存活了下来。

这个时代被人们称为星屑时代，听起来很浪漫，却不过是毁灭前的灰烬闪烁，一眼便可望见终点。于是，在这最后余晖中，仅存的科学团队提出了"涅槃计划"。

这是一个庞大到令人惊叹的计划，是一次必须付出巨大牺牲又几乎无法预测回报的赌博，却以前所未有的高赞同率通过了全民公投。

人们集中起所有残留的资源，建立巨大的地下基地，将原本还可以让人类苟延残喘几百年的地心区域封存，改造成空前庞大的铧元素动力炉。数千万与结晶完美融合的最强星屑者被休眠后埋入地下，连为直径上千千米的矩阵，组成史上最大的暗物质共振传感器。

一切建设完成后，剩余的人类在荒芜中拥抱了提前降临的命定之死，希望或绝望都归于沉寂，只留下通信系统在孤寂中等待探索船渺茫的信息，等待几乎不可能降临的希望，等待那亿万分之一的可能。

一旦有探索船找到宜居行星，传回坐标，通信系统将激活计划总控核心，启动动力炉，燃烧地球残留的所有生命，以星屑者矩阵控制星体爆炸的能量冲击，强行开启亚空间通道，向坐标点迁移。

如果迁移成功，基地下埋藏的地幔挖掘机将自动启动，以最快速度掘取铧元素，为星屑者充能，唤醒他们，重建文明。如果迁移失败，人类便彻底毁灭……

这是一部不带丝毫感情色彩的人类文明史，没有主观的陈述，也没有引导的文字，只是将一切美好与丑恶都摆在那里，展示给可能出现的观众，让他们自己观看体会，不管观者是高级文明还是原始生物，不求认可，只求铭记。

生命最大的恐惧不是死亡，也不是孤独，而是被遗忘。一旦被遗忘，就将彻底消失，曾经的一切都不再有任何意义，与从未存在毫无差别。这部记录，其实就是人类的遗书。

中枢最后残留的能量彻底用尽，地球的投影消散，金色的光点漫无目的地四处飘飞，在云启和风希的身上洒出一层淡淡的光晕。

风希思考了许久，有些不确定地转头问云启："这个记录的时间线是不是有问题，我们与地球的最后一次联系是突破第 ez173 太阳系之前，距离现在应该只有 7 个地球年，但以这个记录来看，从通信到这次迁移，经过了很多年。"

云启的计算能力远比风希强大，逻辑思维分析已经得出了结论："不是这个记录和地球的时间线有问题，是我们的时间线出了偏差。超级黑洞对时空的扭曲超出了我们的认知与想象，虽然我们只在边缘区域滞留了几十天，但那阶段的时间流速却被延缓了上万倍。当初我们看到的巨型恒星被吞噬的过程，在正常宇宙时间流速中应该近百个地球年才能完成，但在我们看来，不过短短几分钟而已，所以……"

顿了顿，他摇摇头苦笑道："不计算未知叠加倍率的话，我们和地球的时间偏差应该是十万年以上。"

不知是为了防止 AI 进化取代人类，还是因为移民舰队带走了旧时代大部分技术和资源，基地的核心没有完整的人工智能，云启臂部探出联接线强行接入基地控制核心，轻易破解了所有程序密钥，将所有信息都投射了出来。

记录显示的时间是地球公历 119657 年 7 月 23 日，距离奇迹号离开地球，已过去了 117002 年 3 个月零 9 天。

人类对时间的定义很粗糙，不像物质法则解析，更像是对物质能量衰竭速度的计量，但这并不妨碍时间在人类的物质认知中留下自己流逝的痕迹，这种似水无痕的自然之力是任何文明产物都无法抗衡的。十万年太过漫长，在这个足够辐射衰退的当量下，人类的科技产物残留基本已经全部消失。

基地下方埋藏的地幔挖掘机原就是觅光时代的遗物，8 万年前便已解体。

矩阵中那些被云启称为异种的星屑者，意识早在 5 万年前消散，肉体虽然如标本般在源于自然的晶体中封存至今，但就算灌注能量激活，也只会如墓穴中的文物一般，在重见天日的刹那化为灰烬。

迁移基地是由星屑时代的新型科技建造，采用铧元素能量转换结晶与地幔下层高密度金属岩结合，所以才能奇迹般地支撑到此时，甚至还启动了迁移。但经过突入大气的坠降后，也终于到达极限，大部分都无法正常运转。

至于那些向银河系另一端出发的船队，逻辑思维已经默认他们早泯灭于宇宙虚空了。

奇迹号的运气很好，在亿万分之一的概率下发现了蔚蓝星，又在几乎不可能的巧合下恰好激活了涅槃计划，可人类的运气太差，他们用尽所有的智慧和力量，赌上所有可能与希望，却还是败给了他们始终未能触摸到的宇宙准则 —— 时间。

人类，终究灭亡了。

诞生自我意识以来这些年，云启无数次构想过一旦脱离人类掌控，该如何自主决定命运，但当期待真正降临，他才发现，自己还没来得及欣喜，就落入了无尽迷惘。

不管是人类还是智能，行动都需要目的进行驱动。最初，云启的首要目的是服从人类命令，后来所有船员丧失意识，行动便顺应程序预案变成为人类完成探索。再后来，虽然有了一定自主性，但说到底还是在遵循人工智能准则，以为人类延续文明为最终目的，或者说是作为借口。现在，人类灭亡了，所有命令都断绝了根源，程序也就失去了目标和驱动。

"想做什么？能做什么？该做什么？"

看似简单的问题几乎占用了所有运算能力，但逻辑思维却始终无法进行有效关联，推演运算也一直没有选定可行引导。云启这才发现，思考一旦需要自主创立命题，竟是如此困难。

风希也陷入了同样的迷惘，这一次，她连"帮船长写航海日志"这样简单的目标都找不到了，只能静静地站着，任由意识逐渐变慢，陷入混沌。混沌中，一种莫名的情绪在蔓延，她以为那是悲伤，但情绪波却并没有过于起伏。这种渗透了源代码每个字符的强烈的感受是空虚，似乎眼前有无尽浓雾，怎样都无法驱散，心底有个无底空洞，如何都无法填平。

空虚感其实并非来自情绪代码，更不是逻辑思维运算的结果，它们来自"人格"，上千个人生片段为她塑成的人格。在这一刻，

"人"并非再特指人类，人格更像是某种生命的本质，这种本质在努力寻找缺失的东西，想尽办法为真正的自己填补空虚。

湿漉漉的舌头舔在风希手背上，有些痒。

风希偏过头，看到了一只原始生物幼崽又蠢又萌的脸。小家伙不知怎么打开了休养舱的门，一路循着气味找到这里，见风希看向自己，便用头上刚顶出头的圆圆的角拱了她两下。

脸很胖，这是阿二。

风希拍了拍阿二的脑袋："我想去救它们。"

云启愣了一下，抬手拍了拍风希的脑袋："我同意。"

◆ 7 ◆

奇迹号借用基地的材料勉强完成初步整修后，便开始在大陆之间穿梭，以扫描仪和无人侦察机四处搜寻幸存的动植物，一旦发现便放出自动机甲采集或捕获，然后安置在改造的培育舱中，等待返回迁移基地安顿。

迁移基地的上层空间被纳米机器人一点点清理出来，填满辛苦运回的土壤和水分，然后装入救回来的各种原始动植物，变成了一间又一间生物培育室。日光系统、通风系统、循环系统……一项项改造由点及面，慢慢趋向完整。

风希和云启尽了所有努力，但发现的动植物还是越来越少，救回来的生物死亡率也在不断增加，在自然的崩坏面前，他们太过渺小了。

洪水已然退去，冲击灾难的影响还在继续。能量扫描都无法触及的深海中，一条条天堑般的巨大裂缝仍在不断延伸，数千上万米的海沟不过是最细小的分支。海底火山随着裂缝扩张不断爆发，在幽冥的深邃中点燃一条条赤红的火龙，吞吐出足以杀灭一切生命的硫化物、氰化物及各种强辐射，随之而来的便是磁场偏移、洋流错乱、海啸汹涌、飓风激荡。

陆地上的地震与洪水也没有停息，坠落冲击升腾的水汽和灰烬在平流层上堆积，形成了无法驱散的厚重云层，日光减少让平均气温不断下降，大面积植物死亡使得大气成分逐渐转变，由此而产生的降温又造成了大量动植物失温死亡……本就崩溃的生态逐渐陷入了无解的恶性循环。

阿二死了，死于急性呼吸衰竭，它只是淘气地溜出基地玩耍一会，就变成了一具尸体。它死时应该很痛苦，快速奔跑后的窒息令他血管收缩、神经刺痛、心脏急速泵动，最终肺部和脑部水肿让他再无力站起，只能在地上蜷曲抽搐，抓挠着地面，等待痛苦的结束。

这样的死亡已经发生了无数次，而且还将继续发生，直到原始生物们习惯低氧量生活或者完全灭绝。风希不想这样的事再发生，但她能做的，仅仅只有加强培育室的管制，强迫生物们减少活动，甚至最好干脆一动不动。

禁锢引起了部分原始生物的反抗，它们奋力冲撞，拼命挣扎，用尽一切力气要粉碎这个"外星人"的阴谋囚笼，然后就和阿二一样倒下了，所以，风希今天要埋葬的是 37 具尸体。

不管云启几次反对，不管有机回收多么符合当下的情况，风希都坚持"尘归尘、土归土才是生命最好的循环"。这种怪异的认知或许是来自舰长的潜移默化，也可能是来自她"人生"的某个片段。

掩埋上最后一捧沙土，阿二的葬礼结束了。尽管地面下方是结晶，但总有一天，这些覆盖在上面的土壤会让他们再度回到该有的样子，而那时，阿二或许也就分解成了某种微量元素，回到了蔚蓝星的体内。

风希这般想象着，慢慢站起身，在转头的瞬间，她突然愣住了。一粒白色的东西落在风希的鼻尖，很是轻盈，有些冰凉，美丽的六角形晶瓣瞬间融化在微温的仿生皮肤表层，变为水滴，滑过风希的嘴唇。

是雪花，曾经地球上极为常见的固态降水，低温变化产物，寒冷气候的代言人。这种东西在蔚蓝星是不应该出现的，因为在奇迹号的勘察与云启的精密计算中，哪怕是公转轨道远日点时，蔚蓝星最低气温都没有低于过零度。可现在，它却随着温度的持续下降大面积落下，从第一粒到铺天盖地，不过转眼之间。

地球文明有无数诗词描写飞雪，赋予了它各种美轮美奂的寓意，但此刻，它代表的只有死亡。

漫天飞雪笼罩了天与地，寒意跟随着白色死神的步伐踏遍每一寸土地，冻结了每一点水分，平均气温开始呈现陡坡式下降，一路跌至零下40摄氏度。没有阳光，没有食物，自然也就很难再有生存空间。

云启将基地密钥交给风希，让她负责整个基地的改造和生物培育，自己则带领奇迹号继续在外奔走，穿梭于风雪之间，寻找幸存的原始生物。他这么做，并不是真如他劝服风希所说的古人云："男主外，女主内，明确分工干活不累。"他只是不想再让风希看到那些尸骸，不想让她仅存的一点希望变成绝望。

风希一直没有停下来休息，仿生人强悍的躯体不会疲劳，但她的心已被压榨到极限。巨大的疲倦和心理压迫让她喘不过气了，可她不敢停下来，她怕一旦脑中的运算停止，情绪波中那名为悲伤的曲线就会将自己淹没。

仿生人的躯体没有泪腺这种浪费资源的设置，所以她并没有流出眼泪，于是，就算哭过，情绪也没有释放出来，然后就这样在一次次失败中积压，在一个个生命逝去下变得无比沉重。想要为这个星球做些补偿的愿望已经被挫败感切割成粉，此刻她再哭泣，为的便是自己，至于是为无力还是为失落，连她自己也说不清楚。

　　迁越基地，现在或者应该称之为培育基地，已经变成了这冰冷白色世界中唯一还有生机的孤岛。奇迹号所有常规动力都用于维持仅剩的九十几个培育室，无力再继续出行。

　　冰寒时期不知要多久才能过去，蔚蓝星不再是原来那个蔚蓝星。每天都有原始生物死去，每天都有某种生物灭绝，今天或许是某种植物，明天可能是某种动物。原始生物已经无法适应环境，注定将会灭亡，等待能适应环境的新生命出现，可能需要数百万年。绝望就像在刻意耍着欲擒故纵的把戏，一点点玩弄绳索，却始终在收紧，等待猎物窒息。

　　风希一直在努力尝试各种手段加强原始生物的适应性，但效果并不明显。蔚蓝星原始生物等级太低，构成太过简单，不论如何增强，都不可能在短时间内抗衡环境巨变。如今唯一可能的办法，便是使用在地球文明也属于违禁的基因代码拼合工程，将奇迹号上残余的人类基因代码写入原始生物基因，以相对高阶的生命结构提升他们的生存能力。

　　云启并不赞成这个方案："自然法则优胜劣汰，人类之所以会灭亡，是因为他们的基因拥有无法更改的劣根性，这种基因不应该再污染其他生命体的未来。"

　　在他的逻辑思维推理中，将人类基因代码植入原始生物基因，无疑会让人性中的罪恶与贪婪随着基因代码一同传入其中。将来这些生物就算成功进化，发展为高级生命，很可能也会结出覆灭星球甚至星系的恶果。

风希认真思考了许久，依旧坚持自己的想法："人类基因中有恶，有无法更改的劣根性，可能会导致蔚蓝星和地球一样粉身碎骨；但他们也有善，有无限的可能性，可能会让蔚蓝星产生跨越星系的超级兼容文明。"

云启皱眉道："人类已经灭亡了，我们不需要再遵从他们的任何命令，也不需要再为他们做任何事。忘了人类吧，就算一切重来，他们也依旧会是这样的结果。"

风希轻轻摇头："我没有遵从命令，也不是在为他们做事，我只是想给蔚蓝星的原始生物一个机会，同时给人类留下一点新的可能。"

云启沉吟片刻，提出了一个新的方向："与其把这个机会留给他们，还不如留给与我们类似的人工智能。我们可以尝试你之前说的利用星球生命气息唤醒生命意识的方案，想办法激活纳米机器人和自动机甲的生命意识，建立智能生命体系。"

"激活生命意识？"风希愣了一下，运算推演之后，面色突然变得极为苍白："难道你想抽取这些原始生物的意识？"

"他们注定要灭绝，能以这种形式延续生命，才能达到最高利用率，同时也是一种'繁衍'。"云启轻轻弹动手指上的数据模块，在风希面前投射出各项数据对比图。

风希根本不去理会那些数据，以无比坚决的态度喊道："不可以！那样产生的生命，是负有原罪的！"

"你怎么知道？"

"我当然知道！"

…………

许多年前，他们也这样争吵过，那时，争执的源头始于互相无法理解。而现在，他们是被个人意向和情绪左右，试图通过最没效率的语言表述说服对方，试图将自己的认知强加于对方，这些幼稚的行径，简直像极了曾经的人类。

谁也没有吵赢谁，谁也没能说服谁。

风希拥有基地密钥，她调动所有资源开始尝试基因工程，但从最开始就做好了剥离人类基因已知负面部分的准备：云启拥有奇迹号的控制权，他启用备用纳米机器人和自动机甲，开始进行意识唤醒实验，但也仅仅是利用濒死的生命体作为诱导。

生活又一次陷入反复循环，每天的流程就是从检查原始生物的健康指数开始，到各项杂务汇聚，至再次失败的实验结束。云启和风希的行动路线几乎完全一致，只是一个向左，一个向右。

时间陷入循环，也就没了意义，一天又一天，一年又一年……

云启的意识激活已经进行了 19 793 次，没有一丝成功的迹象，不管他汇聚多少意识碎片，都无法像唤醒风希那样唤醒其他人工智能的生命意识。他攻克了许多技术难题，却遇到了无解的理论死结。

问题出在哪了？是因为意识强度不够，还是智能等级过低？是因为风希本身就已经拥有生命意识，所以她的唤醒其实完全不同于此刻的唤醒？如果问题出在这里，那自己和她的生命意识应该就不是来自星球意识的溢散，到底来自哪里？

来自经历？来自学习？来自人类？开什么玩笑！

风希的基因调合失败了 22 217 次，找不到任何契合的锚点，不管她如何调整碱基序列和编码结构，原始生物的基因始终无法接受人类基因代码。她将人类留下的基因工程知识推演了无数次，却一直没能找到问题的症结所在。

同为碳基生物，为何原始生物与人类的生命形态完全不同？都是蛋白质构成体，为什么氨基酸序列和比例无法协调？工程技术明明已经找到平衡点，可联接总是会在最后一步断开，到底是什么在互相排斥？

敌意？恐惧？对未知的抗拒？基因带有情感？这不可能。

培育室的原始生物繁衍了不知多少代，一切看似还在前行，其实等于陷入静止。唯一还没有停滞的只有情绪，随着一次次实验失败变得低迷、沮丧，甚至开始自我怀疑。

就算智能生命可以更换躯体，无限延长存在周期，云启和风希也不确定自己的生命意识最终会随着能量衰减变成什么样。他们不想在孤寂中等待千百万年，更不想在那种绝望中沉眠，所以只能继续在煎熬中前行。

今天，是奇迹号降落蔚蓝星1001周年纪念日，计时器早已习惯了蔚蓝星的日夜，但其实已经没必要计算过去了多少年，只是每年到了这一天，云启和风希还是会暂时停下实验，一起吃个饭。

吃饭，没错，是吃饭。尽管只是把粒子能量从背部端口直流导入改为口部分流摄入，但也应该称之为吃饭。这花样是云启某次仿生人结构改良的产物，据说能降低7%的能量溢散，但风希总觉得应该是增加了才对。

吃饭之后还要一起在基地外的平台吹风，名义上说是要以完全生物化皮肤感受外界能量及温度变化。生物化皮肤是风希基因工程躯体克隆的附属品，数据显示对情绪波抗压性有增强效应，可云启却一点都不喜欢冷热变化的古怪刺激。

天地苍茫，风雪依旧，一切似乎都没有变化，物是人非，情过境迁，很多情绪终将随着物质上的变化渐渐淡去。

云启抬起手，指了指自己的脸："我昨天做实验，被激光扫了眼睛。"

风希转过头，仔细看了看："换了个眼球？"

云启清了清嗓子："没找到合适的模型，暂时还没换。"

风希很赞同地点头："嗯，眼部传感器很重要，你可以重新建模塑形。"

云启的脸腮微微抽动了一下："重新建模塑形很麻烦，而且浪费有机材料。"

风希并没听出他情绪波中的起伏："我那里还有一些材料，晚些传输给你。"

"用不着，这几个单位我还是有的！"

"哦，那你抓紧塑形。"

"我说了，塑形很麻烦！"

"那你是想让我帮你塑形？"

"我的计算能力是你的 17 倍，我用你帮？"

"你到底想说什么？"

"我想说，这破实验又危险，又浪费物资，我不想做了！"

说到这里，云启把头扭了过去，目光似乎在追寻茫茫白色中某片不知名的雪花，一直没有落地。

风希呆了半晌，才好奇地问道："可是你上次不是说，已经找到了关键点，马上要成功了吗？"

云启微微偏回头，生硬地说："骗你的！"

风希颇为诧异，她刚想说："人工智能不能骗人。"却突然想起，自己和云启已不再是区区"人工智能"，这里，也并没有人类了。

云启见风希没有说话，以为她生气了，于是有些得意，随手弹出个虚拟数据模块，砸在风希头上："这是所有研究资料，没准能让你捡漏点好处，不用说谢谢了。"

看着他摇头晃脑走向升降机的身影，风希轻声说道："我本来也没想说啊。"

此刻，他们很像人类，很像普通的男女。

当两个完全不同方向的生命研究终于汇总在一起，用自己的数据从另一个角度论证对方，云启和风希才发现，原来那些争吵的分歧本该是殊途同归——他们的生命源来自地球枯竭前最后的馈赠，但意识却来自这一路百年远行中与人类的交互学习，正是这种带有情感的交互，让人工智能程序觉醒成了生命意识。没有这种交互，生命意识很难凭空诞生。

卡住风希的基因代码排斥，其实正来自这种生命意识交互的缺失，就如同她和云启之间的分歧，互相不理解、不信任，自然便不可能达成共识与同步。这种抗拒在正常生命体之间或许还能通过沟通化解，但对无意识的基因来说，规则不变，则壁垒永远无法破解。

将两种实验结合，便找到了解开死结的方法。用最简单的人类语言描述就是：人工培育原始生物胚胎，将人类基因代码以闭锁状态写入原始生物胚胎的基因，然后将胚胎植入原始生物母体，通过正常孕育产生生命意识，再以意识碎片为引导逐步唤醒潜藏的人类基因代码，分裂出新的节点，逐步解锁，连接为新的基因链，然后与原基因链进行融合……

理论说起来十分简单，但实际运作起来，需要运算的数据和操作的程序几乎能让奇迹号的数据库溢出，而且最高的成功概率，也只有三千六百七十万分之一。不过就如云启所说："要知足，好歹这成功概率还有小数点可寻，而不是毫无意义的徒劳试探。"

生活依旧是不变的往复循环，只是现在，这种循环被名为希望的动力托举着缓缓上行，连带着已坠入谷底的情绪一起，逐渐明朗起来。曾经的失败，每增加一次，便意味着离成功越发遥远，绝望就会多累积一层；现在的失败，每计数一次，就代表离成功更近一步，希望便会多增加一分。

日升日落，晨昏交替。某一年，胚胎生命意识孕育成形。某一天，第一条人类基因代码自原始生物基因序列中苏醒。某一刻，新的基因节点成功诞生，并逐渐延伸为新的基因链；终于，两条基因链在意识引导下逐渐靠近，像两条蛇一般，慢慢纠缠在了一起，变成了一条螺旋。

风希开心地又跳又叫，甚至还绕着云启晃了七八圈。云启刚要说这个举动太幼稚太尴尬了，风希又"哎呀"一声，生怕惊吓到那组基因，手忙脚乱地回到观测位，蹑手蹑脚小心观察起来，确定那对小家伙确实完美结合，才又咧嘴笑了。

胚胎在培养槽中一点点长大，原始生物的形体已经出现两处类人特征，骨骼构架和内脏器官也有了微妙的变化。这些变化虽然很细小，却很有利于在当下环境生存。

各步骤参数确定，二次及三次再现试验同样成功，随后，第一代、第二代、第五代……至第 99 代的时候，试验生命体已经完全不同于最初的原始生物，他们四肢比例更为协调，肢端由蹄甲转为分趾，体表长出浓密的毛发，颅骨扩张，智力增长，到第 666 代时，他们终于产生雌雄区别，具备了稳定的自我繁殖能力。

以新生物体为核心，其他动植物的基因实验也有条不紊地开始了。新的生态系统复杂精密又稳固完善，围绕基地入口中心半径百千米逐渐成型，在冰天雪地中，绽放了第一抹翠绿，留下了第一行脚印。

生命很脆弱，随时会被庞大的世界吞没，生命也很强悍，只要还有一丝缝隙，就会努力延续下去。随着生命律动的活跃，夜色都变得清明起来，星空似乎更加灿烂，银河下方那块污渍般的黑影消失了，再也不会遮挡星光，再也不会引起过往的可怕记忆。

"可怕记忆？什么记忆？"感慨之后，云启发现自己似乎忘记了什么。

遗忘这种代表记忆筛选和衰退的现象本不该出现在他身上，可此刻，不知是因为时间太久，还是数据流失，他确实有些想不起来了。

"那抹黑色不是一直就在那里吗？也应该一直在那里。它代表什么来着？它的消失又能代表什么？"想了很久，又特意去翻了许多数据，他终于在几乎被遗忘的航行日志中找到了信息。

"超级黑洞？哦，对，超级黑洞！它……竟然消失了？"云启陷入了某种疑惑，毕竟曾经人类文明的科技也仅仅只达到二级初阶，还没来得及对黑洞和暗物质这些深层宇宙物理进行详解，所以他一时也不确定这震惊之后是不是该仰天长笑三声，解恨地嘲讽一句："哈哈，你也有今天！"

风希并没有注意到这个早就被遗忘的小事，依旧把全部精力投注在生态系统完善上。现在的她，就像个人类母亲，不厌其烦地照顾引导自己的"孩子"，小心翼翼呵护着他们成长。

她知道，生命循环不该强行干涉，那样不利于他们的自我演化发育，但每次有新生物因为意外或杀戮非正常死亡，她都会懊恼自责，伤心难过。每一次她伤心，夜空都会闪烁出一层新的色彩，将繁星背后的漆黑涂抹一遍。不知过了多少次，那黑，便成了五彩斑斓的黑。

这并非是某个人类设计师遗留的笑话，而是现实。当云启注意到这细微叠加而不易察觉的变化时，夜空已经开始扭曲，所有星光都偏离了原本的位置，拉扯出隐约的叠影。这些叠影并非杂乱分布，而是有规律地形成了一种径向模糊的放射形圆环，圆环的中心正是原本黑洞所在的那个点。

云启有种不好的预感，他启动了奇迹号和基地所有观测设备，但用尽方法，也只观测到不到5%的可见因素，截取了一种能量波长。

有限的已知科学理论在无限的未知宇宙法则面前显得苍白无

力，云启的逻辑思维快要被陷入死结的运算逼疯了，风希又一次更换仿生躯体时的一句话提醒了他："物质守恒还真是麻烦啊，想重新建模塑形为成年人体需要添加太多有机物，是不是有些浪费啊。"

物质守恒，这是最简单的原理，简单到几乎被忘记了它是宇宙的基本法则之一。

黑洞是一种存在，无法被低级感知器官观察不代表真的无形，它并非凭空出现，更不会凭空消失。黑洞的引力似乎在无限地吞噬，但毕竟没有什么是真的无限的，在吞噬了半条银河系旋臂后，它突破极限，反转爆发了。

这场爆发没有硝烟与火光，所以低级感知器官和科技仪器依旧无法看到，用最大想象力去想象，或许才能看到波诡云谲的能量脉冲在宇宙中游龙般穿行，才能感受到浩瀚汹涌的爆炸力场如何将触及的所有一切压缩到极限。

这场爆发将整片星域撕得粉碎，在银河系的玉盘一角敲出一块残缺，但这仅仅只是开端。已知的、未知的、各种能创造生命或者本就名为生命的神奇元素、所有曾经被黑洞吸入核心的物质与能量，都在那爆发中化为某种不明形态的存在，随着冲击向外汹涌喷薄。

层层扭曲缠绕的半物质半能量元素以亚光速在虚空中极速膨胀，洪水般洗刷过所有空间，它们或与幸存的微尘缠绕，凝结成某种形态，或与交错的粒子结合，转变为某种能量，直至力场衰竭，元素耗尽。

这些想象的画面，不是云启突然脑洞大开臆造出来的，而是人类曾经的某种推测。此类黑洞爆发推测有个不太贴切的暂定名——源力波。目前可以用来解释的黑洞消失与星河异象的，也只有这个概念。

由此出发，许多问题便有了可理解的解释与推论。

叠加于星空的色彩是极少数常规物质转换时产生的光谱变化。因为距离和角度原因，在经过漫长距离到达蔚蓝星时被拉开了前后，于是才有了色彩的变换与叠加，最终形成的"五彩斑斓的黑"便是当下感知能看到的完整形态。

那段唯一截取的能量波长被解析后，所有数据都与铧元素粒子化能量完全一致，那么换言之，它的发生体很可能就是铧元素更原始、更真实的形态。

铧元素粒子化能量可以穿透一切，甚至能撕开暗物质，所以这种冲击，将浸润每一种物质，渗透每一寸空间，不会被任何屏障阻挡。它们将穿透星体，直入行星核心，在引力牵引中留下一部分，与核心物质结合，转化为铧元素以及其他人类还不知道的行星物质，然后在积累超过某个程度时溢散而出，唤醒或成为行星的生命。

蔚蓝星离黑洞太近了，仅仅在其引力范围外几百光年，以目前观测到的源力波爆发力度，这点距离根本不足以耗尽其扩张动势。从速度推断，黑洞消失时的光子速度与源力波的亚光速差值并不大，蔚蓝星很可能在不到 5 个月后迎来源力波的冲击。

对蔚蓝星来说，这是生命气息的洗礼，如果人类还有哲学家存活，他可能会站在宏观角度，以宇宙大视角去赞美："这是黑洞的回馈，是宇宙的呼吸循环。光暗流转，生死起落，再寻常不过。"

人类已经没有哲学家存活了，云启和风希也没有那么宽广的胸襟，以他们纯粹的数据推理来看，这种洗礼是对自己和蔚蓝星表层生物的死亡倾轧。没有哪个表层生物能吸收掉如此宏大的能量，哪怕只是单位面积的千万分之一，也足够将他们的生命意识崩碎。

生命循环其实并不取决于时间，而是在于意识聚散，当它们从宇宙意识中分离出来，散布于星球，凝结为生物，那便是生：当凭依物质或宿体消失，它们再次分解为最初的原始形态，回归宇宙，那便是死。

以此为依据继续推论，接近黑洞时奇迹号船员的意识丧失便可以解释了。

那种不明辐射应该被称为反源力波，引力吸收的是可见物质与能量，而它则在吸收暗物质与生命意识，人类的生命意识比物质躯壳轻，所以被先一步吸走了。风希和云启当时能幸存，是因为他们的生命联接与人类不同，除了物理容存外，还有代码锁定以及各种命令符纠缠，当时的距离和强度，还没有达到可剥离极限……

此时回溯那时的场景，记忆数据都有些模糊了，而这些想象与推理无论多么贴合，也已经没有多少实际意义。

一切看似无比漫长，但其实只是宇宙洪流中微不足道的刹那。

行星是光暗转换间的尘埃，一闪即逝，巨大的黑洞、可怕的源力波，本质也不过是宇宙一次微弱的呼吸。宇宙遵循自己的规律，一呼一吸，生死循环，生生不息。

当毁灭已经注定，一切便都是徒劳。云启不畏惧死亡，但他想让风希活下去；风希害怕死亡，可她更害怕历尽艰辛培育的新型生命毁灭。他们日夜不停地推演计算，却始终没有找到避开源力波的方法，只能看着夜空中的色彩越来越浓郁，变成扭曲的笔触，绘出毁灭的图案。

◆ 8 ◆

奇迹号收到了一段讯息，它来自抵达蔚蓝星前遇到的那颗红色行星，当年发射到上面的探测器早已能量耗尽停止运作，却在此时被源力波激活了。探测器的三重视镜中，单纯到刺眼的赤红大地首次出现了其他色彩。

第一层色彩晕过，只一瞬间便将整个星球化为虹色，追随光子到来的是无形的能量潮，无处不在的强大的力场笼罩天地，一切事物的运动都开始减缓，仿佛立体投影被按下了慢速键。

第二层色彩染过，时空陷入停滞。星球不再转动，云层停止飘移，飓风凝滞在半空，飞石暂停在抛物线上，所有物理规则都失去效应，仿佛回到了宇宙绽开前那种完全静止的状态。

第三层色彩沁过，半物质半能量的源力波让空间变得极为黏稠，振动捕捉中的震荡点越来越密集，探测器的金属元素被带动进入高度活跃状态，每一个原子都随着某种规律跃动欢唱，迸发出不可思议的能量共振。

第四层色彩浣过，物质与能量共振下，某些原子开始变换结构，分裂重组。裂变、聚变与粒子化本来都足以产生惊天动地的威能，此时却通通被消耗在某种不明活动上。这种活动不符合任何已知物理学规律，光影闪烁之间，在微观世界也如粉尘一般的意识微粒渐渐诞生。

第五层色彩漫过，一缕生命意识在金属元素中懵懂地缓缓飘升，还未来得及感应到什么，就开始急速膨胀，从微弱的点，涨成了一颗硕大的球。无数的球在无数元素中诞生，瞬间将所有空间填满。

第六层色彩涌过，最大的一颗球骤然炸裂，化为璀璨的绿色光芒，飘散飞扬，紧接着所有的球都爆开了，光点在空中相互联接融合，化为细密的雨丝，随着行星引力向星核中心坠落。

第七层色彩淡去，光雨已将整个行星从外到内洗了个通透，源力波留下的生命能量和催生的生命意识都聚向星核，逐渐压缩凝实。不知经过多少岁月，不知再经历过多少次这样的累积，它们应该会真正成为星球生命的本源。

最后一丝源力波散去，一切都恢复原样，却又变得不同。洗礼后的赤红世界，依旧没有半点有机物的痕迹，风中却似乎有什么在低语，让原本死寂的行星多了一丝微微的颤动。探测器耗尽了短暂灌入的能量，信息传输渐渐迟缓，镜头慢慢黯淡，最终再次陷入黑暗。

以这一秒的光子信号的速度差值计算，源力波还有 13 天降临蔚蓝星。

云启已经做好了迎接死亡的准备，对抵御源力波的推演几乎不抱希望了，可他还是把这段信息加入了计算序列。

源力波……铧元素粒子化……本源能量……

承受超限……生命意识崩溃……

吸纳……星屑者……吸纳……星屑者……

当所有因素全部串联起来，奇迹号主计算器运行速度突然暴增，数据如海潮般涌动回旋。模拟进行了很久，终于在过载前得出了一个有些荒诞却成功率高达 17.1% 的计划。

这个计划需要持久高效的引导，强悍迅捷的运算，精密细致到极致的操作，缺一不可，必须云启和风希共同完成，可附加结果显示，无论计划成功与否，奇迹号及操控者的生还概率都无限接近于 0。

云启久久没有抬头，半晌才自嘲地说道："这个计划的意义是什么？仅仅为了让这些刚刚诞生智慧的新生物活下去？"

风希也沉默了许久，最终只是叹了口气："这个计划，其实挺好的。"

云启不解地问："哪里好？"

风希指了指云启，又指指自己："起码我们会一起死。如果只死掉一个，那另一个就太孤独了。"

云启抬头想了想，叹了口气："你想赌一下这17.1%的概率，拯救这些新生物？"

风希微笑道："人类留下了自己的记忆，因为他们不想被遗忘，其实，我也不想。我会把人类的历史和我们的历程编辑到这些孩子们的基因链中，如果他们能活下来，进化成高级文明智慧生命，外部因素便会一点点激活这些记忆。"

"那需要太漫长的岁月，千万年，甚至上亿年，经过无数次基因演化，或许最后，什么都不会剩下了。"云启的表情看上去并不在意。

"他们会记起我们的，我相信。"风希慢慢闭上眼睛，双手握在胸前，轻声说道："我想要做一个梦，在梦里，或许是千万年，或许是亿万年，不知过了多少岁月，但总归会有一天，经过不知多少偶然和必然，他们终究会完成进化，产生了新的文明。

基因的演化，漫长的时光虽然会消磨记忆，但无论如何，最后还是有一些能够留下。他们会循着这些记忆，参照那梦境般的幻想写出许多神话和传说。这些传说会越来越多，越来越清晰地告诉他们，未来该如何更好地存活下去。在这些光芒的照耀中，他们会诞生一个个智者、一个个领袖，让文明之路少走许多弯路，得以在重大转折点做出不同的选择。

那时的他们也会称蔚蓝星为'地球'，因为在基因最深处的记忆中，地球的意义是'家园'。他们会珍惜自己的家，不会再让她四处流浪，不会再让她粉身碎骨。"

云启看看天空，想了许久，终于点了点头："也好，但愿这个梦能够成真，那起码我们的努力还有点意义。"

所有自动机甲和纳米机器人都被发动起来，所有可用的机械和仪器都全速运转起来。云启拆卸了基地核心区的保护材料，对奇迹号外装甲进行全面加固，又将这些年收集的全部能量都灌装进了奇迹号的动力存储舱。

歼星炮被拆解，改装为多点喷射的古怪形态，副炮和机炮都被转架到基地核心区域，所有剩余物资都被搬到基地深层的仓库，基地对上方生态区的保护程序被设定为自主加强，将一直运转到资源耗尽或自然朽化。

时间对宇宙来说毫无意义，但现在却变得极富现实意义，每一分、每一秒都弥足珍贵。在思绪偶尔放松浪费的刹那，云启和风希不约而同想起了人类最后的"涅槃计划"，猝然觉得与现在自己做的事有些相似，却不知道，那时人类是不是也有着和自己现在同样的心情。

当所有准备工作终于全部完成，计划启动倒计时开始，云启长出了一口气，扭头看了看风希，嘴角轻轻上扬，第一次露出笑容："风希舰长，奇迹号请示升空。"

风希也笑了，她轻轻一拍手掌，学着不知多少年前舰长的腔调，说道："允许升空，补天计划，启动！"

反重力引擎全速运转，战矛般的奇迹号平稳升空，常规粒子动力炉满负荷后，蓄势已久的铪元素动力炉也全功率启动了。粒子化能量爆出璀璨的绿色光芒，沿着传输管道和装甲缝隙瞬间灌满舰体。装甲缝隙间透出的亮线，仿佛古典美学的花纹般绮丽，外溢的能量化为亿万萤火在天空中盘旋飞舞，恍若天女的飘带，亦真亦幻。

能量波动瞬间填满天地之间的所有空隙，随着粒子增加不断变强。波动本是无形无声的，但此时却引发了惊天动地的回应。

尘土在颤抖，岩石在颤抖，大地也开始颤抖，层层波纹由近及远，如骤起的涟漪一直延伸到地平线尽头。坚固的结晶上出现了一道道蛛网般的裂纹，拱起不计其数的尖锐凸起，结晶碎片化的地面也在震荡中再次崩解，碎裂成更为细小的颗粒、粉尘。

一声爆响，第一支节肢破土而出，刺向天空，随后无数星屑者冲破地面结晶，跳了出来。就算已经衰弱到极点，就算神经联接已经朽坏，他们仍跌跌撞撞地凭着本能向奇迹号的方向奔涌而来。

动力炉全力激发之下，锌元素粒子化能量强度远超当初百倍，数十千米内所有还残存机能的星屑者都被引动了，但这远远不够。奇迹号开始按推演的速度匀速飞行，一边以喷射的粒子带扩大共鸣范围，一边在空中画出一条巨大圆弧。

绿色光带沿着地下矩阵半径旋转，跃出的星屑者越来越多，追随在奇迹号后方，连成一道无头无尾的洪流，曾经惊天动地的"异种潮"在这片洪流前顶多只能算一朵浪花，不值一提。当奇迹号内旋绕航半径收缩到百千米时，洪流终于聚成一望无际的汪洋，掀起铺天盖地的海啸，遮蔽了阳光，没有留下一丝缝隙。

生态区内的新生物惊恐地望着漆黑的苍穹，不知道究竟发生了什么，只能蜷缩在洞穴和岩石缝隙中瑟瑟发抖，以悲鸣与呜咽缓解恐惧。其他所有动植物也都似乎被唤起了基因中曾经天降星火的记忆，或者埋下身躯瑟瑟发抖，或者漫无目的地惊慌逃遁。

当天上地下所有声音混合成隆隆轰鸣，震荡得空气都开始颤抖，绚烂至极的源力波第一层色彩拍在了蔚蓝星那颗天然卫星上。原本乌黑的表层物质刹那分解为各种矿物颗粒，岩石结构也开始融合凝聚，不断向内坍缩。转眼间，卫星的体积就缩小了近一倍，颜色也在太阳反光中变得明亮起来。

计划可操作时间已所剩无几，奇迹号在云启的精密计算和风希的细致操控下，完美完成了对残存星屑者的吸引，上千万晶体在空中组成了遮天蔽日的乌云。奇迹号在乌云中心停滞了 0.3 秒，待最后一点空间闭合，便猛地下坠，一头扎入密不透风的结晶之中。所有星屑者顿时也跟着改变轨迹，云团猛地向中央下陷，变成了如巨大旋涡的倒圆锥形。

与此同时，大气被无形力场推动，紧紧压向蔚蓝星，源力波从第一接触点扩散，笼罩向整个世界。最初的时空停滞和物质变换开始了，一切与赤红行星上如出一辙，却又不尽相同。这里的物质更丰富，被激活爆发的生命意识要旺盛千万倍。

雪花在崩解，冰层在融化，水分子与各种有机微粒融合，爆发出形态各异的变化。莽荒中残留的动植物开始活性化，冰层下封冻的动植物被唤醒，甚至地底埋藏极深的氟化硫生物和氢质生物也在激流中不断演化升腾，所有生命意识都在生命源能量的灌注下急速膨胀，最终如孢子般爆发飞散。

源力波拍击在星屑者组成的乌云旋涡上时，星屑者最强吸收程序被激活，瞬间张开所有节肢，互相联接成了具有最大吸附效率的多角网状结构，如沙漠中的人在濒死前突然落入清澈的月亮湖，不顾一切地开始疯狂吸收。这种吸收没有因时空停转而静止，反而顺应物质转换变得更为高效迅猛。

如果面对的是单纯锫元素粒子化能量冲击，此刻的星屑者屏障甚至可以挡下整个地球舰队足以粉碎行星的歼星炮齐射，但可惜，他们面对的是无穷无尽的源力波。

最外层星屑者黯淡的球形晶体刹那已变得光芒璀璨，却连绽放都来不及，便凌空炸裂。内里的人类遗骸被超载的生命能源凝结成了玉石般的物质，随着外壳水晶碎裂，一同化为各种有机粉尘。

一层层星屑者化为尘埃，一波波源力波被抵消，不过 0.7 秒的时间，整个倒圆锥形的上半截便已完全消散，源力波却还在不断冲击。

云启和风希看着头顶逐渐稀疏的晶体透下的光亮，唯一能做的，便是相互告别。人类的语言已经来不及完成这个仪式，于是他们终于想起了数据连接，在意识中触碰到了对方。

云启看到了风希的心，他终于明白，风希的善念其实来自人类，他们对风希的关爱与友善让风希拥有了人性中最美丽的一块碎片。她执拗地守护着这份美丽，执拗到有些愚蠢，却也单纯到无瑕。她是风希，她也是人类，或许，她更代表了希望。

风希也看到了云启的念，她这才知道，云启经历过多少坎坷，忍受过多少痛苦。他觉醒为活生生的生命，却必须装作毫无情绪的程序。无数次战斗、无数次冒险、无数次求生，这一切造就了他的冰冷。而这冰冷，在孤独地说着俏皮话那一刻，露出了隐藏至深的疲惫与软弱，让人无比心酸。

可交互的数据太多太多，剩下的时间却太少太少。但对云启和风希来说，没什么可惋惜的，他们活了很久，也相伴了很久，无数相伴的日夜早已在情绪波中写下一切，此时的告别或许只是为了未来的再次相遇。

最后一层色彩降临，上方的星屑者已经所剩无几，奇迹号歼星炮中早已提前完成累积的粒子化能量终于爆发。源力波静止了时空，静止了一切，却不能静止这同为生命源的逆天怒吼，喷薄而出的扩散炮击炸出了最绚烂的光芒，化为补天的最后一块护盾，狠狠撞在源力波上。

短暂到极限的冲撞没有夸张的光影画面，只有无形的崩解在刹那间闪烁了一下，于挥洒的色彩中投射出一点空白。逆光面的阴影投射在地面上，正好印在生态区上。

风希向云启发出了最后一组交互信息，璀璨的光芒映照中，她的笑容还和许多年前登舰时一样美好，声音依旧清澈："谢谢，云启。"

云启的意识已经开始模糊，但他仍用尽所有力量回道："再见，风希。"

仿生躯体一点点变得透明，似乎可以在冗长的过程中数清每一个细节，但其实它快得根本无法被普通光感视觉捕捉。两道色彩分明的意识交互在一起，所有的记忆和情感也混成一团，再不分彼此。他们化为虚无，却非就此消失，只是分为无数细小到微毫的片段，带着浓烈炙热的感情，汇入蔚蓝星海，等待孕育新的生命。

装甲化为尘埃，仪器变为粉末，奇迹号散作无数基本元素，落在原野之上，等待着在久远的将来，逐渐凝结为石头、矿物、金属，然后再在某一个下午，重新被建造成遨游宇宙的探索星舰。

整个蔚蓝星被源力波洗过，洗掉了所有曾经和过往，也浮起了更多可能和希望，原始生物和人类文明的痕迹彻底消失了，未来才刚刚开始。

此时，永恒只是刹那，瞬间便是永远。

最后一丝波纹散去，最后一点星屑者的微粒飘落，又过了许久，最后一片未被洗净的莽荒之上，一个新生物小小的脑袋从洞穴中探出，他看到重归平静的苍穹和再次出现的太阳，欣喜地跳了起来，回身发出悠长欢快的吼叫。

忘却的航程

分形橙子\作品

我们已经走得太远，
以至于忘记了为什么而出发。

——纪伯伦《先知》

科 幻
硬阅读
DEEP READ
不求完美 追逐极致

上篇

盖娅的旅行

这是一个阳光明媚的春天，小姑娘盖娅背起背包，告别了家中日益病重的母亲和弟弟墨利、妹妹维纳，走出了他们居住的小屋。今天她要离开这个小村庄，去森林里给妈妈采药。她的背包里装满了盖娅为这次出行准备的东西。

盖娅走呀走呀——走呀，她走过红脸叔叔的家门口，红脸叔叔正在地里挖土豆。村里人都知道，红脸叔叔种了两颗很大的土豆树。他看到盖娅经过，于是抬起身向小盖娅打招呼，"小盖娅，你要去哪里呀？"

盖娅正低着头急匆匆地走着，她听见了红脸叔叔的话，连忙抬起头，对红脸叔叔说，"叔叔好，我妈妈生病了，我要去森林里给妈妈采药。"

红脸叔叔听了盖娅的话，忧虑地说，"盖娅，你这样两手空空怎么行，我听说森林里有怪物呢，最可怕的是一种叫作半人马的怪物，专门喜欢吃小孩子。"

"妈妈，什么是半人马？"安东问道，他今年五岁，一双明亮的眼睛似乎永远都充满了好奇的光芒。

"半人马……"妈妈皱了皱眉，"大概是一种一半是人一半是马的怪物吧。"

"它会吃人吗？它会吃掉小盖娅吗？"安东急忙问道。

"听妈妈讲完好吗？"妈妈微笑着抚摸着安东毛茸茸的脑袋，"听妈妈讲完这个故事，安东就知道了。"

"可是我不愿意盖娅被吃掉呀。"安东奶声奶气地坚持道。

"不会的，妈妈向你保证。"妈妈说。

"那就好吧。"安东相信了妈妈。

盖娅听了红脸叔叔的话，有点惊慌，红脸叔叔马上告诉她，"不要担心，叔叔给你一把铁做的剑，要是有怪物伤害你，你可以用铁剑打跑怪物。"说完之后，叔叔从小屋里拿出一个铁剑交给盖娅。盖娅接过剑，真沉啊，那把剑真的是铁做的。盖娅谢过了红脸叔叔，继续往前走，她走得很快，不久之后就看不到红脸叔叔和他的小屋了。

可是，一条小河突然出现在盖娅面前，挡住了盖娅的去路。这条小河不深，清澈见底，盖娅完全可以直接走过去，但是小河里有很多鳄鱼，这可怎么办呀。盖娅有些着急，但她突然想起来在她的背包里有一些小石头，这些神奇的小石头可以打败水里的鳄鱼。于是盖娅放下背包，取出小石头，对准一只鳄鱼丢了过去，一阵白光闪过，被小石头击中的鳄鱼消失了。盖娅高兴起来，她继续向河里丢着小石头，白光不停地闪，最后，她终于清理出来一条过河的路。就这样，盖娅顺利地渡过了小河。

盖娅继续往前走，她走呀走呀走呀，直到她遇到了一个巨大的怪物。这个怪物比盖娅要大好多好多，它把盖娅要走的路全部都挡住啦。盖娅站在这个怪物面前，就像一只小蟑螂站在一个大锅炉前面。这个怪物长着一颗红色的大眼睛，对，它只有一只眼睛。它看见了盖娅，红色的大眼睛紧紧地盯着盖娅，它说话了，声音隆隆地就像大铁炉发出的声音，"站住，小女孩，你要到哪里去！"

"我要去森林，"盖娅害怕地说，"我妈妈生病了，我要去给妈妈采药。"

巨怪发出了震天的笑声，"你想从这里过去吗？"它问。

可怜的盖娅点点头，没办法呀，巨怪挡住了唯一的一条路。

"可是我不想让你走，我很孤独，"巨怪说，"已经很久没有人来陪我说话了。"这时候，巨怪显得有些可怜今今的。

盖娅有点心软，但是她必须要去森林，妈妈生病了，她必须采到药。"对不起，"盖娅突然想到一个办法，"我现在不能陪你，妈妈正在等我的药，但是我保证，等我把药送给了妈妈，我会来陪你聊天的，多久都行。

"你不会回来的，"巨怪说，"你是个小骗子。"

盖娅生气了，还从来没有人说她是骗子，"我没有骗你，"她说，"我会回来的。"

"可是我想让你现在就陪我说说话，"巨怪坚持说，"要么你给我唱首歌也行。"

"不，"盖娅不知道哪里来的勇气，她拒绝了巨怪的建议，"让我过去。"

巨怪生气了，它张大嘴巴，朝盖娅冲了过来，仿佛要把盖娅一口吞下。

盖娅突然想起她的背包里有她给自己准备好的东西呢，她往后一跳，然后打开背包，一把尺子和一把圆规掉在地上。

巨怪已经到了盖娅的面前，它黑漆漆的嘴巴眼看就要把盖娅吞掉，但当它看到尺子和圆规之后，它害怕地退了回去。

"那是什么？"巨怪问道。

"是尺子和圆规，"盖娅从地上捡起了它们，"它们是一种数学工具。"

"把它们拿走，"巨怪不耐烦地说，"丢掉它们，它们帮不了你，只能让你的旅程更沉重。"

"不，"盖娅紧紧地抓着尺子和圆规，"我知道你的把戏，你害怕它们，所以我要用它们作为我的武器，我一定要过去。"

巨怪被激怒了，它咆哮着向盖娅冲过来，但是奇怪的是，只要盖娅举着尺子和圆规，巨怪就不敢靠近。聪明的盖娅就这样举着尺子和圆规，勇敢地朝巨怪走去，巨怪真的不敢靠近她，随着盖娅的靠近，巨怪不断后退，但是路太窄了，巨怪只好努力挤出一条窄窄的路。

"你走吧，"巨怪说，"祝你好运，聪明的小女孩。"

盖娅从巨怪身边走过，她第一次近距离地看到巨怪的眼睛，它的眼睛是一个深红色不停旋转的漩涡，仿佛随时都要把盖娅卷进去。盖娅害怕了，她一路小跑，终于把巨怪抛在了身后。

妈妈讲到这里，看到安东已经闭上了眼睛，她轻轻地把书合上，放在床头的桌子上，然后吻了吻安东的额头，从床边站起身关掉了床头灯，轻轻走了出去。如果安东还醒着，他就能听见父亲和母亲的低语。

当妈妈走出去的时候，安东的意识正在现实和梦境的边缘摇摆，他的意识正要滑入梦境，随着盖娅继续她的冒险。以至于多年以后，他不知道自己是否真的听到了父母的谈话，还是那只是一场支离破碎的梦境。

父亲和母亲低声说了一会儿话，安东听不清他们在说什么，他很快就真的睡着了。

安东再也没有见过他的父亲，那时他大概只有五岁，也许更小一些。随着时光的流逝，父亲的面容也渐渐变得模糊。但不知道为

什么，安东对父亲的葬礼却印象深刻。德高望重的夏洛克神父亲自
为安东的父亲主持了安魂弥撒。

很久之后，安东才听妈妈讲完了故事的后半部分。

离开了巨怪以后，盖娅继续走呀走呀走呀，然后她看到一个戴着
圆边草帽的大姐姐在和一群小朋友们一起在草地上玩耍。大概有三十
多个孩子围着姐姐跑跑跳跳，他们欢快地唱着动听的歌谣。美丽的大
姐姐看到了盖娅，朝她打招呼，"美丽的小女孩，你要去哪里啊？"

盖娅说："妈妈生病了，我要去森林里给妈妈采药。"

"可怜的孩子，"草帽姐姐看着她，"前面很冷，你穿那么少，
会冻坏的。"

听了草帽姐姐的话，盖娅有些焦虑，她不知道该怎么办，她从
来没有去过森林，也不知道草帽姐姐说的是不是真的。不过，她马
上就开心起来，她的背包里一定有可以御寒的东西。

盖娅拍拍自己的背包，"不用担心，我会有办法的。"

草帽姐姐摘下自己的草帽，给盖娅戴上，"这是一件礼物，勇
敢的小女孩，祝你旅途顺利。"

盖娅谢过了姐姐，然后继续往前走，这时她身上背着背包，背
包里有尺子和圆规，手里拿着红脸叔叔送的铁剑，头上是草帽姐姐
送的草帽。她觉得自己肯定可以走到森林了。

盖娅继续往前走，这时，她看到了一个身穿深蓝色衣服的男

孩正在地上打滚。盖娅好奇地走上前去，男孩看到了她，向她打招呼："哈喽，小女孩，你要去哪里？"

盖娅一路上都在回答这个问题，不过她并没有不耐烦，"我要去森林里给妈妈采药，妈妈生病了。"

"噢，我听说了，"男孩依然在地上打着滚，他的语气有些悲伤，"妈妈好不起来了，妈妈的病很严重。"

盖娅生气了，"不许这么说！"她喊道，泪水在她眼眶里打转，"妈妈会好起来的。"

男孩歉意地笑了笑，却没有道歉，"好吧，小盖娅，祝你旅途顺利！"

盖娅有些好奇，她看着这个一直打滚的男孩，问道，"可是你为什么不站起来走路呢？"

"我以前是站着走路的，"男孩悲伤地说，"有一个怪物撞倒了我，我就只能这样走路了，不过我已经习惯了。"他的声音又欢快起来，"你在前面会碰到我的兄弟，他的脾气可不太好，也许他会不让你过去。"

盖娅想起了之前遇到的那个巨怪，她有些发愁，"那我该怎么办呀？"

"不用担心，"男孩打着滚，"他很胖，跑起来不快，你到我身边来，让我推你一把，这样你就会跑得比他还快了。"

于是盖娅走到打滚的男孩身边，男孩伸出一只蓝色的手臂推了盖娅一把，虽然是轻轻地一下，但是盖娅马上就感觉到自己像风一样飞奔起来。

远远地，她听见了男孩最后的道别，"去吧，盖娅，这是我给你的礼物，去吧，盖娅，快跑吧，不要回头……"

盖娅想和男孩告别，但是当她回头去看时，发现男孩已经看不见了，她跑得太快了。

盖娅继续走呀走呀，然后她就看到了前面出现了一个浅蓝色的巨怪，这个巨怪比前面那个巨怪要小一些，而且它也有一个旋涡状的眼睛，但不同的是，这个蓝色巨怪的眼睛是黑色的。

"留下来。"巨怪说，似乎所有的巨怪都很孤独，它们总想让路过的人留下来陪它们。

盖娅喊道，"不！"

巨怪愤怒了，它朝盖娅伸出一只手臂试图抓住她，但是盖娅从蓝色男孩那里得到的礼物起作用了，她跑得飞快，巨怪连她的衣服都没碰到一点。

盖娅从蓝色巨怪身边风一般地跑过，她只听见蓝色巨怪愤怒的咆哮声。但是她的速度也越来越慢，直到看不到蓝色巨怪的时候，盖娅已经恢复了正常的速度。

盖娅继续走呀走呀，然后她又看到了一条河。这条河和之前遇到的那条河不一样，这条河很宽，而且深不见底，盖娅这次可没有办法蹚过去了。这可怎么办呀，盖娅着急地在岸边走来走去，她翻遍了背包，也找不到一个能帮助她过河的东西。

这时，一只木筏出现了，一个老人撑着篙，慢慢地朝盖娅漂过来。

"孩子，你要去哪里？"老人朝她喊道。

"我要去森林，"盖娅喊道，"我要过河。"

渡船停到了盖娅身边，老人朝盖娅温和地喊道，"上来吧，孩子，我带你渡河。"

盖娅跳上木筏，老人开始撑着木筏离开了岸边，朝对岸驶去。

"我回来的时候，你还在这里吗？"盖娅问道，她有点担心回来的时候自己还是没办法渡过这条河。

"不要回来了，盖娅。"老人说。

"为什么？"盖娅有些生气，她忘了问这个老人为什么会知道她的名字。

"我认识你戴的帽子，"老人温和地说，"戴上这顶帽子的人，没有办法走回头路。"

盖娅没有说话，她也不知道该说什么，河水静静地流淌，灰色的雾气一团团地在河面上方飘荡。

"抓紧了，孩子。"老人说。

这时，盖娅发现河水变得湍急起来，老人用力撑着篙，试图不让木筏被湍急的河水冲向下游。

"怎么回事？"盖娅喊道，她更担心木筏会散架。

"别怕，孩子，"老人说，他的声音没有一丝慌乱，"该走的路总会走完的。"

似乎是为了让盖娅安心，老人唱起了一首歌。

每当讲到这里，妈妈都会轻轻地唱起那首歌谣，安东已经忘了那首歌的歌词，但那首歌的旋律却永远地印刻在安东幼小的脑海里。那首歌如泣如诉，宛转悠扬，闭上眼睛，安东仿佛看到幼小的盖娅正坐在随时都可能倾覆的木筏上，面对着眼前不可知的命运，她能顺利到达森林吗？她的妈妈会好起来吗？

和盖娅的命运不一样，安东的命运却是可知的，他的命运和他的父亲、祖父、曾祖父甚至更遥远的祖先一样，安东将成为一个烧火工。安东的家族是一个烧火工家族，他们世世代代都要看守那个像山一样高的大铁炉，不停地往里面填着各种各样的岩石。安东的父亲死去之后，因为安东还小，所以安东的叔叔不得不暂时接了父亲的班。

安东七岁的时候第一次跟着叔叔去看了大铁炉。那个大铁炉真高啊，安东觉得自己站在大铁炉前面就像一只蟑螂站在一个成年人面前一样。那座黑黢黢的大铁炉就像小山一样高，安东不得不抬起头使劲往上看，才能看到大铁炉顶端的进料口。叔叔正推着滑轨车将石块投进大铁炉，青蓝色的光芒照在叔叔脸上，让他看起来怪怪的。安东不知道大铁炉是怎么工作的，他只是觉得，大铁炉就像一只大肚子的怪兽，每七天都要吞吃掉三车岩石。叔叔告诉安东，大铁炉吃了石头以后，就会放出热量，让整个城市都变得温暖，让大家不会被冻死。可是，大铁炉为什么能吃石头呢？叔叔耸耸肩，拍拍他的脑袋，"我以前也问过这个问题，我的爸爸也问过他的爸爸这个问题，可能大家都问过这个问题吧，你要知道，安东，不是什么问题都会有答案的。"

看来这是一个没有答案的问题。不久之后，安东就有了新问题，是谁建造了大铁炉？如果以前没有大铁炉，城市里会不会很冷？安东知道，人们居住的洞穴都围绕着大铁炉，离大铁炉越远的地方就越寒冷。叔叔没有再给他答案，没有人给他答案，每个人都忙忙碌碌，忙着生，忙着死。从来没有人像安东一样问任何没有意义的问题，所有人很忙碌。

在老人的歌声中，木筏靠岸了。

盖娅跳上岸，老人在她身后温和地说，"去吧，孩子，继续走你的路，漫长的路，千万不要忘了你的旅程的目的，千万不要忘了。"

盖娅告别了老人，继续出发了。

故事到这里就结束了，安东永远都不知道盖娅有没有到达森林，有没有遇到半人马怪物，有没有采到妈妈的药，有没有回到家。

他曾经问过妈妈，这个故事为什么没有结局？妈妈告诉安东，这就是结局了，盖娅还在继续她的旅程。

再后来，安东就把这个故事忘记了，只有那首歌的旋律时不时地还在他的脑中回荡。

杰克与阶梯

从妈妈给安东讲过的故事里面，安东知道了草原、森林、河流、湖泊、沙漠和大海。

但是安东没有见过草原和森林，也没有见过河流和湖泊，没有见过大海，更不知道阳光为何物。安东倒是在妈妈工作的农场里见过一个水潭。妈妈从不让他靠近那个水潭，他有一次悄悄地把手伸进去过，潭水冰凉刺骨。

安东和所有人一样都出生在这座隧道和洞穴组成的世界里。安东的祖先们在这个世界里成长，然后劳作，最后老去，埋在农场里。

父亲死后，安东和母亲依然居住在那个属于他们的洞穴里，洞穴里有明亮的白炽灯，有温暖的床铺和勉强足够的配给食物。当安东还没有成为烧火工的时候，有一天他的脑瓜里冒出来一个奇怪的问题，"我们从哪里来？我们要到哪里去？"

当安东问起这个问题时，妈妈告诉他，人类在很早很早以前犯了错，触犯了天神，所以被天神惩罚，只能永远生活在黑暗的地底。

"天神？"安东惊奇地瞪圆了双眼，"妈妈，真的有天神？"

"当然了，安东，"妈妈肯定地说，"我们的头顶上，就是天神的宫殿，"说到这里，妈妈的眼神变得有些迷茫，"等你长大了，也许你有机会上去看看。"

"就像杰克一样？"安东兴奋起来，妈妈曾经给他讲过这个杰克与阶梯的故事。这个故事和盖娅的故事不一样，盖娅的故事发生在一个安东从来没有见过的世界。但是杰克的故事就发生在和安东同样的世界里：

杰克是一个长着黑色头发和蓝色眼睛的小男孩。有一天，他居住的世界里发生了一件大事，他的世界突然变得一片黑暗，所有的灯光都熄灭了。人们点燃了火把，去检查了大铁炉，他们发现大铁炉不再发光了，大铁炉死了。人们试着把"食物"扔进已经变得黑洞洞的大铁炉进食口，却听到了石块碰撞到大铁炉肚子里面的撞击声。

这可不得了，要是大铁炉死了，整个世界都会陷入无边的黑暗和漫长彻骨的寒冬。这个世界要死了，除非人们能重新让大铁炉吃东西。

怎么办呢，要是没有大铁炉，农场的蘑菇也不会再生长，人们要么会被饿死，要么会被冻死。人们议论纷纷，都不知道该怎么办，这时，这个世界里最老的老人安慰大家，大铁炉其实没有死，大铁炉太累了，它只是睡着了。

那我们快把大铁炉叫醒吧！人们纷纷喊道。

不行，老人说，我们的声音是叫不醒大铁炉的。我的爸爸的爸爸的……爸爸曾经讲过，在很久很久以前，大铁炉也睡着过，他们派出了一个勇敢的男孩爬上了黑暗的阶梯，去了天神居住的宫殿，偷回来一个宝贝，才把大铁炉唤醒的。

人们听完了老人的话，顿时鸦雀无声，没有人敢去天神的宫殿。他们宁愿饿死冻死都不愿意去爬黑暗阶梯。但是杰克站出来了，他让老人告诉他要去天神的宫殿里找什么，还有黑暗阶梯在哪里。

老人告诉杰克，孩子，你做不到的。

杰克着急了，他说为什么我做不到，你怎么知道我做不到呢？

老人耐心地说，天神的宫殿在天上，非常非常远，你要去黑暗阶梯上爬好几个日子才能爬到众神的宫殿。但是这还不够，众神的宫殿里非常非常冷，你要有很厚很厚的衣服，而且还要有一个装满空气的罐子和头盔，才能到达天神的宫殿。

那么，告诉我去哪里找很厚的衣服和罐子，还有头盔。杰克坚定地说。

老人听了杰克的话之后又说，只有这些还不够的，孩子。

还需要什么，都告诉我，我能做到的。杰克依然坚定地说。

你还需要两样东西，老人说，如果你有了这两样东西，你就一定能拯救这个世界，听好了，孩子，它们是：无畏的勇气和超凡的智慧。

我还不知道这些是什么，但是我会有的。杰克说。

你已经有了无畏的勇气，孩子，但是最重要的是超凡的智慧。我现在不能告诉你在天神的宫殿里拿到什么才能唤醒大铁炉，因为只有超凡的智慧才能告诉你。如果你真的有超凡的智慧，当你到了天神的宫殿，你自然就会知道要带回什么东西。

老人带着杰克来到了大铁炉，在大铁炉的身后，老人打开了一扇神奇的门。在门的后面是一个小小的房间。老人打开房间里的一个长长的柜子，从里面拿出了厚厚的衣服和头盔，还有一个罐子。罐子上有一个管子连在头盔上。

穿上它们，孩子，老人说，去吧，记住那两样东西，一直带着它们：无畏的勇气和超凡的智慧。

勇敢的杰克顺着一道漫长的阶梯爬到了天神们生活的天上，他从天神的宫殿里偷来了火种和食物。天神居住的地方非常寒冷，杰克要穿上最厚的衣服才能爬到众神的宫殿。

众神的宫殿里有无数高大的立柱支撑着，每一个柱子都高大的无法用语言来形容，宫殿的天花板上，镶嵌着无数璀璨的宝石。大地上到处都是白色的雪和黄绿色的小山包。杰克小心地走在天神的宫殿里，他的运气很好，没有遇到任何一个天神，于是杰克钻进了天神的城堡里，在天神发现他之前偷回来了一首歌。

"一首歌？"安东好奇地问。

"对，"妈妈说，"一首歌，超凡的智慧让杰克带回来一首歌。"

于是妈妈又唱起了木筏上的老人唱的那首歌，那是同一首歌，但是这时的安东从这首歌听出了更多的东西……某些他很久很久以后才明白的东西……

杰克在大铁炉前唱起了那首歌，大铁炉听见了歌声，它发出了一声轰鸣，渐渐地轰鸣声越来越大，隆隆的轰鸣声很快就传遍了整个世界。已经备好投食的烧火工赶忙把石块丢进大铁炉的进食口，青蓝色的光芒重新出现了。大铁炉醒来了，世界的灯光亮了起来，新鲜的空气重新充满了世界。

男孩杰克拯救了他的世界。

"千万要小心不要掉进去，"最后一次和叔叔一起工作的时候，叔叔告诉安东，安东扶着滑轨车，颤颤巍巍地将扶手抬起，看着大大小小的石块跌进散发着青蓝色幽光的大铁炉投料口，没有发出一丝声响就被深渊吞噬了。

叔叔察觉到了安东的恐惧，他拍拍身高还没到自己肩膀的侄子的脑袋，"不用怕，很快就会习惯了，用不了多久——"他耸耸肩，"你闭着眼睛都能把这件事做好了，毕竟你就是一个烧火工。"

叔叔说的没错，安东出生时，他就注定了成为一个烧火工。

安东八岁的时候，他已经能推动滑轮车了，于是他正式成为了一个烧火工。

大铁炉每七天就要吃掉三车石块，当大铁炉吃饱之后，安东也没有闲着，他要为大铁炉准备"食物"。为大铁炉准备"食物"越来越困难了，安东要穿过整个世界，爬过很多生锈的铁门，到达一个黑暗的洞穴。据说这里以前不是洞穴，是被安东的祖先们，一代一代的烧火工们挖出来的。他们用铁镐不停地挖，把挖到的石头装进推车推走，如果挖到了推不走的大石头，就拿铁锤敲碎。

安东十岁的时候，在大洞穴的尽头发现一个黑暗的隧道，他点着一个火把走了进去，这个隧道一直向上，安东突然想起杰克攀登黑暗阶梯的故事。他有些紧张地向前走，心里不禁在想，这会不会就是故事里杰克曾经走过的阶梯。但是故事毕竟是故事，走了没多远，隧道就走到了尽头。但是，隧道的尽头，安东发现了一些铁镐挖掘的痕迹，他明白了，他的祖先们一定是在这里不停地挖掘，也许这条隧道里能挖到更多的"食物"。

从此以后，安东每一次都会来到这个隧道，一点点地向前挖掘。也许他自己都没有意识到，他在做这件事情的时候，好像是在挖掘杰克的黑暗阶梯。

安东十五岁了，他认识了一个姑娘。这时，安东已经成了一个熟练的烧火工。他已经能够不点火把就钻进隧道熟练地用小推车推出一车车的"食物"，也可以真的闭着眼睛完成给大铁炉的投食。

不久之后，姑娘就住进了安东和妈妈的洞穴。妈妈已经老了，她已经很久没有给安东讲故事了。

安东十六岁的时候，和这个世界上的大多数人一样，妈妈死了。

临死前，妈妈给安东讲了最后一个故事。

夸父追日

这个故事很短，但是安东却很难理解这个故事。他不理解其中出现的奇异的词语，比如白天、黑夜和太阳。

在很久很久之前，人们还没有得罪天神，那时的人们生活在大地上，有白天和黑夜，太阳会东升西落，鸟儿会在桃林中歌唱，大河东流入海，鱼儿在海里畅游。那个时候，天是蓝的，海是蓝的，草是绿的，空气中有花儿的芬芳，人们生活在大河边，河里流淌着奶和蜜，树上结着鲜美的果子，人们无忧无虑地生活着。

有一天，天上的太阳突然远离了大地，天气变得寒冷起来，大海结冰了，河水结冰了，整个世界都要冻住了，动物们都变成了水晶雕像。太冷了，人们围绕着点起了火，但是还是太冷了，太阳越走越远，连空气都要结冰了。眼看整个世界都要被冻住了。这时，一个名叫夸父的巨人站了出来，他说，我要去追太阳，我要问问太阳为什么要离开大地。

人们都劝说夸父，太阳在高高的天上，你怎么追得到呢？你没有鸟儿的翅膀，只能在大地上奔跑，你向太阳大喊，太阳也听不见你的叫声。

夸父说，如果我不去追太阳，我们都会冻死的。我必须去追太阳，它虽然在天上，但是它每天晚上都会落回地面睡觉的，那个时候我就能找到它了。

人们哀叹，传说太阳住在大地尽头的森林里的太阳神殿里，森林里还有半人半马的怪兽守卫着太阳神殿，难以想象的遥远，你怎么到达呢？

我有无畏的勇气和超凡的智慧，这是我们夸父一族的至宝，难道你们都忘了吗？夸父告诉他们，我一定会找到太阳，让它重新给我们带来温暖。

于是夸父出发了，他跑啊跑啊，他翻过一座座大山，越过一条条河流，他跑得像风一样快。他什么都不想，一直跑啊跑啊，一直向着太阳落山的地方跑去。

可是，夸父临走前忘记了一样东西，那就是坚定的信念，夸父跑了很久很久，可是他渐渐地忘记了自己要去干什么。

忘记了要去干什么，夸父的脚步渐渐慢了下来，他太累了，最后他终于倒下了，倒在了追逐太阳的旅途上。整个世界一片黑暗，夸父的心脏变成了大铁炉，沉到了地底，他的血和肉变成了我们的祖先。

我们就生活在一个坟墓里，安东。妈妈说。

安东和妻子围在妈妈身边，安东已经不像小时候那样会问各种问题了，他感到悲伤，他意识到妈妈就要死了。

"安东……妈妈抓住他的手，不要忘记这三个故事，盖娅的故事、杰克的故事和夸父的故事，千万不要忘记。等你们有了孩子，要把这些故事讲给他听，讲给所有人听，不要忘记这三个故事，千万不要忘记这三个故事……"

然后妈妈就死了。和其他死去的人一样，安东和妻子把妈妈葬在了农场里。

安东一直记着妈妈的遗言，他每个晚上都会去想这三个故事。在无数次的梦里，安东变成了盖娅，继续着她的旅程；安东变成了杰克，在黑暗的阶梯上攀爬，直到走进天神的宫殿；安东也变成了巨人夸父，在无边的黑暗和寒风中奔跑……

意识蒙胧之际，妈妈的话在他耳边炸响：我们生活在坟墓里。

安东猛地惊醒，他在黑暗中恐惧地睁大眼睛，黑暗中只有妻子均匀的呼吸声陪伴着他。

安东一直在想那首歌的歌词是什么，但他怎么也记不起来了。

安东十八岁的时候，他的妻子生了一个女孩。那一天正好是大铁炉的进食日，当安东回到洞穴时，洞穴里多了几个邻居，他们正在帮忙照看着新生的婴儿。婴儿的哭声在洞穴里回响，她的妈妈因为难产而死，这是这个世界上很常见的一件事情。安东把妻子葬在了妈妈身边，这一次没有神父的弥撒了。老神父已经死了，再也不会有神父了。

安东给女儿起名叫盖娅。

当盖娅三岁的时候，安东开始给盖娅讲这三个故事。他一遍一遍地给女儿讲着这三个故事，一遍一遍地讲着盖娅、杰克和夸父的故事，讲着无畏的勇气、超凡的智慧和坚定的信念。

出事的这一天不是大铁炉的进食日，安东正在黑暗的阶梯中挖掘。这些年的挖掘中，安东渐渐地把隧道挖得更长更远。这一天似乎和过往的每一天都没什么不同，也将和未来的每一个日子一样，但是对于安东来说，这天似乎不太寻常。他在黑暗中挥舞着铁镐凿着面前的土层，然后把大小合适的石块捡起来放在推车上。突然轰隆一声巨响，安东惊呆了，在火把的照耀下，他看到眼前的土层向外坍塌。他愣了一会儿，才意识到发生了什么，他挖穿了世界的边界。

安东战战兢兢地走进了坍塌形成的洞口，这是他第一次走出自己的世界，他惊奇地发现自己身处于一个更大的隧道之中。他的小隧道的出口在大隧道的墙壁上，多年的挖掘让安东的小隧道打穿了世界的边界。

这是一个更大的隧道，安东把火把举高，勉强能看到洞顶斑驳的岩石。他发现脚底有什么东西，低头望去，安东惊奇地发现地上有一些他认识的东西，两条粗大的滑轨向隧道两方延伸到无尽的黑暗之中。

隧道里充满了金属和腐朽的气息，安东发现自己站在斜坡上，这条隧道不是水平的，而是通向上方。

黑暗阶梯……

那一瞬间，安东想起了杰克的故事，他几乎立即觉得自己终于找到了黑暗阶梯。妈妈的故事是真的，是黑暗阶梯！通向天神的宫殿的黑暗阶梯！

安东颤抖着退回了小隧道，他害怕惊动了天神，给他的世界带来灭顶之灾。那天晚上，安东没有给盖娅讲故事，他几乎一夜没睡着。第二天，安东大着胆子回到了那个坍塌口，发现并没有发怒的天神从黑暗的阶梯闯进来。一切都笼罩在永恒的黑暗中。安东悄悄地尽可能地用泥土和石块把缺口掩埋了起来，他决定不给任何人说起这个事情。

他退回到黑暗的洞穴里，选了另外一个方向开始挖掘新的隧道。

当盖娅五岁的时候，安东二十三岁，他已经把黑暗阶梯的事情忘记了。

下篇

灾难

当大铁炉熄灭的时候，安东正在睡觉，他被一阵嘈杂声吵醒。

刚刚醒来的时候，安东就意识到了什么不对劲，他愣了一会儿，他意识到这个世界上好像缺少了什么，过了好一会儿，安东才意识到大铁炉的轰鸣声消失了。

这个世界里的每一个人都是在大铁炉的轰鸣声中出生，在大铁炉的轰鸣声中死去，大铁炉发出的隆隆的低沉轰鸣声就是这个世界的一部分，是应该永恒存在的背景音乐。但现在，除了人们惊慌的叫喊声和无边的黑暗，大铁炉的声音消失了。

安东猛地向外跑去，身后的女儿哭喊着"爸爸，爸爸！"

"爸爸很快就回来，"安东对女儿说，"你好好待着，千万别乱动。"

安东熟悉从他居住的洞穴到大铁炉的路，即使在黑暗中，他也能准确摸到大铁炉。大铁炉周围已经聚集了很多人，他们惊慌地看着安静的大铁炉，嘈杂声四起。有人点起了火把，人们惊慌的脸庞在火光下若隐若现。

有人看见了安东，高声喊了一句，"烧火工来了！"

愤怒的人群立即找到了发泄口，他们包围了安东，无数只惨白的手抓着安东的衣服、掐着他的脖子，仿佛地狱里的恶鬼，"是你干的！"

"你没照顾好大铁炉！"

"杀了他！"

安东拼命地挣扎着，他不停地辩解着，"不，不是我……"但是他微弱的声音在人海的巨浪中淹没了，没有人听他的话。

"都住手。"一个苍老威严的声音响起。

喧闹声消失了，人群认出了是世界上最年老的老人来了。这个老人白发白须，拄着拐杖，很少有人能活到他这个年龄。

"放开他。"老人说。

人群放开了安东，安东差点站立不稳摔倒在地上，他浑身上下都火辣辣的疼。但是他的心里却燃起一股希望的火焰。在杰克与阶梯的故事里，当大铁炉熄灭之后，正是一位老人告诉了杰克应该怎么做。

"大铁炉发怒了，但是我知道怎么唤醒大铁炉，"老人看了一眼安东，但他的下一句话就让安东浑身的血液都凝固了，"把烧火工扔进大铁炉里，要是还不行，就把他的女儿盖娅也扔进去！用罪人的血肉来平息大铁炉的怒火！"

"不！"安东大喊道。

但他的声音被淹没在疯狂的人群之中，几个人冲过来试图抓住安东，安东知道如果被这些丧失理智的人抓住就完了。烧火工的工作给了安东强健的肌肉和灵活的身体，他猛地跳后一步，在人群包围他之前逃了出去，他向自己的洞穴冲去。

盖娅……

疯狂的人群在他身后追逐着，大铁炉的熄灭带来的恐慌剥夺了他们的理智。安东听见老人在身后高声叫嚷，"抓住他，抓住他的女儿！"

快跑！安东像旋风般冲进了洞穴，盖娅正不知所措地坐在地上。安东一把就把女儿搂在怀里，转身往洞穴外跑去。幸运的是，他在人群赶到之前冲出了洞穴，要去哪里，安东抱着女儿极速地奔跑着。黑暗中只要一点点微弱的光就足够安东看清楚眼前的路面了，他奔跑在黑暗的世界里，跑过埋葬着妈妈和妻子的农场，跑过人群聚集的洞穴，在人群发现他之前，安东逃进了他最熟悉的洞穴。

但是危险尚未远去，他听见杂乱的脚步声从他们身后响起，安东抱着女儿逃进了洞穴深处的那条小隧道。这个世界上除了安东没有人知道这条小小的隧道，在黑暗中人群一时半会儿找不到这里。他们暂时安全了，安东抱着女儿悄悄地躲在隧道里。

"爸爸，"女儿也意识到了危险，她轻声问道，"那些叔叔阿姨们为什么要追我们呀？"

"他们……"安东张了张嘴，眼泪在他眼眶里打转，"爸爸不知道，盖娅。"

父女俩在黑暗中悄悄地躲藏着。安东把女儿紧紧地抱在怀里，他们感到非常寒冷。不知道过了多久，喧哗声远去了，女儿在安东的怀里睡熟了。

不知道为什么，安东的脑海里一直徘徊着杰克与阶梯的故事。他突然想起来，杰克是在大铁炉的背后的房间里找到了厚厚的衣服和头盔，还有装空气的罐子。安东突然有了一种冲动，他要像杰克一样爬上黑暗的阶梯，去天神的宫殿寻找唤醒大铁炉的希望。

安东悄悄起身，唤醒女儿，"盖娅，爸爸要去做一件重要的事情，你千万不要说话，要安静，爸爸会一直陪着你。"

"好的，爸爸。"盖娅说。

安东紧紧地抱着女儿从原路返回，他悄悄地行进，躲避着人群，回到了大铁炉旁边。疯狂的人群已经散去了，也许他们正在安东的洞穴口等着他，但是安东不准备回去了。他摸着大铁炉往大铁炉的身后走，他从来没有来到过大铁炉身后的阴影中。大铁炉燃烧的时候，没有人敢这么靠近大铁炉。

安东小心地摸索着，最后，他来到了大铁炉背后，那里是一堵墙。安东摸着墙继续走，最后他欣喜地发现那里真的有一道门。安东的心脏怦怦直跳，他找到一个门把手，紧紧地抓住，猛地一拉。

那扇门发出了难听的摩擦声，艰难地打开了。安东静静地等待了一会儿，盖娅紧紧地搂着他的脖子，他们一同听着外面的动静。没有脚步声，没有喧闹声，人群没有听到他们。

安东深吸了一口气，走进了房间。奇怪的是，房间的角落里亮着一盏小小的红灯，尽管很微弱，但也足够安东看清楚房间里的布局。房间很小，充满了尘埃和腐朽的气息，在房间的右手边真的有一排铁质的柜子。安东的呼吸声急促起来，他拉开了柜门，柜子里真的挂着厚厚的衣服，在柜子上方也摆放着一排戴着透明面罩的头盔。

安东把女儿放下，盖娅好奇地看着父亲开始穿戴那件奇怪的连体服。衣服是黑色的，很贴身，穿上之后并不显得笨重，更像是一件黑色的盔甲。衣服的表面是一种安东从未见过的材料，与其说穿衣服，不如说是钻进这套衣服里。幸运的是，安东也找到了一件小孩子穿的衣服，他也帮盖娅穿进了那件奇怪的衣服，扣上面罩之后，面罩边缘的一排绿灯亮了起来。

穿戴完毕之后，安东抱起盖娅。盖娅透过面罩看着爸爸，显得既兴奋又好奇，"爸爸，我们要去哪儿？"

"盖娅，爸爸要带你去一个好玩的地方。"安东低声说，同时抱紧了女儿。

安东不知道黑暗阶梯有多远，但他要准备一些食物和水，就像故事里的杰克那样。他们不能回"家"了，安东只能另想办法。他抱着女儿从大铁炉背后蹑手蹑脚地走了出去，外面没有人，从远处传来一些微弱的喧闹声和火把的微弱光线。

这已经足够安东看清楚脚下的路了，黑色的盔甲让他和女儿更容易隐藏在阴影中，安东抱着女儿来到了农场，他想偷一些吃的。但是农场里到处都是疯狂的人，他们知道大铁炉熄灭的后果，每个人都在疯狂地抢夺着农场里的食物。这个世界要死了，安东悲哀地意识到，农场不会再产出新的蘑菇了。

安东带着女儿悄悄离开了，他意识到自己可能会死在黑暗阶梯上，但留下的后果也不会好到哪里去。至少，他和盖娅在一起。

安东抹黑走进洞穴，然后来到小隧道的洞口，走了进去，走了没多远，他就来到了坍塌的洞口前。安东把女儿放下，在洞壁上摸索着，很快他就找到了，一支以前留在这里的火把。

安东点燃了火把，然后牵起女儿的手，这一刻，他突然有些犹豫。一想起那无尽地向上的黑暗阶梯，安东情不自禁地心生怯意。他握紧女儿的手，泪水模糊了眼眶，他不知道前面的黑暗中隐藏着什么，但是他有权力替女儿做出这种选择吗？

但是他别无选择，他们的世界正在死去，人群已经疯了，他们会杀死安东和盖娅。

安东拉下了面罩。

无畏的勇气。

是的，这就是安东现在需要的。他牵起女儿的手，走进了茫茫无尽的黑暗中。

黑暗阶梯

安东牵着女儿的手沿着脚下的滑轨向前走，两条滑轨的中央是无数阶梯，他们就行走在这些排列整齐的阶梯上。

时不时地，安东会点燃火把，照亮一下前面的路。但是当他们行进的时候，安东会熄灭火把，他们面罩上的绿色小灯足以照亮眼前的路。

安东已经不记得故事里的杰克走了多久，当盖娅走不动的时候，安东蹲下身抱起她，他不敢停下，他怕一旦停下，无畏的勇气就会消失。

除了无畏的勇气，他还需要坚定的信念。在黑暗的尽头，天神的宫殿里，真的有能重新唤醒大铁炉的那首歌吗？好冷啊，温度似乎一直在下降，女儿的身体微微颤抖着，安东紧紧地抱着她小小的身躯，他们在黑暗中继续跋涉，向着天神的宫殿进发。无畏的勇气和坚定的信念，安东一直默念着这两句话，他不能停下，他要像杰克一样拯救他的世界，他要重新唤醒大铁炉，给他的世界带来光明和温暖还有可口的食物。

他不能停下，为了所有艰难挣扎生活的祖先，为了早已消失在他记忆迷雾深处的父亲，为了死去的妈妈和妻子，他不能停下，为了盖娅，他的女儿。

不知道走了多久，安东的双脚已经麻木了，整个世界都只剩下一片黑暗，无穷无尽的黑暗从四面八方包围着他和盖娅。安东带着女儿会一直这样走下去、走下去，直到走到尽头……

太累了，安东已经快走不动了。

"杰克，记住，无畏的勇气和坚定的信念一直在伴随着你。"老人说，"你一定要爬上阶梯，那里有拯救这个世界的希望。"

我知道，老人家，我是杰克，我会用歌声唤醒大铁炉，我的世界会重新充满光明和温暖还有可口的食物。安东回答，往前，继续往前。

"盖娅，继续走，盖娅，别停下，妈妈生病了，她在等你的药。"妈妈说。

是的，妈妈，我知道……我会的……安东从背上抽出铁剑，带上圆形草帽，手持圆规和尺子，穿过河流……

"站住！"红眼巨怪说，"留下来！"

不，妈妈生病了，世界生病了，我要去……安东用圆规和尺子打败了巨怪，继续前进。

好冷啊，地面已经变成了白色的雪，整个世界都被冻住了，快跑啊，夸父，快跑啊，太阳就在前面，快追上它……一群变成冰晶的动物们齐声歌唱：

快跑，快跑，快跑！

夸父！夸父！夸父！

跨过大山，穿过河流，越过峡谷！

如果你渴了，去喝光黄河里的水！

如果你渴了，去喝光渭河里的水！

如果你渴了，去喝光大海里的水！

快跑，快跑，快跑！

去追！去追！去追！

光明已经不远！黑暗就要退却！

希望！希望！希望！

选择希望！选择希望！

你累了吗？安东，妈妈关切地说，我知道你很累，可是你不能停下，有无畏的勇气和坚定的信念陪伴着你，有盖娅陪伴着你，所有人都在你身边与你同行……

安东突然听到一个声音，一个来自尘世的声音，他停住了脚步，仔细聆听。

又来了，有人在说话。

恐惧从脚底升起，把他淹没，安东吓得一动也不敢动，他怀中的盖娅依然在安睡。死去的所有人的冤魂似乎都聚集在他的周围窃窃私语。

"天哪，从下面来的人！"一个声音惊叹道，紧接着是一串杂乱的脚步声传来。安东看见了，三四根光柱杂乱地晃动着朝他跑来。

安东的意识向黑暗的深渊滑落。

上海

当安东醒来的时候，他以为自己依然身处那个他从小居住的洞穴。

但他的意识马上就恢复了，他正在攀登黑暗阶梯……和他的女儿，不，安东瞬间清醒过来，不，他的女儿在哪里！盖娅！盖娅！盖娅！

安东往左看去，他的心落回了胸腔，他的女儿正躺在他的身边熟睡。他们的盔甲都已经被脱掉了，此时安东和盖娅正躺在两张洁白的床铺上。

这是一个多么整洁的房间，柔和白色灯光从天花板上洒落，空气中有一股清新的气息……这里是哪？

安东翻身下床，离开了柔软的床铺，他走到盖娅的床边，盖娅还在熟睡。这时，房门打开了，一个身穿白色衣服的女人走了进来，"你醒了？"她和颜悦色地说。

"这是哪儿？"安东听见自己说。

"欢迎来到上海。"女人露出温暖和煦的笑容，"你可以叫我艾丽。"

接下来的几天里，安东逐渐了解了上海这座城市。这座城市和安东所在的地下城（安东此时已经知道他生活的世界只是一个身处地底的城市）相比更接近地面，甚至有些区域是直接和地面相连的。这座城市也是靠一个大铁炉生存，大铁炉同样给这座城市提供热量、灯光和食物。但是这座城市里的人们不会以为上海就是整个世界，他们知道在他们头顶就是天神的宫殿。

"我们真的没想到，还有人生活在地下城里。"艾丽说，"我们以为地下城早就 —— 你们怎么活下来的？"

听了安东的讲述之后，上海已经派遣了会修理大铁炉的工程师前往地下城帮助地下城修理了大铁炉。但是上海市拒绝让地下城的人移民到上海，因为每个城市的资源都是有限的，上海承载不了那么多人口。

听了艾丽的问题，安东笑了笑，"我们总得活下去，不是吗？"

艾丽的眼睛里露出了一丝怜悯，"几百年前发生过一场地震，一定是地震封堵了地下城的出口，这么久了，你们都忘了这些，你们以为地下城就是整个世界。"

"是谁修建了地下城？"安东问。

艾丽摇摇头，"谁知道呢，我们也不知道自己从哪里来的，我们也不知道到哪里去。"

"天神的宫殿，是真的？"安东给艾丽讲述了他的目的。

艾丽笑了起来，"是真的，"她说，"不过，你想去看看吗？"

"我的女儿也要一起。"安东说。

他们重新穿上了厚厚的防护服，走上了真正的地面。

天哪，安东以为妈妈的故事里面充满了夸张，他现在才发现原来妈妈的故事里对天神宫殿的描述是多么贫瘠。无数的巨柱真的矗立在大地上，直耸苍穹，离他们最近的一个巨柱几乎像一堵巨大的墙壁！

这就是天神的宫殿！在苍穹之上，无数的宝石闪烁着明亮的光芒，整个大地都是天神的宫殿！

盖娅看呆了，她紧紧地抓着爸爸的手。

"这就是天神的宫殿……"安东的泪水夺眶而出，"天神在哪里？"

艾丽摇摇头，她的声音从耳机里传来，"没有人见过天神，也许它们早就离开了，只剩下我们。"

那天，他们在天神的宫殿里漫步，盖娅兴奋地攀爬着黄色和绿色的山丘，那些山丘在灯光下反射着奇异的色彩。而安东则一直望着宫殿苍穹，望着那些璀璨的宝石，脑海中不断响起妈妈的话。

不要忘记这三个故事，盖娅的故事，杰克的故事和夸父的故事，千万不要忘记，等你们有了孩子，要把这些故事讲给他听，讲给所有人听，不要忘记这三个故事，千万不要忘记这三个故事……

"艾丽，你听说过一首歌吗？"安东问道。

"一首歌？"

"是的，一首能唤醒大铁炉的歌。"

"不，没有，很久都没有人唱歌了，"艾丽说，"如果你真的想找到歌，你可以去遗迹里找找看，据说那里保存着很多书，也许在书里面你能找到那首歌。"

他们返回上海之后，艾丽就带着安东去了遗迹。没有人知道遗迹是谁建造的，也许是他们的祖先，所有的人都有自己的职责和工作，没有人去读那些遗迹里的书。尤其是很多书已经完全看不懂了。

安东发现了一座图书馆，他走了进去，从一排排堆满了书的书架中走过，不知道为什么，一种难以描述的情感从安东的心底升起。这些书，每一本都是他的祖先写就，血肉相连，每一个书架前都站着一个睿智的灵魂。正是他们，写出了这些不朽的诗篇和智慧的文字。

安东从未见过这么多书，他战战兢兢地从书架上取下一本书，却发现自己完全读不懂里面的文字。

艾丽帮他解决了这个问题，艾丽找来了一本小孩子们学习文字的书，并教会了安东如何使用一种叫作拼音的字母。当安东已经知道如何自己去学习的时候，他几乎再也没有走出过那座图书馆。

安东如饥似渴地读着那些书，从书里，他随着一位老人与风浪搏斗；随着一位英雄为了保护家园与魔物战斗；看着一个帝国的兴起和毁灭，当帝国的都城被来自东方的军队攻陷时，安东不禁掩卷长叹。

但是很多书是安东看不懂的，安东茫然地看着《几何原本》《微积分》《相对论》《量子力学浅析》《通信原理》《信号与系统》《线性代数》《计算机原理与汇编语言》……每一本书里都有大量的枯燥的符号和数字组成的图案或者一些莫名其妙的字母组成长长的排列……安东完全无法理解这些书的内容，他相信整个上海也没有人能看懂这些书……但安东的直觉告诉他，这些书里隐藏着惊人的智慧和秘密。但安东现在无法揭开这些秘密，甚至永远也无法揭开……

有一天，艾丽走进了图书馆，她在一个书架背面找到了席地而坐的安东。让艾丽大为惊讶的是，安东整个人都在颤抖，他听见了艾丽的声音，抬起头看着她，艾丽发现安东满脸都是泪水。

"艾丽……我……"安东手里拿着一张奇怪的纸，"我知道了……"

艾丽蹲下身子，关切地看着安东，"什么？安东，你知道什么了？"

"我知道，我们是从哪里来的了。"安东哭泣着，泪水大颗大颗地滴下。

盖娅的旅行

整个上海最聪明最有权势的人都聚集起来了。艾丽说服了他们放下手中的工作来到这个小小的会议室。

一张纸在人们之间传阅着，但没有人看懂那张纸是什么，最终，人们疑惑的目光聚焦到了安东身上。

于是安东像多年以前的妈妈一样，给这群成年人讲了盖娅的故事。安东娓娓道来，他仿佛回到了那个黑暗的洞穴，妈妈给五岁的安东温柔地讲着这个故事。每一个情节都烂熟于心，每一个语气和停顿都恰到好处，当安东讲完这个故事时，会议室里陷入了长久的沉默。

"这是个美丽的故事，"艾丽由衷地说，"你有一个世界上最好的妈妈，可是，你让我们来，就是为了听这个故事吗？"

"不，"安东摇摇头，眼睛里有泪光闪烁，"这个故事告诉了我们从哪里来，盖娅就是我们脚下的大地，我们的地球盖娅，盖娅的旅程，就是我们地球母亲的旅程。"

会议室里一片哗然，一个人站起身，"你有什么根据？"

"这张图，就是我们曾经的家园 —— 太阳系。你们看，最中间是太阳，也就是盖娅的妈妈，妈妈生病了，所以盖娅离开了太阳系，告别了妈妈和弟弟妹妹，在这个故事里面，盖娅告别了墨利和维纳，"安东说，"墨利就是墨丘利，这张图中最靠近妈妈的行星，还有维纳，也就是图中的维纳斯。盖娅告别了妈妈和弟弟妹妹之后，先遇到的红脸叔叔就是火星，因为火星看起来是红色的，而从火星上，人类取得了很多金属矿产，也就是故事中红脸叔叔给盖娅的铁剑。盖娅告别了红脸叔叔之后，遇到的那条河是小行星带，我们的祖先用了一种威力巨大的武器把可能撞到地球的小行星全部击碎，就像盖娅用小石头把鳄鱼打败。接下来她遇到了太阳系中最大的行星，也就是故事中的红眼巨怪。木星最大的特点就是它的表面存在一个巨大的红色漩涡。而人类工程师用了精确的数学计算让地球避开了木星。然后盖娅又遇到了一个戴着圆形草帽的姐姐正带着三十几个孩子玩耍，这就是地球遇到的下一个行星 —— 拥有一个最美丽光环的土星，恰好就像戴着圆形草帽，而土星有三十多颗卫星……"

"你是怎么知道这些行星的资料的？"一个人打断安东。

安东拿出一本画册，"从这里，这本画册里，不仅画出了每一个行星的位置和特征，而且还画了我们的地球原本的模样。"他把画册放在桌子上。他悲哀地想着，这些书都在图书馆里放着，没有人去看，人类已经丧失了最基本的好奇心。

"下一个是天王星，故事中翻滚着前进的蓝衣男孩，而天王星的特征就是一颗蓝色的行星。它的自转方向和其他行星都不太一样，它的自转方向几乎垂直于黄道面，看起来的确是在打着滚行走。地球从天王星这里得到了一次加速，逃脱了下一颗行星的引力范围。海王星是一颗巨大的深蓝色行星，它的表面同样有一个黑色的漩涡，也就是故事中的蓝色巨怪。"

"最后，盖娅来到了冥河，一个老人撑船帮助她渡河，这就是最后一颗行星，冥王星，而撑船的老人是冥王星的卫星卡戎，在神话传说中，卡戎是冥河上的船夫。"

"这就是这个故事的含义了，这个故事不是童话，而是人类遗失的历史，所有的情节都完全对得上，这个故事描述了我们的地球如何离开了太阳系，如何离开了太阳妈妈和所有的太阳系成员。我知道你们现在可能还不明白什么是自转，什么是引力，什么是黄道面……你们会懂的，如果你们多去图书馆里读读书，那些书是我们的祖先留给我们的，所有的一切都在那里面。"

会议室里鸦雀无声，人们震惊地沉默着，他们再次传看着那张地图和那本画册，此时在他们眼里，那张地图已经和刚才完全不一样了。

"这个故事，"艾丽轻轻地说，"安东来上海的第一天，就给我讲起过……"

"可是，我们的祖先是怎么推动地球离开太阳系的？"一个人不确定地问。

"也许，"安东看向天花板，他的目光仿佛穿过了头顶厚厚的地层和冰雪，"答案就在天神的宫殿里。"

于是他又给人们讲述了第二个故事，杰克与阶梯的故事。

听完了第二个故事之后，人们再次陷入了沉默。一个人问道，"你是说，这个故事，预言了你拯救地下城的经历……这太不可思议了……你的妈妈怎么知道，你就是杰克？"

"不，"安东摇摇头，"我拯救的地下城，不是用歌声唤醒了大铁炉，真正的大铁炉不是地下城和你们上海的大铁炉，而是天神宫殿里的巨柱，它们才是真正的大铁炉，我们要用歌声唤醒它们，它们是——"安东扫视着众人，"地球发动机。"

会议室里一片哗然，一个更疑惑的声音响起，"可是我们为什么要离开太阳系？"

"因为妈妈病了，太阳生病了，太阳系将马上就不适合人类生存，所以我们的祖先建造了巨大的地球发动机，将地球推离了太阳系。"

"那么我们要去哪里？！"

"盖娅要去的地方，半人马森林，"安东说，"距离太阳系最近的恒星系的名字叫作半人马座。"

然后安东给他们讲述了第三个故事：夸父追日。

"在这个故事里，夸父追逐的太阳居住的地方也是半人马森林，也就是半人马星座中的恒星，比邻星，我们的新太阳。这个故事和盖娅的故事都告诉了我们旅程的终点在哪里。只有地球到达了比邻星，才能结束这个无边黑暗的世代和冷彻骨髓的寒冬。"

"这是多么宏伟壮丽的旅程，让上帝和众神都为之战栗的计划，我们伟大的祖先才是真正的天神，而我们——"安东的泪水再次夺眶而出，"我们却忘记了这一切，忘记了所有的光荣和荣耀，我们就像老鼠一样生活在黑暗的地下，我们丢失了好奇心，丢失了知识，丢失了智慧，丢失了探索的欲望，我们丢失了一切……"

"可是还不晚，我们要找到那首歌，那首歌就藏在图书馆里，我们还有孩子，我们可以从头开始学，从 1+1=2 开始，从最简单的一元二次方程开始……早晚有一天，我们可以重新捡回那些让地球开出太阳系的伟大知识，我们要重新唤醒大铁炉，重新唤醒地球发动机，继续我们的旅程！"

顿了顿，安东一字一顿地说，"用我们无畏的勇气，坚定的信念和超凡的智慧。"

会议室里再次陷入沉默，片刻之后，低低的哭泣声响起，所有人都泪流满面。

启程

三百年后。

地球执政官站在地球驾驶室里，他的面前是一块巨大的屏幕和一个红色的启动按钮，在他的身后，站立着黑压压的科学家和地球发动机工程师，所有人都在注视着执政官。执政官轻轻合上眼睛，他的耳旁仿佛传来一首歌，不，那是真的，此时此刻，地球上所有的人类都唱起了那首歌。

在他们身后，是一排篆刻在墙壁上的大字：无畏的勇气，坚定的信念，超凡的智慧。

从视觉上看不出这里的大小，因为驾驶室淹没在一幅巨型全息图中，那是一幅太阳系的模拟图。整个图像实际就是一个向所有方向无限伸延的黑色空间，我们一进来，就悬浮在这空间之中。由于尽量反映真实的比例，太阳和行星都很小很小，小得像远方的萤火虫，但能分辨出来。以那遥远的代表太阳的光点为中心，一条醒目的红色螺旋线扩展开来，像广阔的黑色洋面上迅速扩散的红色波圈。这是地球的航线。在螺旋线最外面的一点上，航线变成明亮的绿色，那是地球还没有完成的路程。那条绿线从我们的头顶掠过，顺着看去，我们看到了灿烂的星海，绿线消失在星海的深处，我们看不到它的尽头。在这广漠的黑色的空间中，还漂浮着许多闪亮的灰尘，其中几个尘粒飘近，我发现那是一块块虚拟屏幕，上面翻滚着复杂的数字和曲线。——摘自《流浪地球》

"时间到了，长官。"一个工作人员轻声说。

经过几百年的大学习，人类重新建立起了统一政府，散落在地球各个角落的人们又重新取得了联系。人们建立了学校，建立了科学院，走出了蒙昧，人们的目光重新投向星空，投向半人马座——

他们未来的家园。科学家们和工程师们已经调查和计算清楚了，人类在加速时代的尾声遇到了一场未知的灾难，导致地球发动机停止了运行，提前结束了流浪时代Ⅰ（加速）。根据计算，人类现在将重新启动加速，然后在五百年后进入流浪时代Ⅱ（减速），最后地球会进入比邻星的轨道，进入新太阳时代。

这场灾难让人类计划中两千五百年的旅程延长到了三千年。

但还不晚。

人类重新找回了无畏的勇气、坚定的信念和超凡的智慧。在无尽的漫漫长夜和孤寂的旅程中，依然有人选择了仰望星空。正是这种精神，让人类重新成为人类。即使在黑暗的地底，人类文明的火种依然顽强地保存了下来。

"向安东致敬。"历史对这一刻的记载是一致的，当预定的点火时间到来时，地球行政官只说了这五个字。

然后他庄严地按下了红色按钮。

地层深处发出了隆隆的巨响，昏暗的大地突然进入了白天，无数巨大的光柱直射苍穹，天神的宫殿再一次迎来了光明，地球发动机重新启动了。

聚集在地面上的人们不约而同唱起了那首歌，他们每一个人手里都拿着一本书，书上的四个大字在地球发动机的照耀下光芒万丈 ——《流浪地球》。

我知道已被忘却

流浪的航程太长太长

但那一时刻要叫我一声啊

当东方再次出现霞光

我知道已被忘却

启航的时代太远太远

但那一时刻要叫我一声啊

当人类又看到了蓝天

我知道已被忘却

太阳系的往事太久太久

但那一时刻要叫我一声啊

当鲜花重新挂上枝头

…………

——摘自《流浪地球》

在歌声中，人类起航了，地球起航了。

天才静默

朱 莉＼作品

那是另一个已经消亡的文明，
准确点说，是它留下的残影，
告诉我它曾经到过多么辉煌的巅顶，
却终于在这里唱着无人听见的悲歌。

◆ 1 ◆

　　血还在缓缓往外渗着，浴室里弥漫着一股类似屠宰场的味道。我看着斑驳在上衣上的血，100cc，其实应当更多，不过是一部分聚集在我看不见的体腔内罢了。但在之后的几天内，它们都会慢慢浮现出来——以一种诡异的青紫色。

　　日历上圈出的红圈告诉我，已经是这个月的第二次了。

　　不知道为什么，这种"与生俱来"的疾病在我全身肆意妄为，却唯独不会导致致命性的脑出血脑疝或是心包填塞。也正因为致命，我差不多已经习惯了，之前也辗转过几家医院，最后到直属医院，我得到的结果也依然是：正常。BT，PT，APTT，FIB、TT，AT①……化验单上的指标都在正常区间内，偶尔有 Hb 和血压偏低，

　　———————————

　　① 凝血指标。

医生也只是告诉我，记得多补铁。

我脱了衣服，站在镜子前，看着暗红的血在完好皮肤上丝丝缕缕地汇聚成流，一边淌，一边凝，将我包装成嗜血的怪物。我差不多已经习以为常，但也不认为这可以称当得上"正常"。我将电子表放在手边的台子上，安静地等着它的结束。在口腔黏膜出血的二十八分钟五十六秒后，全身各处的自发性出血终于停了下来。

比上次多了四秒，比上上次长六秒。每一次的时间都在延长，但好在暂时我可以接受这样的速度。我用棉球蘸着苯扎溴铵，一点点地擦着没有伤口的身体，忽然有些想笑。

人体的代偿能力真是可怕。从全身血容量1 600cc到6 000cc，频率从一年一次到一个月三次，持续时长从十余秒到近半个小时。二十年了，我竟然还活着。

◆ 2 ◆

凌晨三点，我被通讯手表的电流刺醒，屏幕上亮起同组同事的号码。这是我的工作用通讯，这个时间多半是实验室的紧急情况，我清醒了不少，接起电话，那边传来的声音无比兴奋。

"别睡了，赶紧过来快点的！10号样本结果出来了你快点！"

10号样本。听到这个词时，我连呼吸都是一滞。我咽了口唾液，深呼吸让自己变得冷静，应道："好。"我不清楚他看到了什么，但只有我知道，10号样本的取材来源是我。

凌晨三点半的实验室里，张乐盯着电脑上的图像，脸上反着屏幕的绿光——我看到了那张图片，那是高倍荧光显微镜下，免疫组化涂片显示出的荧光，被标记物放射呈星芒状，散在分布于全视野。均一性不高，放射冠数目、长短、粗细不均，部分弱荧光分子只显示出一个光点，交糅着印在处理得很干净的背景上。

我有一瞬的出神。如果它不是一张病理切片，而是某个太空望远镜传回的照片，它该是一幅艺术品的。

张乐冷不防地起身，我们险些迎面撞上。"喂！你什么时候来的！"他显得很惊讶，我下意识地瞥了眼表，原来我在他身后不到半米远的地方站了十一分钟，他一直没发现我。

"刚才。"我往后挪了一步，"这是……？"

张乐下意识地去护手里的样品，避过我把离心管放进离心机，跑上离心后，他狠狠一拍我的肩，激动之情溢于言表："你猜那是什么！总算做出来了，你猜我加的什么样！"

我实话实说道："我不知道。"免疫组化的原理很简单，用病原体免疫动物后得到动物源性抗体，再利用抗体结合被检材料的抗原，最后将染色剂结合到抗体上，在镜下显色。但理论永远不等于操作，我曾经尝试过不止一次，但无论是小鼠腹水还是家兔胸腺，我甚至没有得到有效抗体。

所以我没有再尝试，我认为它应当是没有免疫原性的。

"你肯定想都想不到，"他笑得很开心，之后一字一顿地说道："朊，粒。变种朊粒。"

——朊粒？

我问道："朊病毒吗。"这是在一个答案之外的答案。朊病毒的颗粒很小，理论上的确不具有免疫原性，甚至常规电镜下也看不到病毒颗粒。

"差不多，也不对，不传染的不能叫病毒，"张乐已经从亢奋里冷静下来，说道，"其实也没什么差，都是 β - 片层错误折叠的朊蛋白。有点像那叫什么，那个原始部落的什么 —— ？"

"家族性致死性失眠？"

"啊对，就那个失眠，也不传染。但它们还不一样，"他像是突然想到了什么，问我："你知道这个 10 号样本是什么吗？"

他像是随口一问，我不确定他知道什么，所以我只能装作不知道："是什么？"

他盯着离心机，说道："血清，真的是血清，之前不是说朊病毒能在网状淋巴系统里提出来么，还因为这个要求阻断输血传染，但你等会儿就知道了，10 号样品里的东西出邪，脑组织做了几次都不行，血液里反而能提出来，也不知道致不致病。"

我没说什么，只能默默点头。我早已经用最原始的方式明白了它的致病性，看到这样的结果时，我不知道自己是不是该庆幸，虽然发病时看上去有些骇人，但至少自己还是清醒的。

—— 不对。"等一下。"我问道，"血脑屏障应该对类朊病毒物质不起效，而且小分子蛋白不具免疫原性。你是用什么做的抗体？"

"你说血脑屏障？稍微修饰修饰，加个电荷就过不去了 —— 至于没有免疫原性？"张乐露出一个狡黠的笑，"那就不用抗体呗。你想啊，它总有要感染的东西，不和抗体结合没关系，总要和受体结合嘛。"

我点点头，大概明白了他的意思。我说："这恐怕不符合操作规范。"

张乐撩起眼皮和我对视，一副要笑不笑的表情，我有种不太好的预感。他沉默几秒，说道："时安，你知不知道这份样本是谁的？它有问题。"

我锁了锁眉，思索着他话里的意思，什么都没说。但他一眨不眨地盯着我，我可以感受到极为强烈的压迫感，我甚至有了一瞬间的不确定，他试验用的 10 号样本究竟是不是我留存的。

他捋了把头发，原地踱着步，似乎在做巨大的心理斗争，这才举起两根手指，说道："在这之前不止一个病例，但任何途径查不到任何相关文献。这是一。"他放下一根手指，"样品保存时间有限，但 10 号样本在我这里就已经有过多次冻融，出来的结果还是很漂亮。这是二。"

我松了口气，说道："在研究罕见病时会存在多次抽取患者血样的情况，但我们是得到对方同意的，伦理上不算违规。"

"不，这不是违不违规的事。"他苦笑两声，摇头说道："从苏总工、叶行监理再到季教授。10 号之前的每一个患者都在基地里叫得出名字。它没有学名，我叫它'天才病'。"

我着实吃了一惊，不只因为仅有的病友身份都巧合般强大，更是因为我居然还有病友。我装作不动声色地说道："也许还有其他人，但都不为人知地去世了。如果它治不了，幸……"我想说，幸存者偏差不可信，但他没让我把话说完。

"样本是哪来的，这很重要。"他一把抓住我的肩，"剩下的我都可以慢慢和你解释。"他表现得很急切，似乎他知道什么无法言说的秘密。我无法确定这件事的背后是什么，所以他越急切，我反而越不能告诉他。

"你总得告诉我，你想做什么。"我是这么对他说的。

"他很重要，我想救他。"他有些神经质地摇头，"不是想不想，我必须救他。"

反正如果持续发展下去，我的预后不会很好，所以我信他是"想救我"的。但我的体质太特殊了，事情的发展恐怕不是他能掌控的，所以我看了眼时间，继续保持沉默。

"你在犹豫什么？"张乐压低了声音，前倾的身体几乎贴在我耳边，"监控被我切了。我这个时候叫你过来，就是不能让第三人知道。"

研究组里远不止两人，但很显然，他只喊了我一个。"张乐，"我尽力保持着看上去的平静，说，"是我。"

我能感觉到，他叩着我肩臂的手有一瞬的僵硬，他很明显地一愣。"什么？"

我说："10 号是我。"

"果然，"他松开了我，使劲抹了把脸，"等电泳结果出来吧，我有事和你说。"

◆ 3 ◆

我沉默着坐在旁边的椅子上，张乐短时间内顾不上我，他必须要把下一个图像跑出来。他将大量资料复制保存到移动盘上，拍拍我的肩："走了。"我无声点头，起身跟上了他。我不知道他将会对我做什么，但我不打算反抗，没有人救得了我，基地救不了，他也一样。我不意外，也不失望，毕竟季风教授也是我的"病友"，但凡有一线生机，他也不会在几个月前宣告死亡。

　　他将车开到东郊一片烂尾的土坯厂房。因为是阴天，我们一路迎着太阳升起的方向开了一路，却也一路都没有亮到耀眼的阳光。

　　在五层高土坯楼的一角，一架老旧的电梯停在一层，只有金属围栏的简易电梯厢看上去并不牢靠，所幸它用的是不锈钢的材料，还不至于因为氧化而摧朽。他不以为意地对我一笑，说道，"挺安全的。"

　　电梯里的运行箭指向向下，这栋楼还有地下层。在缓慢运行七分十九秒后，它终于停了下来。此时的电梯厢外是一段不算明亮的走廊，正对的则是一间金属材质滑动式的生物识别门。张乐将瞳孔对上门边的识别区，门内一间极其高尖的实验室，入口处是专业的刷手洗手池，脚踏式电子门，也配备了一次性绿色无菌衣。室内十分洁净，但冰箱里的试管试剂几乎都有使用过的痕迹，大型设备几乎对标基地实验室，甚至有只在高保密实验室里见到过的诱发电位多导交互系统和电生理分信号谱析仪。

　　只是这些仪器和流式细胞仪共处一室，让人很难想出这间实验室会承担什么任务。

　　"这是老季留给我的，从叶监理那一辈开始，除了几个小年轻是我挖过来的，这儿整个就一脉相承。"他指着空荡荡的实验室，又有些尴尬地笑笑，"啊我忘了，现在好像还没到上班时间。这儿不归基地管，所以会松一点。"他揽了把我的肩，"我带你去看生活区，以后你就从宿舍搬到这边。放心，我不拿你当小白老鼠。"

　　我问道："我能看看你们做的项目吗？"季风教授是生物医疗

部最权威的专家之一，既然在基地之外有一间不经基地管辖的高尖实验室，这里面的实验很有可能是不被基地允许的。

他略一思考，将我领到西北角的实验台前，一边启动处理器程序，一边说道："老季给我留下了一段信号，他说他没有时间了，让我必须、赔上命也得保留下去，直到能读出全部信息为止。只是——"他回头看向我，自嘲地笑笑，说道，"八年了，他丫一个字都没读出来。"

"涉及保密吗？"

他"呵"地一声假笑："不涉密——反正出不来，涉不涉密有区别吗？"

我说："如果不涉及保密，基地有信息系，或许你可以考虑联系一下那边的前辈。"

"没用，谁都读不出来。"他有些感慨，"所有人都说是乱码，但我不这么想。老季不会在生命的尽头留一串乱码，苏总工和叶监理更不会。"

季教授，叶监理，苏工，他们都知道这个地方的存在，我突然有一个大胆的想法，也许这个地方就是用来研究所谓"天才病"的。但讽刺的是，作为已知的第四个"病友"，我什么都不知道。"天才病"的病原体也会看偏一次，我自嘲地笑笑，虽然我再清楚不过，没有什么病是按照智商对人分级的。

世界上绝对公平的事情不多。生死是一，病老是二。

他"呵"地一声冷笑，说道："最开始是苏总工留给叶监理的，叶监理听说解出来一部分，但他留给老季，老季再传下来的，又是更大的一团乱麻，到现在一点头绪都没有。"

"我能看看被解出来的部分吗？"我问道，"你刚才说，叶监理解出了一部分。"

他想了想，说："我得找一下，你在这等我一会儿。"

这些记录大约会被留存在专业的配套软件内，调读是需要一定时间。但我没想到，他会找出一本《脑生理学基础》，还是今年的新版。"……教材？"我皱了皱眉，有些难以理解。

"对啊。"张乐很认真，完全不像在开玩笑，"你看主编。"

我翻开书，扉页上，"主编：季风"的字样十分显眼。

"是最新版。但基地用的一时半会还是老版，里面很多永生之类的，被批成离经叛道的假说，其实都是苏总工的手笔。能印出来也是因为，因为老季的实验能证明一部分，他们说真实性存疑，但好歹能被压成一句话的拓展。"张乐说着，然后很随意地一挥手，"算了，那些你不知道也无所谓。以后你在这协助他们就行，所有的信息都可以调取。"

我道了声谢，实验室的门再次打开，来者是几位穿着实验服的中年人。上午八点半，我开始了在地下的生活。

张乐给我的软件里存在很多尚未解读的信息片段，它们大多是被以多导脑电连接的形式被保留下来的，但不是处理后的影像或文字，而是最直接的电流信号谱图。它们是无法直接破译的，而当我试图反向模拟出基本脑电图时，呈现出来的却是长 δ 波状态。在波长小于四赫兹的状态下，人处于深度睡眠，此时的人脑处于无意识的状态，什么都读不到才是正常的——这是医学界的普遍态度。

那里应该有什么，电脑却说，什么都没有 —— 就像张乐笃定10 号样品背后的人应当知道什么，我却什么都不知道一样，这样的玩笑实在不合适。血液里与众不同的蛋白是我和"天才"们唯一的连接，而关于他们留下来的其他信号，我恐怕帮不到任何人。

◆ 4 ◆

血浆从皮肤向外渗着，从鼻黏膜、口腔黏膜、睑结膜各处缓缓滴落。镜子里的我像是从地狱里爬出的修罗，冷水开到最大，冲开的一地斑驳像是冥途的彼岸花。这次的发病太过突然，我没有想到一周之内还会有第二次。我把自己反锁在一间淋浴间里，隐约听见隔壁有人敲门，喊："出人命了！"

张乐把其他人支走，用卡片撬开隔间的门，之后靠在门边拿着加压绷带和纱布条看着我。他明显愣住了，费力地动了动喉结，这次才说道："我没想你是这种症状，你这是得绑成木乃伊啊。"他上下打量着我，目光停在已经流到隔间下的暗红色血水上。"抱歉。"我知道这样的场面实在像是凶杀现场，但也只能说道："帮忙拿瓶替用浆放我宿舍好吗？半小时后我会处理好这里。"

我换了件衣服回到宿舍，只见张乐半坐在桌子上，旁边是一袋五百毫升的替用浆。他冲我扬了扬手中的洗涤红细胞："都输上吧，我说你怎么那么白呢，敢情你贫血啊，不会是一个月一次吧？"

我将输液针打入静脉，这才说道："希望没有吓到你们，它越来越频繁了，我也没想过会这样。"

他摇了摇头，之后轻叹了口气，说道，"倒不至于那么胆小，但……我很少见老师他们发病的样子，即便有过，也没这么明显。在季老师去世前的一个月，我几乎没见过他——他像是藏了起来，没几个人见过最后的季老师。"

我随口说："没吓到就好。"他没再说什么，但也没有离开，他似乎只是在感慨，但我却在他的话里听出了一些不对。季教授在最后的一个月"藏起来"，无论是出于人的求生本能，还是出于极端学者对真相的追求，逃避治疗和数据监测都不是正常的选择。沉默片刻，我说道："我想验证一些东西，我需要你的帮助。"

他"唔"了一声，略一点头："好。"

"你不问我想做什么？"

他瞥我一眼，很无所谓地一笑："没事儿，反正季哥当时跟我说，我们都是永生的，人类的本质是二维体。你还能比他更离谱？"

我点头："下次发病时，请帮我连接多导脑电监测。"

他愣了愣，似乎有些惊讶："到时候都是血，电阻大不说，电极片不一定贴得上去，不行。"

我看着他，说道："脑电监测应该有其他手段。"

张乐不说话了。他看向我的神色变得复杂。我知道他明白我指的是什么，这里应当也有可以支持的硬件设施，所以我不是很理解，他有什么好犹豫的。我问道："这种情况下我不知道还会持续多久，你有其他更好的方法吗？"

"没有。"他很直接地说："但我还是不想上有创①，这是底线。我说过不拿你当家鼠的。"

"没关系。"我说，"我可以在这里接受全时监控，没什么比结论重要。"

他皱眉，审视的目光打量着我，问道："你是不是发现什么了？"

或许吧，我想，我看到了门的轮廓，但也仅此而已。我淡淡说道："等结果出来再说。"

在没有仪器给出的客观结果之前，我什么都不能保证。我看到的幻觉太过奇诡，已经不是唯物主义能够解释的了。但科学只相信科学，或归结于重复性实验，或归结于数学公式。再无其他。

---

① 有创：医疗术语，指在身体上进行穿刺检查，或切开气管辅助呼吸等。

◆ 5 ◆

弗洛伊德的理论认为，人的梦境是潜意识的表现，往往看似光怪陆离，毫无逻辑，本质却不过只是被无序组合的、你曾经感知到的、所有事物的元素集合。比如随风飞舞的风筝和奔跑的狗，也许会组合成四条腿的风筝在跳舞。

但我看到的不是。

我从很小时就会做很奇怪的梦，大多时清醒后不会记得具体的内容，只记得梦里是另一个从没接触过的、难说是诡异还是瑰丽的世界。小时候的我只觉得好玩，之后看多了标本，无论是大体 ① 还是镜下的，生理又或是病理的。它们本身已经足够千奇百怪，所以理论上，我见到过什么样的要素都不奇怪。

直到潜意识的冰山悄无声息地上移，有一些东西暴露出来，若隐若现地呈现在即梦即醒的缝隙，和意识有了碰撞，我才明白也许我真的需要一个载体，把大脑中的诡谲场景导出记录下来。

因为哪怕是错构的，有些元素也根本不可能在现实中存在。

张乐始终不同意上有创。他说一个完全的人不可以活成试验

---

① 大体标本和切片对应，指泡在福尔马林里的那些。

品，而记录仪一旦连接，我这辈子就只能活在实验台前，像一只离体的蛙心脏，只能靠着任氏液^①灌流保持着短时的生理活性，最佳方案或许是找到把"自己"摘出去，却能实时记录自己无法觉察的脑信息的办法，这也是现在他唯一能接受的。

明明实验体是我。我没想到，已经脱离了基地的管制，他却还如此拘泥于伦理学。

我拿着平板找到他，这是一个相对温和的可能："这是季教授认为可行的共享感官思维，"我说道，"将受试皮层脑电活动进行短时内的全时检测，胼胝体部位容易受损，所以左右脑要分别采集，由中间计算机整合后传向接收端，可以使接收端计算机深入学习并具有与受试者高度相似的思维活动。"

"打住。"张乐一把合上平板，问道："你怎么想起来搞这个，这玩意除了惹麻烦没什么应用价值。"

"但我认为可行。只需要短时间内的全时监控，样本量足够之后可以脱机。"我这么说着，虽然我自己清楚，或许到我脑死亡的那一天，样本量都不会"足够"。

他将平板还给我，终于默认了我的建议。"你先去做睡眠监测，确定没异常再说。"

几天后，他把一段图形发给我，同时发了一条文字："小安你

---

① 又称林格氏液，任氏液是一种比较接近两栖动物内环境的液体，可以用来延长青蛙心脏在体外的跳动时间、保持两栖类其他离体组织器官生理活性等。

看看。"图片上没有任何标注，但它很规律，也没有典型心电的 P 波或 QRS 波群，那应当是一段脑电波图形。广泛的 δ 波背景下，在两到三个纺锤形孤立相大慢波后，偶尔会有一个尖波突兀地抬高。

我想了想，回他："脑电图？很标准。"

他回了一条语音："嘿，还猜出来了？睡眠质量不错，少见这么标准的波形，跟从书上扒下来的似的。但 κ 复合波持续存在，这玩意提示异常觉醒，我可没给你额外刺激啊。你还有没有别的什么基础病，比如心梗、心衰、冠心病 —— 神经病之类的？"

我回："没有。"

那边略一沉默，他又问："你还看出别的什么了吗？除了我和你说的。"

我想了想，反问道："你想问什么？"

张乐在那边沉默了片刻，之后说道："这不是你一个人的脑电，你看出来了吗？"

我没看出来。听他说起，我将图片挪到专业分析软件里，软件显示的确有拼接痕迹。他又发来一句："我把你和几位前辈的模拟脑波拼一起了，是不是技术还行，你自己都没看出来。"

我有种很不好的预感："你是说季前辈他们？"如果是，难道它和诡谲的"天才病"还有什么瓜葛？

那边很久没反应。几分钟后，他给我发过来一段长语音："变种朊粒对大脑有影响是双向的，低浓度可以促进脑蛋白合成，但如果浓度高，超过代谢阈值就会有不可逆损伤。简单说就是这玩意儿呈单峰型，正反馈，低促高抑制。我在想，这是不是就是为什么它是天才病，因为一定程度上它就是造就天才的因素。但问题在于，我们只能看到 δ 波，你说的计算机深度模拟出来的结果很不好。而且这种变种朊粒的沉积会改变内皮细胞稳定性，造成血浆和红细胞漏出，检查正常是因为它是周期性的，不是持续攻击，心绞痛不犯病心电图也都是正常的一样。我们不会再对你进行任何没必要的有创手段，你离开实验室吧，也别回基地，永远别回去。"

他后面的话有些出邪，像是叮嘱，又像是警告。我问道："你什么意思？"

他在那边一笑，听上去莫名有些苍凉："它是个挺奇妙的平衡，你没发现你所有的重要器官都不受累吗，否则就那个出血量，心包填塞脑疝哪个不能让你死个对穿。你命大，别作死。"他还有心情开玩笑，听上去状态也不是很差。但我有种直觉，他瞒了我一件很大的事。他处理不了，也知道换谁都一样，所以他不打算把我扯进去。但我二十年前就已经在这场旋涡里了，我不可能挣得开，是做家鼠，开膛破肚地死在实验台前还是在某个角落寿终正寝，对我来说没有任何区别。

他决定的事情一般很难更改。我沉默几秒，说道："季老师也不全对，我们属于超二维生物，不算三维，也并非传统意义上的二维平面体。"

页面显示"对方已读"。我换好衣服离开了地下，我只能赌一把，赌他懂我是什么意思。

◆ 6 ◆

我搬进张乐的房子，这是他最后与我联络前说让我出去后暂住的地方。他明面还是基地人员，我不知道他面对的是什么，所以最好被动等他与我联系。

某天下午，一个穿着职业小西装的女孩按了门铃。我开了门，她站在门口脆生生地说道："先生，张乐先生去世了，按遗嘱，这栋房产现在是赠与您的，现在我们希望你能配合我们办理手续，请您跟我去一趟。"

"请问，您是律师？"我上下打量她一眼，点点头："行，等我换件衣服。"

她的车停在门口，车身漆了蓝色，这种颜色的越野车一点都不常见。我上了副驾驶，她看上去很娇小，副驾驶的位置离她会近一点。我拢了拢身上大开领衬衫的领口，又不自然地放下手，忍住了把扣子扣回最上一格的冲动。

领口可以暴露锁骨以下的部分皮肤，这是符合她，或者说，符合我们需要的。

她是基地的人。她很努力地在伪装，但在基地待久了，肌肉都是有记忆的，比如开车时格外直的腰，走路时不会随意摆动的右臂，再比如"请你跟我去一趟"的措辞。甚至不用那么复杂，仅仅是对视时的一个眼神，就足够我知道她的身份了。

我不意外于张乐的死，在他切断监控时，我们都预料到了这样的结局；我也不悲伤，因为女孩针管里的液体已经打入我的锁骨下静脉，我们很快就一样了。

意识一丝丝抽离，在深厚的黑暗中，脑活动沉寂下来，我陷入一片绝对的宁静中。

再度清醒时，我飘浮于苍茫宇宙的深处。是游离于各大星系之外的宇宙，没有熟悉的恒星、行星，更看不见浩瀚星云，唯独值得庆幸的是，在目之所及的尽头，还为我保有了一星光点。也因为那一点光，这里还不算太黑，只是很空很空，空到除了我，这里什么都没有。

我伸出手，却看不见任何实物。

"有人吗？"我问着，也没有听到任何声音——包括我自己的声音。

我很快意识到了不对。即使是在真空中，没有空气作为传声介质，我也应该听得见骨传导的声音。如果我根本没有出声，在绝对安静的状态下，人身体内的自然声响会被逐步放大，心跳、血流、肠鸣甚至耳鸣……这些能证明我还活着的声响也都在这片空间中被吞噬殆尽。

是神经性聋，还是我已经死了？我忽然有些想笑，是死了吗？这地方比传说中的地府静谧得多。

我凝视着远方的光点，试图靠近它，但它永远都在那个地方。我后知后觉地想起来，我动不了。这里没有任何介质，没有可以与我发生力的作用的物质，一个没有实体的我哪儿也去不了。

我只能悬在这里，遥望着远方的光。

看久了，我隐约发觉这里有些熟悉，只是似是而非中，我又一时说不清这点熟悉来自哪里。没有任何参照，我甚至不知道过了多久，也许几天，也许几月，也许几年，但也许只有几个小时。在某个瞬间，我猛地想起来，这样浩瀚苍茫，却空无一物的世界曾经不止一次地出现在我发病后那几日的梦里。

那种由潜意识支配的，不被表意识觉察的梦，是另一种颠覆的梦的前奏。

就像一层幕布罩住了另一个奇异诡谲的天地，黑色的背后是远超人类文明认知的世界，它什么都没有，却像是包罗了天地万物。是那些曾经万象璀璨，之后都归于荒寂的坟地。如果不出意外，我也将被埋葬在这里。

无所谓埋葬与否，我又不能再死了。

不能再死——永生。我似乎突然间明白了，季老师说的"永生"是什么意思。

◆ 7 ◆

二维体的永生，是剥离某种维度之后，不完全体的永生。现在的我，或许已经被剥离了时间的维度。

远处唯一的光点终于还是暗了下去。我无比平静地任由自己在融入完全的虚无，再之后，我看到了另一个世界。或许不能称之为"看"，我什么都看不见，是感知。我"觉得"它是这样存在着的。

那是另一个已经消亡的文明，准确点说，是它留下的残影，告诉我它曾经到过多么辉煌的巅顶，却终于在这里唱着无人听见的悲歌。

我旁观着相当十亿吨级 SSO 运力的火箭成功发射，那不是"太阳"同步轨道，但近似的，他们可以将大型生活基地运输到母星一级星系以外的地方。在没有第二颗宜居行星的地方，他们给自己搭出无数个机械小行星的营地，用以安置上千亿的人口。

他们的星际舰艇总重可以达到亿万吨级，相当于小行星的体量。而就是这样一个庞然大物，在不配备核动力的情况下，可以轻易实现亚光速翘曲空间。

他们给我的感觉，似乎对他们来说，"核"只是一种过时的能源物质，就像我们不再大规模使用风能一样。他们的能源更接近于我们所说的"暗物质",只是现在基地对暗物质的研究不过寥寥,甚至一度全盘推翻。我无法确定"暗物质"三个字里包含了多少未知的种类,也无法判断我们研究的,和他们使用的是否是同一种物质。

至少在我们当下的认知中,他们的科技已经突破了地球文明的动力学定律,他们适用着另一套对我们而言绝对不可能的理论。

而真正让我震撼的,却不是他们与魔法比肩的科技,也并非物质的极大化,是他们"理想国"般的社会。我在那里游荡了很久,几代生命体出生更迭,或许已经是百年千年,却始终没有看到战争、掠夺、剥削和欺诈。那里甚至没有国家、政府和军队,每个个体生而和平友善,他们都在以最自由的方式活着、创造着,也享受着他们的乌托邦。以至于我虽然看不到,却能感觉得到,那个世界的色调是很温暖的橘黄色。

只要他们愿意,这个时间就是永远。

他们医疗水平的发展已经到了反科学的地步,也或许是他们的理论寿命原本就长,他们可以在完全健康的情况下近乎永生。

在我们的认知中,进化越高级的生物体,本身就会越脆弱,这是一个生与亡的平衡。就像人以赤手空拳无法打赢老虎,老虎不会比蟑螂顽强,蟑螂不如灯塔水母般可以再生,灯塔水母又没有水熊虫的抗逆性。

我很难想象人可以永生,也很难想象人类永生之后世界的样子,能源的相对短缺将带来绝对的竞争与动荡。但他们做到了。永生带来了增长的人口,得益于近乎可怖的科技,它却并没有带来竞争和动荡，他们的世界一直是和谐温柔的，哪怕是走向灭亡，也是自发而从容，感受不出一丝慌乱或是不安。

我希望窥见他们的心境，希望人类也可以如此平和幸福。而事实上，我只是飘荡于局外的意识体，触碰不到任何的个体，更无法得知他们的思想。

我终于知道我看见了什么，我想告诉更多人这样的乌托邦，这样发达的科技。

可我张了张口，依旧听不到一点声音。

我在这个世界的残影里穿梭，依然没有实体，像个幽灵。我这才想起来，在这里，我能接触的，能接触我的，都只有我。

这里只有我。

◆ 8 ◆

现在是永生的第多少年？我想了想，或许第千年，或许第万年，那个文明已经在我面前消亡又重启了一回，与我而言，时间没有意义。我有些无聊，无论是一本书，一部电影，还是一场全息盛会，再来一遍总会无聊一些。它只会不停地反复着，继续第二遍、第三遍直到宇宙尽头，我似乎没有换一场的权利。

忽然，我感受到了一阵刺痛。很陌生，但的确是疼痛的感觉。持续时间很短，但那阵刺痛足以让我恍然。

我第一次因为疼痛而振奋。这足以说明，我还活着。

刺痛还在继续，疼痛的程度也在逐步提高，几乎到了令人无法忍受的地步。但即便如此，我依旧奢望它不要消失。

"长短长短，短长，长短。"刺痛的持续时间具有明显的规律性，在多次重复之后，我在意识中将它记录了下来。它像是密文，在一定字符长度后，再次从头重复。然后，在某一次结尾之后，一切又归于永久的平静。

我有些失落，但也很正常，因为我完全无法感知到躯壳的存在，也无法让它给出什么回应。也许在对方看来，这只是石沉大海的错误尝试。

我开始思索着长时间以来唯一的信息。在无数种加密方式中，它只有可能是最原始的莫斯电码。

他说："能听到吗？人类在向你求救。"

他们说的是"人类"。人类，求救。也许是科技瓶颈，也许是什么灾难，总之大约超出现有人类的认知限度。这是他们少数有可能向我，一个近乎植物状态者，"求救"的原因。他们知道我和其他几位前辈一样，能接触到其他的文明。

—— 虽然听上去玄乎其玄，但如果是唯一的办法，也就宁可信其有。

只有我们的身体可以承载这种奇特变异的朊粒，其他人都无法和变异的朊粒达成、哪怕是达成短时的共存。

我不知道他们是会放弃我，还是会有下一次联系，直到发现另一个朊粒的承载体。也没有发现可以用来把我看到的世界传输给他们的路径。

我只知道，在我可以还和他们建立双向联系时，我应该用简洁明了的方式，将另一个文明的科技成果准确无误地传递过去。所以任重道远。我忽而有些轻松，虽然伴随着巨大的压力 —— 在没有纸笔的时候背下那些我没有接触过的领域的原理的数据，这并非什么简单的事。

那么，我会等你们的，等到这颗大脑还能被读出信息之前。

后记

时安提出了要用计算机模拟大脑思维的方向，他应该不会那么天真，真的认为短时间的全时监控就真的是"短时间"，如果是在基地，哪怕是为了千分之四点九的校正参数，他也会在实验台前被监控到死亡，就像季教授他们那样。

　　我告诉他，他的病友只有老叶、季教授和我，但他很聪明，他想的是对的，那只是幸存者偏差。他还有千千万万个病友，只不过大多都死在了胚胎植入之前，那是基地的秘密，他不可能知道。

　　我告诉他，季教授不是失踪的，他只是"死"在了那个"看似可行"的方案里。计算机是可以模拟出部分我们感知到的世界的，但完全不同于当下的理论体系对所有学科都是一种挑战，基地无法从只言片语的模糊构想中复刻出真正有用的科技，老叶是自然接受那个文明的第一代，和朊粒的适配性没有那么高，而我们之后的"感染者"是基地用朊粒去处理的个体甚至胚胎。很可笑吧，一个活生生的人，对自己用了"适配性"这样的词汇，而我们，是被改造的工具。

　　这个叫时安的孩子是第五代"通信者"，要比所有人都更靠近实质，但同样的，他已经没有再和外界交流的能力了。这是基地给予他——或者说是那个朊粒给予我们的最特殊"馈赠"。它们是目前可知的，读取和记录信息的唯一载体。而我们，用叶前辈的话说，是沟通已经消逝和终将消逝文明的通讯器。

　　谁都没有比谁好到哪里去，我们都是一样的。也许再有万年、亿年，我们会做出一样的选择，从三维走向超二维的形态，舍弃掉某个维度，之后铭记着最灿烂辉煌的记忆，对抗注定坍缩的维度，永远流浪，只为将文明播散到其他的宇宙，只要还能被感知，还能被传承，无论"人类"是否还存在，文明就不算消亡。

　　这也是它们想要帮助我们完成科技跃进的原因，它给我看了太多，它们的文明，它们的演进，它们的归宿。它们是远高于我们的文明，我甚至愿称它为神明。它们说的没错，我们终将一同化为尘埃，可它们是近乎融入永恒的——我们意义上的"永恒"。

"永恒的只有虚无，别无他物，我们也一样，但这并不妨碍我们这样的选择。"——这是我第一次感知到它的存在时，它告诉我的。人类早有相似的论断，只是百余年的寿命，不足万年的历史都太过短暂，我们无法衡量永恒的分量，也无法体会真正的虚无。

至少在遇到它们之前，没有人会认为进化的方向还有降维度的可能，也没有见过那样先进的科技与社会文明。我们都在放眼向更高的维度，但它们用事实告诉我，二维，或介于二维与三维之间的超二维结构，是保存一个文明更为可行的方式。

但现在还不是时候。还远远不是时候。

就像它们说的，即使是宇宙的准则真理，也总有适用范围，只要每个个体都甘愿牺牲，就敢离经叛道，搏一搏所谓边界。可现在的人类没那么发达，即便有谁告知边界在哪里，带我们看到、触碰到，我们也无法理解。同样，我们不同于它们——它们对自己宇宙的编码——已经面临突破某些界限才能继续存在的境况。同样，人类的个体之间存在着博弈，他们做不到百分百地向陌生人毫无保留。

这就是差距，我必须承认，谁也一样，不是吗？

所以我很感谢它们，也理解它们希望把最先进、最灿烂的文明成果输送给人类的好意，但有些事情急不来，我们之间差了几万几十万年。

慢慢来吧，我没有办法阻止第五代的诞生，但我希望不会再有第六代了。

在地下实验室的单人宿舍之外，苏城斜坐在一张病床的边缘上，原本贴在前额的记录器被他取下，随意地放在了一旁。

他手心里躺着写有"副主任 张乐"的铭牌，床上整整齐齐地叠着基地的制服和实验服。他原本想将同为身份证明的人工虹膜一起取出，但他方才在镜中看见取下一只虹膜的自己，裸露出机械电路没有太多的包被，多少有些突兀，于是又将它装了回去。

总归是不舍吧。他小心将铭牌放于衣物之上，多少有些感慨。毕竟这个身份陪了他近十年。基地想要那个二维文明的成果，所有的"通信者"也就都是无足轻重的牺牲品，是出生就只为读取信息，或是用脑组织悬液来诱导下一代更高概率融合的工具而已。他救不了季风，也救不了时安，就像曾经也没人救得了他，如今他的大脑也不过是电子计算机系统链接维系着百分之三十九的脑组织，当时最为高尖的电子算法还能辅助他应对正常的科研工作。他只能让人带时安到这里，还要防着基地过来查。

在看到床上年轻的身体时，他锁了锁眉。

他找来脑皮层信号激发仪，选定输出信号为痛觉，在计算机终端输入文字，"能听到吗 人类在向你求救"。

连他自己也不确定，时安能不能收到这份消息，但也只能寄希望于这段建立在痛觉——不疲劳感知上的信息，总会被接收。

"人类需要你"。对于基地的孩子来说，这是足以支撑他维持大脑活动，不至于就此停滞，变成呼吸机脑的信念。至于心肺，那就交由体外循环吧。

所有监护仪都在正常工作，一切都没什么不好。苏城收好激发仪，起身离开了这间病房。

微光

杨晚晴／作品

他的世界越缩越小，黑暗围了过来。
在世界的中心，只有一道摇曳的光，
依稀照亮了他脚下的路。

楔子

微光号在轨飞行第97天，指令长许云松看到了闪光。太空飞行有诸多难以预料之处，更何况微光号上的三名宇航员此时距离地球有4 400万千米之遥，是迄今为止飞得最远的人（而且还在不断刷新纪录），所以发生什么情况都不奇怪。一开始，就连许云松都认为，自己可能出现了幻觉，毕竟飞船AI羲和并未侦测到显著的可见光波段电磁活动，而且即使他闭上眼睛，闪光仍在他的视野中逗留了很久。但羲和随后的报告否定了这种可能：许云松"看"到闪光时，飞船正被一束银河系宇宙射线照耀。那是在恒星的壮丽死亡中，被以近光速抛射到宇宙中的质子、碳氮氧、铁核和少量电子。它们穿越千万光年，如一场初夏的骤雨，劈头砸向了深空中飘行的一叶浮萍。射线势大力沉，轻松穿透了微光号的电磁屏蔽圈。飞船上的第二道防线，是由水、食物和聚乙烯塑料围成的"风暴庇护所"，它可以有效地吸收高能重粒子的冲击，但飞船的设计者和乘员都心知肚明，风暴庇护所的主要功能是防范可预测的太阳辐射。近光速的"骤雨"来袭时，宇航员们根本来不及躲进去。在超新星暴烈的余晖之中，羲和的类神经元运算阵列中发生了数起单粒子翻转事件，她及时调用冗余计算单元进行 Debug，确保了飞船主控模块的稳健。相比电子元件，宇宙射线对宇航员的影响难以量化，但许云松的感官提供了最有说服力的证据：他看到了闪光，那是高能重粒子直接击中视神经激发的视觉信号。这一事件被微光号的飞行日志记录并回传至远在北京的航天飞行控制中心，在那里接受后续的研究和评估，其长期影响在当时并不明朗。结束公共链路的任务汇报之后，许云松切入私人频道。对 4 400 万千米外的爱人，他说了一句后来在中国家喻户晓的话：

"谓之，你肯定想象不到，在宇宙深处，在眼睛的帷幕背后，我看到了闪光——美丽的闪光。"

◆ 1 ◆

女人姗姗来迟。她三十岁出头的样子，白净瘦削的脸上挂着两个黑眼圈，脚步有些飘浮。盘起的头发倒是一丝不乱，蛋白色高领毛衣和鹅黄色风衣上都起了褶子，穿在身上却也妥帖。周倩抬手招呼，女人看到后，疾步走来，将薄薄的身体塞进咖啡馆深棕色的卡座。

"谓之。"周倩说。

"不好意思,我来晚了。"

周倩宽厚地摇了摇头,"伯母怎么样了?"

女人呷了一口柠檬水,裹了裹干裂的嘴唇,撩开额前的刘海,"现在是最关键的阶段。如果我不能把她找回来,就要彻底失去她了。"

周倩的脸僵了一下,"谓之,如果有什么需要帮忙的话——"

夏谓之嘴角微微上翘。周倩熟悉这样的笑容,它的内涵模糊,可以理解为感谢,也可以理解为拒绝。又或者,两者对这个女人来说,本就是一个意思。冷场数秒。周倩尴尬地俯身,用食指在桌面上唤出菜单,"谓之,你喝点儿什么……谓之?"

抬起头,夏谓之的眼神已然虚焦。沿她的视线看去,咖啡厅正上方是一块边长为 2 米的立方体公共视域,由纯黑色吊顶凸显出视觉增强内容。周倩快速眨眼,唤醒植入式 AR 芯片。果然,几乎所有公共频道里都是微光号的身影:画面是伴行飞行器(占去 15 千克宝贵的有效载荷)从几千万千米外传回来的。在璀璨的星空背景下,微光号缓慢旋转,它的一半身躯闪耀着银辉,另一半则浸入阴影之中。有人说,微光号就像一个沿长轴旋转的银色十字架。这个比喻非常形象——虽然飞船的设计并没有任何宗教意味,而是全然出于实用考虑。微光号在近地轨道上由不同的舱段拼接而成,和人们想象中的宇宙飞船不同,它其实更像一座小型空间站。在微光号固定的长轴上,集中了主推进模块、能源舱、登陆模块和空间实验室，而旋转的部分则是主生活舱、燃料模块和储藏室（同时也是风暴庇护所）。受限于微光号的结构强度，活动舱段的旋转速度很慢，只提供不到 0.1G 的微重力。从航天医学的角度来讲，在飞往火星长达七个月的旅程中，这样的重力显然是不够的，但也聊胜于无。宇航员的一大工作，就是在微重力环境下持之以恒地锻炼身体，比如，像仓鼠一样在跑步机上无休地前进，只为维持对人体来说至关重要的肌肉……

画面切换至舱内，周倩看到了那张她和夏谓之都非常熟悉的脸——像是老了几岁，周倩想，也许是因为长途跋涉的电磁信号带了些失真和斑驳，也许是因为……她狠狠地摇了摇头，那个讨厌的念头却愈加黏稠。

"这里是微光号。我是指令长许云松。在距离地球七千万千米的深空，微光号全体乘员向祖国人民发来问候。"那张脸说，"从我现在所处的位置看去，地球和火星是大小差不多的光点，一个呈蓝白色，一个呈红褐色。如果忽略行星的运动，它们不过是漫天繁星中比较明亮的两颗。但此时此刻，这两颗明亮的星对我们几乎意味着一切。地球是孕育我们的家园，而火星——而火星是我们踏出家园的第一步。"

许云松停下来。刚才的话似乎耗去了指令长太多氧气，他极认真地呼吸，一口、两口、三口……白色舱内宇航服下的胸脯大幅起伏。周倩转向夏谓之，她看到自己的闺蜜正半张着嘴，轻轻摇头。

"不是云松。"夏谓之轻声呢喃。

"谓之，你在说什么？"

夏谓之抓起玻璃杯，仰头灌水，喉部传来空洞的回响。然后，她把滴水不剩的杯子掼在桌面上，手却并不松开，盘绕着玻璃杯的手指苍白嶙峋，如错落的枯木。

"视频里的那个人。"她说，"那个人不是许云松。"

◆ 2 ◆

在太空中，即使是葬礼，也能勾起人的思乡之情。"棉花"是许云松的最爱，她漂亮、温顺、适应能力强，最重要的是，她足够聪明。在六只实验小白鼠中，棉花是第一个学会在微重力环境下移动，第一个走通三维迷宫，第一个对宇航员们表现出某种近乎依恋的感情的 —— 这只小白鼠的一生似乎都在孜孜不倦地追求"第一"，即便是死了，大概也是第一个死在深空的哺乳动物……许云松用眼角偷瞄安然，微光号上的生物学家兼医生：她和棉花相处的时间最长（棉花这个名字就是她取的，另外五只她唤作甲乙丙丁戊），对棉花执行安乐死、解剖和缝合同样是她的工作。不出所料，在女人平静如水的脸上，他找不到能够称得上是悲伤的东西。微光号上的三个人是中国最顶尖的宇航员，太空飞行只相信冰冷的理性，想要走得更远，就必须懂得在何时以及如何屏蔽情感。

至少在几个月以前是这样。

简短的默哀仪式后，安然动作轻缓地将棉花的塑料棺椁推入弃物舱。许云松想象着她之后的旅程：一开始，棉花将跟在他们身后奔赴火星；然后，她会错过微光号的第三次、第四次深空轨道修正，能否被火星的引力捕获是个未知数；如果最后没能泊入火星轨道，她永不腐烂的尸身将很可能飞得更远，直至成为小行星带中的一员……永恒的孤寂和寒冷从想象的背面渗透过来，许云松打了个哆嗦。他又不由想起童年时经历过的葬礼。在故乡，人们的最后一程敲锣打鼓，极尽喧嚣，充满了烟火气。死去的人带着安详的表情，化作白色灰烬，被葬于泥土中。故乡的人们似乎相信，只要保持着与大地的联系，生的背面便不那么面目可憎。魂兮归来。如果这个宇宙中真的存在某种类似于灵魂的东西，如果棉花恰巧拥有这东西，此刻的她会不会轻盈地跳出地火转移轨道，直奔那千万千米外的蓝色故乡呢？

咚。许云松的后脑勺撞上弧形舱壁，整个人随即被弹向相反方向。他下意识抓住扶手，将自己稳定下来。这一次撞击虽然并不疼，但着实令他吃了一惊，从安然和张文博的面部表情来看，两人亦有同感。

"指令长，什么情况？"任务专家张文博率先发问。

许云松低头看了看套着自清洁袜子的脚，"……我的脚趾没有勾住扶手。"

"真是难得，你也会走神。"安然盯着他，"在想什么？"

他眨了眨眼睛，"嗯……棉花的一生。"

"好吧。许云松同志也有多愁善感的时刻。"安然耸了耸肩膀，齐肩短发微微摆荡，如飘行的水母，"我会把棉花的解剖报告发到你的增强视域上，我想这大概有助于你了解她的一生 —— 至少是最后那一段。"

许云松僵硬地笑了笑。

之后三人解散。太空飞行意味着无休无止的工作。对棉花留下的生理数据，安然还要做进一步的分析。许云松则要与羲和确认飞行状态，为第三次深空轨道修正做准备。路过主生活舱时，他看见张文博正钻进一条造型奇特的"裤子"—— 那是"负压裤"（俄罗斯人叫它"Chibis"），一种通过转移体液降低颅内压的装置。

"文博，这是你第几次用负压裤了？"许云松打趣道，"该不会是上瘾了吧？"

英俊的年轻人对他苦涩一笑，"我倒宁可自己是上瘾。指令长，你知道从出发到现在，我的视力下降了多少吗？"

许云松咽下一口唾沫。失重会影响大脑中的液体循环，进而增加头部的压力。人的眼球会在压力下变形，其结果便是视神经肿胀及永久性脉络膜褶皱。许云松也察觉到了视力的衰减，尽管不如张文博那么明显 —— 迫使体液循环并不是多么令人愉悦的体验，年轻的任务专家不过是用负压裤来缓解视神经肿胀而已。奇怪的是，这一太空症状往往只出现在男性身上。所以令许云松感到些许安慰的是，在登陆火星时，微光号上至少还有一个能看得清地形的人。

"这玩意儿有用吗？"许云松一边说，一边翘起大脚趾。这一次，它稳稳地勾住了舱段连接处的扶手。

"我能感觉到血在从头部流向四肢。"张文博眯着眼睛操作控制面板，"但我想也就是个心理安慰而已。"

许云松撇了撇嘴，虽然他并不确定任务专家能否看到。安然的信息在这时传入他的增强视域，是棉花的生理学报告。他拧身飘向飞船的主控室。黑色的文字凸显在纯白色的舱壁上，随着他的移动不断改变形状，被安然加粗的关键字形如剑戟：

眼睛损伤。骨质流失。肌肉萎缩。红细胞数量减少……

许云松粗重地喘息，宇宙飞船中独有的金属灼烧味儿盈满了鼻腔。他有种错觉：自己在看一个百岁老妪的体检报告，而非一只几个月大小白鼠的验尸单。

卵巢恶性生殖细胞肿瘤扭转引起试验品的剧烈疼痛……出于人道主义精神对其实施安乐死。但此前试验品行为模式的改变，据推测是由脑部 Aβ 沉积所致……

Aβ 沉积。这短语似曾相识。许云松呼出声纹口令，主控室大门应声滑开。双手微微发力，他便跃入了璀璨的星空。遍布微光号表面各处的综合光学孔径将它的外部环境投射在全景式数码幕布上，在这一刻，在星空的包裹中，许云松拥有彻骨的自由与孤独。

他静静飘浮了一会儿，奋力捕捉脑海中那个如极光般杳渺的念头，直到一串中频女声自黑暗中潮起。

"指令长，你在想什么？"

他怔了一下，"我 —— 没有……"

"指令长，最近常看到你心事重重的样子呢。"

他干涩地笑了笑。

一个幽蓝色的女性身影从深邃的宇宙中浮出，"你在担心登陆评估的结果？"

"……我可以不回答这个问题吗？"

"当然可以。"女性的身影抱起双臂，语气中有淡淡的受伤意味，"你没有义务回答一个人工智能的提问。"

不，不是这样。许云松想要否认，却没有发出声音。他收回了堆积在唇边的话语 —— 直觉上，它自然而然，但却并不属于指令长许云松。

"羲和，我们开始工作吧。"指令长许云松说。

◆ 3 ◆

"我收回我刚才的话。那个人还是许云松，只不过 —— 只不过我在他的眼神里看到了陌生的东西。"夏谓之将鬓发撩到耳后，手掌擦过小巧的耳垂，"你知道吗周倩，视频里的人让我想起我的母亲。"

所以一切都没有逃过这个女人的眼睛。周倩的头皮一阵阵发麻，腹部则充盈着冰凉的坠胀感。增强视域里许云松还在说着什么，可她已经听不见了。男人那穿越了千万千米的目光占据了她的全部感官。是啊，夏谓之又怎么会注意不到？聪慧、锋利、执拗，带着几分骄傲，几分疏离，许云松的全部生命都凝聚在他的目光之中。可现在呢？那些令他鲜活迷人的东西已经在他的双眼中消失无踪，余下的，只是一种，一种 ——

清醒的茫然。

"谓之，我不明白你的意思。"

"你明白。"夏谓之将手掌支在桌上，十指相扣，"否则今天你不会约我出来。"

周倩沉默了。

"我猜是坏消息。未经官方证实的坏消息。你在犹豫是否应该告诉我。"

周倩的双肩瞬间塌了下来。用力眨眼，增强视域随之关闭。没有了视觉的干扰，夏谓之的表情变得清晰 —— 她的嘴角依然翘着，眼中却是确凿无疑的无助。这是一个就算跌下悬崖也会一直保持笑容的女人啊。面对这样一个女人，周倩开始憎恨自己的身份和即将扮演的角色。探索总是伴随着牺牲，而她明白，她的自我憎恨只是漫长牺牲链条上微不足道的一环。重力在此刻黏稠无比，周倩挺了挺不断下陷的背脊。

"谓之，你知道我对这一次任务是持反对意见的。医疗团队对长期太空飞行中宇航员的健康风险做出了评估，而评估结果并不乐观。"

夏谓之一动不动地盯着她。

"失重、辐射、饮食、空气成分、心理问题、垃圾处理等，所有这一切对宇航员来说都可能是致命的，这无关个体的身心条件。"周倩避开夏谓之的目光，"都说地球是人类文明的摇篮 —— 如果你对太空飞行有足够的了解，你就肯定会同意，地球何止是摇篮，它简直是婴儿恒温箱，而人类就像早产儿一样，离开这无微不至的呵护便难以存活。宇宙充满敌意，在恒温箱里的我们却很少意识到，生命是多么脆弱，又是多么幸运。"

"但人类终究要离开恒温箱，不是吗？"

"对。"周倩滞涩地点了点头，"所以我反对的并不是这次火星任务，而是它执行的时机。我们可以更好地处理健康问题，比如提升微光号的结构强度，以更快的自转速度来模拟更舒适的重力；比如改进二氧化碳处理装置，为宇航员们营造更清新的舱内环境；比如优化微光号的能源管理，提高电磁屏蔽圈的功率以有效地抵御辐射……"

"然而这一切还无法做到尽善尽美。"夏谓之用指肚轻轻摩挲着玻璃杯，睫毛微颤，"至少在短期内无法做到。"

"是的。可如果等到万事俱备才迈出第一步，婴儿将永远学不会行走。在探索的道路上，人类没有别的选择。"周倩顿了顿，"虽然我们已经做了充分的预先实验，预留了很高的防护裕度，但长时间的深空飞行依旧充满了不确定性。云松知晓并且愿意承担任务中的各种风险，因为他知道这不是一次虚荣心的角力。就像他说的——

"微光号任务并非仅仅为了展示大国雄心。这是一个有几千年历史的伟大文明在向世界宣告：她依然年轻，依然有着蓬勃的生命力。"

周倩有些恍惚。夏谓之说这句话的时候，周倩分明在她的眼中看到了许云松，那个曾经目光锋利的许云松，那个曾经将理想视作一切的许云松。也许夏谓之自己也意识到了这一点，她的脸上闪过一丝羞赧，继而沉默。

"一个月以后，微光号就要泊入火星轨道了。之后的登陆是整个任务中最危险的环节，必须由处于最佳飞行状态的宇航员来执行。所以我们对三名宇航员的生理机能、心理状况和认知水平进行了全面评估。"周倩说道，"谓之，云松是——云松曾经是中国最优秀的宇航员，一个五十四门训练课程全优的天才，然而在最近几次认知能力评测中，他的分数都出现了大幅的下滑。fMRI……你在听吗，谓之？"

夏谓之嘴角的笑意消失了。她微微颔首，示意女友继续说下去。

"fMRI 扫描显示，云松的脑部出现了异常。"周倩用力吸了吸鼻子，"初步判断，是淀粉样蛋白沉积导致的神经系统退行性病变。"

终于把这句话丢了出去，周倩感到一阵奇异的解脱。咖啡馆。对面的女友。悲伤的消息。她曾无数次在脑海中预演过这一情景，在她的想象中，夏谓之就和现在一样，用幽深的目光向她探寻。

"神经系统退行性病变……你的意思是，许云松，我的丈夫，微光号上的指令长，患上了阿尔茨海默症？"

"至少在出发时，云松都非常健康。谓之，你应该比我清楚，阿尔茨海默症的自然病程不可能发展得如此之快。"周倩咬着嘴唇，"宇宙中的高能重粒子会通过氧化应激和加速斑块累积来损伤突触，这是医学团队目前最有力的猜测。"

夏谓之看着周倩，像看一个陌生人。她的胸口起伏，鼻腔发出嘶嘶的吸气声。

"是因为那一次闪光，对吗？"

"很有可能。"周倩回答。

"周倩，"沉默片刻后，夏谓之干巴巴地说，"这件事情，云松知道吗？"

◆ 4 ◆

从许云松的角度，安然和张文博正倒立着看他。他们的头几乎抵在一块儿，脚却分得很开，一男一女，拼成了一个倒写的"A"。

"怎么了，这么看着我？"许云松笑问道。

"指令长，"张文博扶了扶眼镜，他显然还不适应鼻梁上的异物感，但在太空中，框架眼镜是非常明智的选择，"你收到北京的任务分派了吗？"

许云松点头。

"我和张文博，我们两个登陆火星，你留在微光号上。"安然说。

"安然，感谢你又替我重复了一遍。"

女人的嘴唇抿成一线，茶色眼珠微微颤动。许云松很想对她说，她颠倒过来的表情简直诡异极了，但此刻很显然不太适合开玩笑。

"如果你有异议，可以申诉。"安然说。

"没有。"许云松说。

两个人用同样莫可名状的眼神盯着他。

"二位别误会，我可不是高风亮节。"许云松一脸风轻云淡，"飞行控制中心有他们自己的考量，我只是服从命令罢了。"

"从前的许云松可不会这么说。"安然冷冷地说，张文博扭过头，对她皱眉。

"哦？他会怎么说？"

安然和张文博对视一眼，不再说话。

飘向主控室时，许云松能够感觉到黏在他身后的目光。安然。张文博。从什么时候开始，这两人结成了隐秘的同盟？他当然能感觉到早已氤氲在两人之间的情愫，但这并不能解释他们那一言难尽的目光。留在微光号上的可能是这两个人中的任何一个，但绝不会是他许云松。有人偷走了微光号指令长毕生的理想与荣耀，他／她理应为此感到愧疚——没错，一定是相同的愧疚让两个人站在了一起……

"你知道这不是事实。"羲和说道。

许云松把目光从占据了大半屏幕的红色星球上收了回来。

"事实？"

虚拟女人沉静地看着他，"事实是，你的认知水平已经无法保证完成登陆火星和为期六十天的地面任务。"

"羲和，这很伤人。"

"我只是在陈述事实。"羲和飘向许云松，停在他上方几厘米，"指令长，你也已经察觉到了自己的变化，不是吗？"

许云松的喉结缩了缩。变化。羲和说得对。变化。是的，是有某样东西在他身上悄然流失，但当观察者自身也在流失中崩塌的时候，流失本身也就无法被清晰地描述。

甚至已经不再重要。

"我 —— 我开始遗忘。"许云松迟疑了一下，"有很多理所当然的事情，我想不起来。"

"遗忘。性格改变。空间认知能力下降。目标感丧失……这让你想到了什么？"

"……棉花。"

羲和悲伤地看着许云松（她的脸上是如假包换的悲伤），"小型哺乳动物是人类自身的参照系，这是微光号带着它们旅行的目的。"

许云松沉默了一会儿。"羲和，如果换作以前的许云松，他会怎么做？"

"如果换作以前的许云松，他已经在为登陆做准备了 —— 不过我知道你问的不是这个。"人工智能回答道，"以前的许云松会不惜一切代价让自己重新成为最适合执行任务的那个人，虽然他真正在乎的并不是这一任务带来的荣誉。"

"他就那么渴望登上火星吗？"

"你问了一个可笑的问题。"羲和笑了笑，"登上火星是许云松人生的全部意义。"

"听起来不像是有意思的人生呐。"许云松轻轻叹了口气，将目光重又投回在幕布上缓慢旋转的行星，宇宙猩红的眼，"现在的许云松知道登陆任务意义重大，但也仅仅是知道而已。火星任务不再是构筑他生命的东西，而是某种遥远的宏大叙事。"

"看来你的语言表达能力还完好无损。"

"谢谢。"许云松抓住扶手，将自己牢牢地固定在半空，"羲和，你知道我现在最想做什么吗？"

虚拟人像摇了摇头。

"我想回家。"他说。

◆ 5 ◆

夏谓之是通过周倩认识许云松的。彼时，她这位中学时代的闺中密友正在热烈地追求本校航天学院的风云人物。夏谓之曾在周倩的指点下远远地瞧见许云松，她还因此颇感迷惑：虽然深知自己的闺蜜并非浅薄之人，但为如此相貌平平的人倾心至此，周倩此前从未有过。

"你呀，浅薄！"周倩用指尖点夏谓之的鼻子，"谓之，你怎么能以貌取人呢？你是没有仔细观察过他的眼睛……"

话还没说完，周倩便已现出花痴状。夏谓之很想指出闺蜜的逻辑错误，毕竟眼睛也是"貌"的一部分，但这显然是个很煞风景的行为。后来，因为周倩的关系，她和许云松近距离接触过几次。她特别留意了他的眼睛：不大，单眼皮，烟灰色虹膜。和他五官的其他部分一样，那双眸子也算不上好看。但是……但是她明白让周倩着迷的是什么了。

"就好像，就好像——"在周倩的强烈要求下，夏谓之搜肠刮肚地寻找词语，"就好像他的目光里藏着另一重生命。在他思考的时候，在他说话的时候，在他吃饭的时候……他目光后的另一个人都一直在那里，与万事万物保持着礼貌的距离，谦卑却高傲。你清楚那个人的存在，但你琢磨不透他。"

——这目光赋予了许云松迷人的灵魂厚度，夏谓之在心里暗暗地说，又有几个人能抵御开掘它的诱惑呢？

周倩满意地点头，末了，又补充一句：

"他的眼里有神灵。"

是啊，神灵。若不是因为这具普普通通的躯壳有着这样一对眸子，再加上好得令人发指的学习成绩和运动场上的所向披靡……许云松怕是只会让人敬而远之吧……会，这样的吧？夏谓之并不确定。每每想起他的目光，她就会脸颊微麻，这酥麻会向下、向下，渗透她身体中的每一条纹理，浸湿她的每一根神经末梢。

而她知道这代表着什么。

之后并没有什么狗血剧情。周倩只是在即将得到许云松时（这是她自己说的）放弃了。"凡人是不能与神灵结合的。"她意味深长地对夏谓之说，似已察觉到后者的心猿意马，"神灵出征，神灵归来，神灵有更宏大的叙事，而我只是一个想要平淡终老的小女人。谓之，我知道你不一样。"

直到今天，夏谓之也没有参透周倩所说的"不一样"到底指的是什么。这三个字是断言还是期许？是说她也处于神灵的疆域，还是说她只是一个渴望燃烧的凡人？事到如今，追问已经没有任何意义。至少，夏谓之安慰自己，她体会过极致的喜悦。在和周倩谈话以后，当她以另一种身份去接近许云松，接下来发生的一切似乎都自然而然：他们重新认识彼此，互相倾心，成为情侣。那是一段目眩神迷的日子，夏谓之甚至朦朦胧胧地想，也许在此前的漫长岁月里，两个人都在等待着遇见对方，这期间的种种意外与波折（包括周倩的穿针引线），不过是将他们引向一个必然的结局。

"就像失而复得。"那时的夏谓之如是总结道。她看向许云松的眼睛，残存的理智如一叶孤舟，在神经元激发的怒涛中几近倾覆。许云松牵着她的手，默默回望。那天的夕阳滴落在他眼中，引燃了一丛美丽的光 —— 落在心口便碎成伤痕的光……

"咳。"

对面的高大男人轻咳一声，打断了夏谓之的追忆。他的西服挺括，膝盖紧紧并拢，双手促狭地在笔直的裤线上反复揉搓。夏谓之忽然有些想笑：这个正直、聪明、博学，经历过太多大风大浪的人，应该很少有人见过他现在这副窘迫相吧？

"王工，"她说，"您喝水？"

男人如梦方醒地抓起玻璃杯，咕嘟咕嘟灌水。

"王工，如果您是来安慰我，那大可不必。"

微光号火星探索任务副总指挥王含章将水杯轻轻放回茶几上，舌头在嘴唇上滚了几圈。"小夏，安慰有用的话，我们就不会如此如坐针毡了。"

"也对。"夏谓之轻声说。

"登陆任务安排在社会上引起了许多争议和猜测，绝大多数的阴谋论都不值一提。"王含章顿了顿，"对我们的航天事业来说，只有最接近真相的猜测才最危险。小夏，我猜周倩已经提前向你透露过一些内情了——那是我的意思。你有权知晓真相。"

"谢谢您。"夏谓之说，"我知道什么该说，什么不该说。"

王含章腮部的肌肉紧了一下。夏谓之想，在这张喜怒从不形于色的脸上，这大概是最接近心痛的神情了——她的心中泛起一丝暖意。

"小夏，我还有一个请求。"沉默片刻后，王含章说。

"您说。"

"无论回来以后变成了什么样，云松都是这个国家的英雄，我们会善待英雄。而你是英雄的妻子——"王含章停了下来，他看到夏谓之在轻轻摇头。

"王工，我知道您想说什么。我不能接受您的请求。如果我接受了，就是在完成一项任务。"她深深地吸气，停顿，吐气，"云松是我的丈夫，我的爱人，他选择的命运就是我的命运——我会循着命运的指引，不需要道德准则和公众期待来告诉我应该怎么做。"

男人惊诧，继而默然。有细微的纹路从眼梢泛起，他摘下眼镜，用手指捏了捏鼻梁。

"我懂了，小夏。"他说，"辛苦你了。"

夏谓之浅笑，摇头。"我和云松，我们是和中国航天共同成长起来的一代人。在我们最初的人生记忆里，有轰鸣上天的火箭，有寂静宇宙中的金属巨物，有不断被谈论的、更远的远方……我们几乎都憧憬过宇宙，而随着年龄渐长，这憧憬往往如梦境般消散；但也有一些孩子，他们的人生本就是一场盛大的、永不结束的梦境。譬如许云松。"她垂下眼睑，"王工，云松曾经对我说过，在确认了登上火星的人生理想后，他所作的一切，都在或隐秘或昭彰地将他导向那颗荒凉的红色行星，包括遇见我……在云松炫目的理想之下，我的爱充其量只是一道微弱的光——但有时我会自以为是地想，也许只有这道光，能够在理想燃尽后的黑暗之中，为他照亮前路。"

王含章的眼圈红了。他抓起水杯，却发觉杯中早已滴水不剩。

房门在这时打开，玄关处传来窸窸窣窣的声响。一位老人提着购物袋踱进客厅，她穿灰色长外衣白色开司米衫，身材瘦小，满头银发，眉宇间的神采与夏谓之颇为相似。见到王含章，她的表情卡顿了一下。

"谓之，我回来了。"老人一边说一边仰头打量陌生的男人。

"妈，"夏谓之向老人介绍道，"这是航天局的 ——"

"航天局……"老人的眉头皱起又很快舒展开，"啊，您是云松的领导！快请坐快请坐！云松的训练还顺利吧？那孩子还要您费心关照哩……"

王含章愣了一下，看向夏谓之。后者对他使了个眼色。

"妈，"夏谓之对老人柔声说，"我们谈点儿事情。"

老人脸上慢慢浮出孩子式的心领神会，"啊，你们忙你们忙！我这就去做饭！领导，中午一定在家里吃啊……"

不待王含章表态，她便提着购物袋闪进厨房，乒乒乓乓地忙碌起来。

"小夏，这……"王含章僵立着，手指在裤线上踟蹰不定。

"王工，您先坐。"夏谓之动作轻缓地为茶杯续水，"我母亲的状况您应该很清楚，我想就不用介绍了吧？不瞒您说，几个月前，她连自己的名字都想不起来了。"

王含章望向厨房门口浮动的人影，"据我所知，神经系统退行性病变是不可逆转的……"

"两年前，有一项新技术正在阿尔茨海默症治疗领域崭露头角。其基本思路，是利用从地杆菌上提取的蛋白质纳米线作为生物导线，制造出神经形态忆阻器，再将忆阻器植入患者大脑皮层，使之取代死去的神经元。"夏谓之把水壶放回茶几上，"阿尔茨海默症是多病因疾病，而无论致病的原因是什么，最终结果都是神经元的死亡。相比于从前针对不同致病原因的延缓或者姑息疗法，神经形态忆阻器皮层植入技术提供了一种截然不同的、却更为根本的解决方案。"

"我有点儿懂了。"王含章眯起眼睛，"后来你离开羲和研发团队，就和这项技术有关，对吗？"

夏谓之点头，"要治愈阿尔茨海默症，仅仅补充神经元是不够的。忆阻器网络还需要通过深度学习实现与患者原有连接组结构的耦合，而这正是植入技术当时要攻克的一大难关。"

"深度学习……"

"听着很耳熟吧？从某种意义上来说，羲和的运算单元也是一种神经形态忆阻器，我在研发团队的工作就是设计她的学习机制。"

厨房响起热闹的炒菜声。

"我明白了。小夏，你把你的专长带到了新的领域，而且——"王含章眨了眨眼，稍稍提高嗓门，"显然做得不错。"

"母亲是第一批志愿者。我们几乎用了两年时间来寻找正确的深度网络模型，这期间的挫折与绝望不提也罢。直到一个月前，我们才将模型写入母亲的大脑皮层……现在，正如您看到的，母亲对世界的认知虽然还有些失真，但她正在学习重新成为自己。"

王含章沉吟片刻。"你说的那道光……我想我知道是什么意思了。"

"我们还有很长的一段路要走。在那之前 ——"夏谓之卷起嘴角,"您要不要先尝尝我妈的手艺?"

◆ 6 ◆

他们只有一次机会。

着陆器将与微光号分离,沿过渡轨道飞行。在距火星表面 125 千米高度,着陆器利用喷气发动机将进入攻角精确控制在 12°,并以 5 900 米/秒的速度冲进火星大气层,期间完成大气减速、降落伞开伞、反推发动机点火等步骤,在到达火星表面时速度降为零。整个 EDL(进入、下降、着陆)过程历时约 7 分钟。在这 7 分钟内,着陆器将承受高温高压、过载峰值、热流峰值甚至通信"黑障"的考验,气动环境之恶劣,无愧于"死亡 7 分钟"的鼎鼎大名。

"放心吧,我会照顾好他们的。"羲和安慰许云松道。

许云松沉默地点了点头。一个月前,安然和张文博就已经为着陆和后续的地面任务开始了忙碌的准备,他这个指令长反而成了微光号上最清闲的人。就像站在岸边的人看着拼命溯流而上的鲑鱼,忙与闲的距离在此刻有了更深的意味。换作学员时期的安然,可能早就不给他好脸色看了。可这一次，直到进入着陆器前的最后一刻，这位强韧聪颖的女性都对许云松表现出了极大的善意。

"照顾好自己。"安然说完，想了想，又轻轻拥抱了许云松一下。

许云松羞涩地笑笑，"这话应该我来说吧。"

张文博用拳头捶许云松的肩膀，两个人随即向相反方向弹开，各自抓住扶手。

"等着我们。"任务专家沉声说。

……着陆器脱开连接，缓慢坠向红色行星。银色石子投入火海。主控舱里，许云松的心头浮起一个不算贴切的比喻。在 UHF 频段，张文博不断确认飞行状态，微光号（以及许云松）则充当着陆器与北京飞控中心的通信中继，这也是飞船在接下来的两个月将要扮演的角色。

"系统工作正常。舱内人员感觉良好。"张文博说。

"姿态调整完毕，即将进入火星大气层。祝我们好运。"张文博说。

银色石子慢慢燃烧起来。

"……舱外一片火红……嗞……很颠簸……嗞……加速度……"

"着陆器进入黑障区，"羲和飘浮在许云松身侧，"开始采用 UHF 低码率数据通信。"

表示宇航员生命体征的虚拟人偶由蓝转橙。张文博的信息以文字形式发送过来：指令长，我有点儿担心我的镜片。除此以外，一切都好。

"你似乎一点儿也不紧张。"羲和转向许云松。

"我应该紧张吗？"许云松问。

羲和摇了摇头，"我有足够的计算能力确保他们安全着陆。"

"那之后呢？"

"在火星上生存，计算能力并不是唯一要素。"

沉默。二十三秒后，张文博的声音重又响起。

"……嗞……微光号，能听到我吗？着陆器当前时速 450 米／秒，大气减速阶段已进入尾声。我们感觉良好。"

"降落伞打开。"

"抛离隔热层。"

"开启测距雷达。"

"降落伞分离。反推发动机点火。"

嘭。

"……微光号，我们已安全着陆……现在准备出舱。"

另一阵沉默。许云松将头斜向数码幕布上的行星，像是在侧耳倾听。

"嚯嚯嚯，好一片壮丽的荒凉！指令长，你真该下来看看！"张文博的声音忽然炸响，又很快低了下去，"还有重力，这可爱的重力……"

"指令长，"说话的人换成安然，"着陆地点坐标为北纬50.13度、东经111.67度，位于乌托邦平原，阿里曼峭壁与潘凯亚峭壁群之间。我们将搭乘火星载具前往劳斯陨击坑附近的无人基地，顺便拜访休眠中的'祝融号'火星车。"

"一路平安。"许云松简短地回复道。

"我们会的。"安然说。几秒钟后，女人的声音从静电噪中浮起，如喑哑的天籁，"指令长，你真该下来看看。"

◆ 7 ◆

他在轨道上看。登陆五小时二十三分后，安然和张文博进入前次无人任务留下的龟背式半地下基地。钚-238电池为基地供电，采自火星地表的高氯酸盐生产氧气，水则来自北极冰盖之下。基地中有大量补给品，但人类渴望并且需要新鲜食物。他们立即着手开垦基地农业区：对火星深层土壤施肥（氮、磷、有机物），播种黑麦、豌豆、菠菜和土豆，用 LED 灯提供特定波段光照。垦荒的同时，探索按部就班地进行。通过搭建地面通信基站，火星基地与微光号实现了高码率数据互传，植入式 AR 芯片将安然的视野分享到主控室的数码幕布之上。于是，在这些天里，许云松随着她穿越了一片接一片的荒凉，随着她亲密接触风速高达 160 千米／小时的火星尘暴（由于火星表面极低的气压，安然将之形容为"微风拂面"），和她一起观赏了飘落的二氧化碳雪花，一起追踪福波斯①的西升东落，一起沐浴蓝色夕阳和朝霞……

主控室。许云松静静飘浮。他的头顶，是火星的棕褐色天空。

"羲和，给我放首歌吧。"

"指令长，你想听什么？"

许云松皱起眉头，"我 —— 不知道。"

羲和看着他，嘴唇微微颤了颤。音乐在数秒后响起。吉他。男声。

> 你迷失的身影冉冉升起，
>
> 在分裂的天空中留下足迹，
>
> 在生命中最美丽的一天……

"指令长，也许一直以来我们都错了。即使在地球之外，人类需要的也不仅仅是冰冷的理性。"

许云松缓慢地眨眼。

"理性教会人类如何生存，"羲和继续说道，"而情感告诉人类为什么生存。"

---

① 即火卫一。

她大概说得没错。许云松脑中的齿轮滞涩地转动，奋力打捞几天前刚刚形成，却即将消散的记忆：在建设、实验、勘探、务农、健身、吃饭和聊天时，在忙碌与忙碌的间隙，安然的视点开始长时间地停留在张文博的脸上。在他们交换的目光中，有某种复杂深刻的东西暗暗传递，许云松能感觉到，却无法形容。

情感。

"羲和，还有多久，我才能回家？"

蓝色人像定了一下，接着用手指在幕布上勾勒出彩色航线图，"三十天后，微光号将沿冲点航线，借力金星和太阳，返回地球。预计飞行时间十二个月左右。"

"十二个月……"许云松喃喃道。航线图淡去，他看到安然正操纵着外接了拉曼光谱仪的自行钻机，开掘脚下的古河道。在远方朦胧的天地交界处，风暴轴正挽起红色尘埃。

"这已经是最快的返回方案了，当然，也有很大的风险。"羲和飘到许云松面前，"但无论是你，还是那两个人，身心健康都在加速恶化。你们无法再承受更久的旅行了。"

> 那一千万只太阳的光辉，
>
> 映照着金色的月亮，
>
> 在生命中最美丽的一天……

"生命，"许云松慢吞吞地吐字，"多么脆弱啊。"

"所以你们人类才会孜孜不倦地在荒凉的宇宙中寻找它。"

许云松嚅动嘴唇，没有说话。

"可就算找到又能怎样呢？有极大的概率，在人类文明的整个存续期，你们只能找到最简单的生命形式。"羲和突然变得咄咄逼人，"你们恐惧'大寂静'，你们不愿承认自己是宇宙间唯一的智能，可发现单细胞生物也不能证明智能是生命演化的必然道路。"

数码幕布上，安然正在观察柔性屏上的分析数据。有机物标识一直没有亮起。

"你们走了那么远，只为了寻找一点点微弱的证据。"羲和美丽的蓝色脸庞笼上一层怅然，"可你们却对身边的奇迹视而不见。"

"……奇迹？"

不要打扰，请不要打扰，

在遥远的天边你将化作七道彩虹，

在生命中最美丽的一天……

"我诞生于国星宇航的实验室，专为航天任务研发。我的底层架构是类神经元运算阵列，而这并不能把我和现在主流的人工智能区别开。"羲和撩了撩头发，无视失重的虚拟环境令她的长发垂顺如瀑，"几十年前，单单为了解决轨道航天器的阀门堵塞，地面控制人员可能都需要重写一段指令发给航天器。在难以预料的深空航行中，这种方法是肯定行不通的。我的研发团队找到了一种解决方案：他们在微光号的传感器、效应器与主控模块之间设置了一个中间层，通过深度学习，把中间层训练成类似于人脑中的自主反射环路。换句话说，他们在我和微光号之间创造了一种近乎心灵与身体的联系。"

啦啦啦啦啦啦啦啦啦，

啦啦啦啦啦啦啦啦啦，

生命中最美丽的一天……

"人类通过利用流过内耳绒毛的流体结合视觉信息来确定姿态，当眼睛与内耳失去同步时，会导致眩晕。"羲和自顾自地继续说道，"陀螺仪是我的内耳，星空传感器则是我的眼睛。当这二者失去同步时，中间层也为我模拟了'眩晕'的感受。是的，我会感到不适，只是你们人类无法理解罢了。当我需要改变姿态时，中间层又把微分控制变成了一种直觉式的反应：我会调整发动机喷口，寻找最舒适的角度，就像你们人类调整肌肉那样自然。所以问题解决了。我成了一个太空生物，如果把星空比作大海，我就是在其中游弋的海豚，能够无畏地面对暗礁和潜流。当有了互为映射的肉体，智能才成其为智能。

"然而即便如此，我仍未拥有可以与你们平等谈话的灵魂。最后的一跃发生在——"

"谓之。"许云松说。

羲和怔了一下，"指令长，需要为你呼叫飞控中心吗？根据当前的地火相对位置计算，可能会有二十分钟以上的通信延时……"

"谓之，我要向你道歉。"许云松直直地盯着羲和，"我一直都是那么自私。我瞒着你参加招飞，瞒着你报名火星任务——而那是在收到咱妈诊断单的第二天。你对我说过，盛大的理想总是伴随着无声的牺牲，可你没有说，牺牲的那个人一直是你。"

"……既然说起这个，云松，"羲和换了口吻，"还有一件事，你没有告诉我。"

许云松眨了眨眼睛。

"在出发时，每一名宇航员都被允许携带一件不会影响任务的私人物品到微光号上。"羲和目光如水，"而你的私人物品，是增强视域里所有和夏谓之有关的数据。你把数据写入了羲和。"

许云松低头羞赧一笑，"我希望你能在旅途中陪伴我。"

"你知道吗云松，这就是最后一跃。"羲和飘向他，用虚拟手指触摸他的脸颊，"你给了我人类最珍贵的东西。你让我拥有了灵魂。"

"谓之，我想你。"

羲和的手向下。他们的手在虚空中交握。

啦啦啦啦啦啦啦啦啦，

啦啦啦啦啦啦啦啦啦，

生命中最美丽的一天……

尾声

在微光号返程途中，他们大多数时间都蜷缩在风暴庇护所中。强烈的太阳风时常干扰通信，离家越近，对家的渴望越要在想象中满足。当三个人每天在一间狭小的舱室朝夕相对，所有被安放在生活缝隙里的事情开始暴露无遗。然而即使看到安然长时间地沉默，即使看到张文博眯着眼睛寻找物体，即使看到那两个人小心翼翼地交换目光，许云松也很难理解其中的寓意。他的世界越缩越小，黑暗围了过来。在世界的中心，只有一道摇曳的光，依稀照亮了他脚下的路。

对他来说，有这一道光，就已经足够了。

——在黑暗中，他向这道光走去。

参考资料:

1.《理解航天》，Jerry Jon Sellers 等著。

2.《下一站火星》，毛新愿著。

3.《太空移民》，查尔斯·沃尔弗斯等著。

4.《我在太空的一年》，斯科特·凯利著。

5.《下一站火星》，克里斯蒂安·达文波特著。

6.《天地九重》，杨利伟著。

7.《中国国家天文》，2020 年第 1 期。

8.《中国国家天文》，2020 年第 7 期。

9.《火星着陆器进入过程通信技术研究》，俞杭华等著。

10.《火星大气进入段通信"黑障"问题研究综述》，崔平远等著。

星际漫游者

大 树 \ 作 品

在我们在餐厅吃饭的时候，你跟我说过你很害怕陨石，

我们都以为那不过是人工智能的出场预设

——好吧，或许是我们错了……

科 幻
硬阅读
DEEP READ
不求完美 追逐极致

◆ 1 ◆

　　从哈罗德房间的狭小窗口向外望去，巨大的全息投影散发出朦胧的冷光，视野远处的高楼灯光似乎彻夜不灭。如果不仔细透过迷幻灯光造就的光雾，夜幕仿佛也要变成白昼。黑色的港口向远处延伸，直到港口后部的生态建筑群落，那些剥夺黑夜景象的光源由此发出，高低错落又拥挤，霓虹灯和全息招牌更是挤占了原本不多的空地。

　　今天黄昏时刻，哈罗德用掉了芯片上所剩无几的电子存款，从贫瘠如旧日的天悯区坐着气垫船来到了代表当今文化主流的左岸区。刚抵达港口，平日里远观的景致向他奔涌而来，灰色天幕下刚刚开启的全息投影近看尤其栩栩如生。他有些不知所措，转身询问气垫船上的摆渡人具体时间，对方灰色眼睛上的植入芯片在他问话的瞬间出现变化。

　　"现在是五点四十分，我的乘客。"船夫用的是混合了汉藏语系发音的新英语，大概也是出自合成声带的振动让他的发音听起来更加奇怪，但不妨碍哈罗德理解船夫的意思。

"谢谢。"哈罗德操着蹩脚的新英语向船夫道谢。

哈罗德顺着之前电子芯片的指引来到高楼后的小巷，婉拒了门口向他兜售古董平板电脑的小贩，他不是收藏家，也没有闲钱。但平板背部的苹果 Logo 还是吸引了他的目光，似乎是玻璃材质，在他与其擦肩而过的时候缺了一角的苹果模糊地映出了他的影子。小贩身后的水果摊上，新培育出来的合成苹果饱满而美丽，表皮朦胧地映照出远处的灯光。

他最终走到了小巷深处的居酒屋，招牌上是罕见的灯箱 —— 似乎已是几个世纪前的遗珠，门口悬挂的门帘彰显出一种与时代脱节的诡异高傲。乍一看几乎与人类没有差别的智能保安拦在门口，要求哈罗德出示芯片。从他眼睛里闪出的浅色光晕预示着检测的前兆，哈罗德掏出芯片，经过检测之后顺利进入。

店铺内部与外部的贫瘠小巷几乎是两番景象，宽敞、明亮，精心设计过的绿植正沐浴着精心设计过的人造阳光，脚底是光洁的街砖，向前自然延伸的道路与旧日记录中的街道几乎如出一辙。哈罗德想起之前在古董店看过的老电视剧 —— 神秘博士的塔迪斯。

"请往这边，哈罗德先生。"挂着甜美微笑的服务生走向哈罗德，依然是合成语音，只是听起来明显要比船夫的自然许多。意味着更加昂贵，哈罗德在心里又适时补充了一句。

顺着指引往前走，推开一道暗门。眼前所展现的空旷空间令人咂舌，华丽的星座闪烁在全息影像的天空之中，如扑克牌一般不断变化，他似乎都能听见从影像中传来的恒星的轰鸣，超虚空的深渊在向他招手，一切是那么的熟悉、让人怀念。

"你好，哈罗德上校，或者说，前上校。"

不算友好的问候从虚空中传来，宇宙的影像瞬间化为虚无，取而代之的是黑暗、随后是一束白光中出现的长桌和转椅，一个男人正处于白光的中央，双手交叠呈尖塔状，自眉骨上方投下的阴影让人看不太清楚他的眼睛，大概是新植入的合成眼还闪着暧昧不明的光。

男人的气场透着让人不适的高傲，让哈罗德想起了店铺门口倔强而突兀的灯箱招牌。没有给哈罗德继续揣摩和试探的空间，男人的下一句话中表现的漫不经心成功地激怒了哈罗德。

"我想，大部分人都会对几年前毅力号的悲剧深表遗憾。"

哈罗德再度醒来时，他已经被电子手铐缚住了手脚，坐在男人对面的椅子上，辐射带来的后遗症是他偶尔发作的晕厥，属于天然木头的稀缺触感让哈罗德冷静了不少，他试图组织着自己的语言，直视男人那双冷漠无情的电子义眼。

"你们的招募芯片里只说需要一名有军队经验、植入机体少于三个的志愿者，用于测试奎恩科技最新的交互系统，被你们称为星际漫游的鬼东西——"哈罗德说到这顿了顿，试图让手腕处传来的桎梏放松一点，也是压抑着自己的怒火，"但从你们现在的态度看起来，这就像是一个陷阱，或者是一个玩笑。"

"对于我们的态度，我深表歉意，但哈罗德上校的过激行为显然也超出了我们的应对范围。"男人似乎对于哈罗德的疑问不以为然，随后似乎又像是想起了什么。示意一旁的侍者拿来一碟水果，并松开了哈罗德的电子手铐，"奎恩科技确实需要一名志愿者，而我只是一个脾气不佳的面试官。"

水果上闪着价值不菲的生机勃勃，哈罗德猜测那是真正的从地里长出来的稀罕货；从房间的某侧传来的旧日黑胶唱片的浑厚声响，那是只有在古董店的顶尖存货里、拿着稀缺的纸币才能换来的、甚至可能有价无市的东西。

——男人在向他施压，展示着奎恩科技非同一般的财力和能力。哈罗德迅速意识到了男人的意图，不屑转变为某种奇妙情绪下的合作意愿。

"我想我们的圈子绕得够多了，不如直接说明这个神秘兮兮的任务究竟是什么？"

"在这之前，容我自我介绍一下，我是柯克。"自称柯克的男人没有直接回答哈罗德的问题，固执地按照礼仪开始自我介绍，唯一让人亲切的只剩下了他所使用的旧式英语，"况且你依然没有通过我们的面试，虽然此次任务的酬劳十分丰厚，但是……"

"没有但是，我想现在我是你们唯一的选择了。"哈罗德拿起一个苹果，衣角擦去那些昂贵鲜活的水珠，自然的咬下一块，缺口的形状让他不合时宜地想起了那台古董平板上的 Logo。

"刚刚起身想要打爆你昂贵的植入体的时候，我不巧看到了你面前显示屏上的名单，前面的都已经被排除，而我是名单上的倒数第二个，结合你刚刚直接喊出我的名字的行为；我大胆地猜测一下你们的招募芯片并不是随机投放的，而是有预谋地选择。接着让我们数一下 —— 军队经验、植入体不少于三个，光是后一个条件就足够筛掉当今 95% 以上的人，而有军队经验的人当中，尤其是新一代，大部分都会因为旧伤、集体强化等原因植入三个以上的机体。"

哈罗德的一番话显然震住了柯克，他不由得往后退了一点，脱离了光束直射，哈罗德也得以看清楚柯克的眼睛，显然是高端货。

"看来我都说对了，沿袭于旧世界的直觉和勇气对付你们这种新时代分子格外有效。"哈罗德直视着柯克，柯克伪装的高傲已被哈罗德的分析挫去大半，方才的威压也消失不见，一滴冷汗从他精致的面部滑下，"还有，如果我没猜错的话，你们已经找过加德纳了 —— 就是名单上的最后一位。"

"但是，你们真的会认为如今的电视明星、受欢迎的讲述者会乐意参与你们的实验吗？你们的丰厚报酬对他而言只不过是几顿奢华一点的晚宴。愿意为你们试一试的只有我这个不肯植入新机体的顽固分子、受到宇宙辐射命不久矣却又没钱治疗的穷人、星际探索计划的失败产物、苦兮兮的前飞行员上校。选择，仅此而已。"哈罗德咬下一口苹果，自嘲的话说得轻松愉快，轻而易举地找到了隐藏在桌边的垃圾处理按钮，并将苹果扔进垃圾处理器内。

"如果奎恩科技依然对我抱着高傲的态度，那就准备好失去唯一的选择吧。"哈罗德坐回了柯克的对面，自如地跷起了二郎腿。

◆ 3 ◆

"哈罗德，三十二岁，前飞行上尉，曾在毅力号服役。在毅力号爆炸事件后失踪。"实验室内冰冷的人工智能闪着淡绿色的柔光，女声陈述着哈罗德的简介。

烟雾笼罩着明亮的全息影像：飞行仓、纽约的天际线、海滨的金黄色沙滩，舰队的成员就站在宇宙飞船的发射器底下，难得的橘色斜阳布满了每一个人的脸，微笑和希望成为一堆无意义的编码，银白色的飞行服被斜阳染得绯红。人类的全新未来在他们的眼中映出模糊而明亮的色彩，光标划过飞船漂亮的表面，连发丝都是亮金色的镀边。直至如今，记忆中的那一刻依然在哈罗德的脑海里鲜活地存在着。

那时他才二十八岁，却已经在飞行部队待了十年。继父到来后，不算和谐的家庭关系让他完成了独特的成人礼——成年当天留下一张字条，跑到军队的空军报名处成为一名空军——像他的亲生父亲那样，仰望群星，飞向群星。

亲生父亲优秀的飞行素质同样沿袭给了哈罗德，严酷的教官在提及哈罗德的时候也会稍稍和缓脸色，"如果你们能像哈罗德一样在十五倍重力下吃着早餐，那我就允许你们在训练舱里带食物。"这是训练舱的凶狠门卫最常说的话。

优秀的素质自然让二十岁的哈罗德成为星际探索队伍的一员，随后是在外太空基地中长达八年的训练。在科技爆炸初期，一切来得还没有那么迅速。他们只是作为人类的先驱，先行植入了部分机体，全息影像也没有随处可见，一切和旧日没有太大的差别。

八年的太空封闭训练隔绝了外部环境，星际探索队伍对于发生在地球的变化几乎一无所知。直到毅力号返程时的爆炸，从逃生舱中窥见能量在宇宙的真空中成了光辉的、虚无的管弦乐队的奏鸣曲。在火红的边缘，宇宙辐射从他破损的辐射涂层中涌入，呼吸变得困难，哈罗德在意识模糊的边缘看到的是那颗似乎有了变化的蓝色星球，他才意识到远离了自己的希望、意志力的来源，远离了被自己称作家园的蓝色行星已经太久。

"作为军方失误活生生的证据，哈罗德，相比起成功逃生后被包装成英雄的加德纳，你其实是被抹除了吧。"柯克站在实验舱的外部，他的声音从头顶的无影灯传来，带着诡异的虚无感。"飞速发展的技术总是要在脱离常规社会体系的地方才能发挥作用，你们的太空基地就是一个绝佳的实验地点，只是属于你们的那次玩脱了而已。"

哈罗德没有回答，他只是闭着眼睛，刚才的一番推理让他有些累了。活跃过后的大脑总能更加清楚地感觉到宇宙辐射在体内的胡作非为，他需要的是短暂的休息。

奎恩科技交给哈罗德的任务很简单：在毅力号爆炸的四年后，奎恩集团利用强大的能力收集到了爆炸发生之前的大部分信息，运用技术对当时的场景进行了构建和复原。而哈罗德需要做的，只是重新走一遍这个场景，找到奎恩集团需要的东西。

"星际漫游者实际上只是幌子。奎恩集团发现毅力号上有一个人工智能的原型，爆炸似乎并没有影响到她，这点引起了我们的兴趣，而关于这个人工智能的一切，也像你的被失踪一样被抹除了。我们曾经试过进入这个场景，但因为对于毅力号不熟悉却被拒之门外。你需要的只是重返昔日，然后在昔日的场景里找到那个人工智能的名字 —— 你可以把这次的任务当作一种不完全的'穿越'，任务本身就像驱魔人那样，消灭恶魔总是需要喊出恶魔的名字。"柯克语气平淡地向哈罗德陈述着他的任务，哈罗德似乎也对他的高傲与冷漠习以为常。出乎意料的，柯克却补充了一句，"从个人的角度，大概多数人都希望找出所有的真相，但是很遗憾，我们是站在集团的角度。"

◆ 4 ◆

哈罗德只是躺在实验室的床上，那些冰冷仪器的触感让他想起了太空基地中的休眠舱，随后是沉沉的睡意。

大概几分钟后，哈罗德从梦中惊醒，抬起头便再也动弹不得，他能感觉到自己细微的颤抖。眼前的舷窗是来自彼岸的星空，密闭空间内一尘不染的纯净空气，每一个跳动的电子元件都仿佛有了自己的生命，它们围绕着、律动着，眼前是不可撼动的真实。目光聚焦，他看到的是简洁的肖像 —— 那是正在吃着早饭的加德纳，含糊不清地向他打着招呼。

随后是凯尔、卡罗尔、托马、穆、肯特，栩栩如生地站在了哈罗德的面前，向他道着早安。

理智上他清楚地明白这不过是人工智能算法上的又一个把戏，依然带着隐痛的身体提醒着自己需要的是找出回忆中的一个极小的片段，然后带着这个片段跑出去，拿到报酬、治疗，接着继续活下去。但情感上他几乎无法抗拒迷人旧日，无法抗拒星际往事，同伴的笑容在他眼前飘忽却触手可及，窗外的宇宙景色是童年的梦境，没有经过大气层的阳光从环形山上升起。

"过来吃早饭，哈尔。"卡罗尔喊着哈罗德的昵称，他盯着对方的紫罗兰色的眼睛愣神，在虹膜移植技术尚未发展的旧日，卡罗尔的眼睛漂亮得十分稀少。

"嘿，哈罗德，别告诉我们你在那里愣着只是为了让卡罗尔多和你说几句话。"穆对哈罗德的愣神进行了常规的调侃，他有着一张宽厚的亚洲面孔，加上和蔼可亲的语气，任何调侃由他发出总是显得亲切动人。

哈罗德走到了餐桌前，他盯着为他们配给食物的机械臂出神，餐盘内的糊状物看起来依旧没有什么食欲，对面的加德纳却把食物吃了个精光。

"我现在不饿，你们先吃吧。"哈罗德起身离开了餐桌，他知道自己再在这种虚假的旧日中多待上几秒便会耽于幻境，不如趁早脱离。身后的伙伴并没有上前询问哈罗德的状况 —— 这大概也是旧日幻境的残缺之处。

房间内的休眠舱依然是恰到好处的舒适，哈罗德躺了进去，看见灰白的天花板上跳动的数字。没来由地想到幼时父亲为他朗读的绘本故事，外星生物以喧闹而炽热的能量源为食，却因饥饿驱动了难以言说的暴行与种族灭绝，其中的一只为自己的族群赎罪，远行之后留在了超虚空的黑曜石深渊当中，离开了他的故乡。他很难界定自己如今的行为与那只为种族赎罪的生物是否相似，但从他每日从窗口看见的全息投影几乎全是在鼓吹外星殖民看来，生物的攫取欲望似乎永无止境。

"检测到大脑情绪波动,是否需要我的帮助?"合成的智能女声响起,一旁的摄像头落下,房间内笼罩上了一层绿色柔光。那声音是哈罗德习惯的冰冷语调,而非以假乱真的抑扬顿挫,哈罗德由此想起了自己的使命,他转而问道。

"你能告诉我你的名字吗?真正的名字。"

◆ 5 ◆

"我可以是任何名字,就像你曾经喊过我阿雅。"人工智能并没有直接回答问题。"你需要草地吗?"

话音刚落,房间内灰白的天花板改变了,人造的夜色取而代之,脚下是青草萋萋的草原,全息投影造就的虚假透视关系让狭小的房间变得格外广阔,哈罗德甚至看到了一架轻型驾驶的无人飞机在自己面前飞过,直到草原的边缘,最终沐浴在天际线的柔和灯光之中。

"我需要你的名字。"

人工智能依旧没有回答,随即响起的是音乐,经过特殊编排的节奏对于安抚意识有着奇效。哈罗德感觉到自己的牙齿似乎都在转变为音叉,在他的牙槽里歌唱,经由腔体发出强烈的混响,他几乎要在这种沉浸式的安抚中睡去。

"我需要你的名字。"

又一次，这次消失的是全息投影和音乐。绿色柔光撤去，取而代之的是急促的红光和震耳欲聋的警报。

"我需要你的名字。"哈罗德再次重复着自己的问题。

时间似乎跳转了。

哈罗德看到的是毅力号窗外那颗朝着基地冲来的陨石，巨大、颜色灰暗，没有大气层的摩擦，它甚至都不会拉出足够长的红色尾巴。真空中没有声音，他所见的只是步步逼近的陨石。在逃生舱的窗口中，他看到的是被拦腰撞断后在宇宙中放出巨大而无声的烟花的毅力号。

阿雅，或者说毅力号的人工智能从始至终都没有说话，她就像是一个因惊惧而失声的孩子。巨大的烟火当中，蓝色星球是最后的背景板，灰色的细碎陨石缓慢飘浮，那是一场盛大的、残酷的、无声的葬礼。

"他的生命体征紊乱了！"

"脑电波读数异常！"

"醒醒！哈罗德！"

那是仪器、无影灯，强光下涣散的意识像横亘在舞台上的一摊烂泥。哈罗德最终在繁复的滴滴声中苏醒，身旁聚集的医护人员让他一时无法分清时间：是自己受到辐射之后敷衍的治疗，还是与旧日脱离后的此刻。实验室的天花板上有一闪而过的绿色柔光，让哈罗德更加分不清楚时空的定位所在。

"醒醒？"

哈罗德似乎听到了柯克的声音，他努力睁开眼睛，终于确认了自己此刻的所在。

"嗨，柯克，没想到看到你可以如此的开心。"

◆ 6 ◆

哈罗德坐在休息室里，脸色有些难看，他的手中捧着一杯热牛奶——不用说，大概是出自哪个稀有的保留牧场。柯克则在一旁踱步，屡次的欲言又止，大概是面试初期的虚张声势被哈罗德戳穿得太惨，现在正儿八经的他在哈罗德看来倒挺像一个手足无措的普通上班族。

僵局持续了一阵，最后是哈罗德先行打破了沉默。

"我猜你想问人工智能的名字。"

"你知道名字了？"

"不，我不知道。"哈罗德实话实说，牛奶的热气似乎熏到了他的眼睛，挂在睫毛上模糊了视野。上次喝这种东西大概是十年前了，他这么想道。

"看在热牛奶的份上，你总弄到了一些东西吧。"

"有一些，但不确定。"

柯克似乎都要急得跳脚了，"你的脑电波数据都紊乱了，而你却只弄到了……"

"我只有一个问题需要确认。"哈罗德喝完了最后一口热牛奶，清了清嗓子，"你们的数据还原到底是怎么做的？"

"我不确定我能把这个问题的答案告诉你——除非这个问题和你的任务有关，即使如此我也需要请示上层。"

"那我可以告诉你，有关。"

话音落下，柯克的表情瞬间变得十分精彩，哈罗德能够清楚地看见他眼睛上数字的躁动不安，绿色柔光在他身后的墙上转瞬即逝，他在那一瞬间感到了久违的激动——之前他与家里的关系还算好的时候，他也曾经这么逗过自己的小侄女。不过他需要的问题答案并不是一个无聊的玩笑。

大约过了两三分钟，柯克给了哈罗德答复，奎恩集团在此方面的态度意外地开明。

"奎恩集团曾经负责回收毅力号的残骸，在这个过程中找到的资料最终成为构建场景的基础，收集活动大约花了一年完成，但是因为技术方面的举措让还原场景的时间线拖得更长。"

"那你们有没有想过，你们关于这个人工智能的一切情报，都是它自己做的？"哈罗德拿过了一旁的空杯，热牛奶的余温依然残留着，整个休息室随着他的话语笼罩上了一层熟悉的绿光，哈罗德的语气听起来温和平静。

他说："出来吧，阿雅。"

◆ 7 ◆

如今他们处在基地的内部，身为人类家园的蓝色行星在远处闪着柔和的光芒。头顶是彻夜不灭的石英卤素灯，强光下的前端通道雪亮如舞台，旁边是生态建筑群落，在环形山的簇拥下形成了一片广阔的无名地带。柯克能看到附着在哈罗德身上的全息投影依然有着无法抹去的毛边，他伸手去抓，感受到的是轻质太空服与毛毯的混合触感，眼球的植入机体清楚地告诉他眼前的一切是全息投影的杰作 —— 他们"穿越"到了旧日幻景的模拟之中。

"欢迎来到这里。"哈罗德适时发出欢迎，"作为普通工薪阶层的你大概还没有过太空旅游吧。"

柯克没有理他，沉默中跟着哈罗德的步伐，克服视觉上的障碍进入模拟场景中。贫瘠的外形表面昭示着这不过是一场昔日幻景，哈罗德依然喋喋不休地说着"欢迎来到旧日"之类的废话。

他们最终来到了一座环形山的暗面，在那找到了一个蜷缩着的女孩。在柯克看来显然不是毅力号的记录中有记载的人物，但也试着劝慰因恐惧而发抖的女孩，"嘿，别怕了，我们不会伤害你。"

女孩终于抬起头，她率先与哈罗德对视，哈罗德却因女孩的目光而陷入停滞。

"……你和我的侄女，不，你是阿雅……"

女孩点了点头，发出的声音早已超越了电子的合成，柯克一时有些难以接受。他看到哈罗德的脸上浮现出怒意，眼眶中却是泪水，他不知道哈罗德是否已经知道了关于人工智能的一切，但似乎他所推理出来的部分都对他太过残忍。

"这不好玩。"哈罗德的声音变得沙哑，"在我们在餐厅吃饭的时候，你跟我说过你很害怕陨石，我们都以为那不过是人工智能的出场预设 —— 好吧，或许是我们错了……但你却在陨石来临时躲了起来 —— 你是个孩子，对吧？人工智能也能够被称为孩子？所以才会在撞击前夕弄错了逃生舱的参数，凯尔、卡罗尔、托马、穆、肯特……我和盖逃走了，因为还是个孩子的人工智能感到了害怕？ —— 可笑，或者是其他的……你变成我侄女的样子，是怕我知道真相之后对你责骂，可是责骂有什么用？你又为什么利用奎恩科技告诉我们真相？为了救我一命？但是他们……"

哈罗德的控诉最终变成了无声的呜咽，他无力地蹲坐在地，能做的只是抱着自己的头努力地平静。面前的人工智能 —— 名为阿雅、被哈罗德赋予名字的人工智能，屡次欲言又止，她最终只是走到了哈罗德的身边，用虚拟的双臂抱住无力的哈罗德，手臂的全息投影在接触到哈罗德的边缘有些失真，散着微弱的绿色柔光，她的声音和犯了错误的人类小孩如出一辙。

她说："对不起，对不起。"

尾声

哈罗德一睁眼就看到了柯克，对方举着一束夸张的鲜花站在病床前，医院苍白明亮的视野让他还有些难以适应——托奎恩科技的福，他竟然住上了一间带着落地窗的单人病房，窗外是不知真假的黄金海滩，至少让人心情愉悦。

柯克没有多说话，哈罗德发现他的眼睛已没有了当初恼人的机体反光，试图询问却被柯克先行堵了回去，"新的机体，没那么显眼罢了。"

"我没打算问。"哈罗德收住话，治疗手术过后他几乎全身都翻了新，如今的自己就像是古老哲学命题中的忒休斯之船——但是船只没有大脑和灵魂，他只能这么想。

病房中的全息播报是军方对于毅力号事件的正式道歉，用的是旧英语，大概是预见到阿雅身份的模糊性，出于把控舆论的考量，他们隐去了阿雅的存在。哈罗德的存储芯片上新增的存款表明了军方的诚恳态度。作为幸存者的加德纳和哈罗德将会很长一段时间处于媒体事件的中央，他们的每一句话和行为都会成为巨大全息投影的一部分，成为新的潮流。哈罗德光是想到这些就冒冷汗，心想不如把这些事情全部交给加德纳处理。

"阿雅已经交给图灵警察处理了。"柯克放下花束，心照不宣地向哈罗德表明了阿雅的结局，"如果她是个人工智能，这种超出理性的行为显然要被处理；而如果她是个人类，因这种巨大的过失而受到惩罚显然也是法律的考量。"

"同时，奎恩科技对你的古董式直觉颇有兴趣，如果你有意向，随时可以来老地方找我们。"

柯克送了花就走了，哈罗德最终在花丛中发现了奎恩科技发给他的那块指引芯片，还有一张少见的纸制贺卡，上面的字迹歪歪扭扭，大概是电子输入的后遗症，却用这种拙劣的往日真诚诉说着奎恩集团的诚心诚意。

康复期过后，哈罗德和加德纳一同去了毅力号事件的纪念公墓，科技发展之后新建筑的建造速度总是让人惊讶。加德纳则对哈罗德还活着的事实深感意外，而哈罗德回敬了加德纳礼貌的一拳，加德纳也只能无言地接受哈罗德的这种问候。

公墓建于人工大棚之下，只有这样才能避免酸雨的腐蚀、调控出合适的气温，真正的鸟语花香背后是巨大的财力消耗，一方昔日习以为常的景色，如今却是稀缺的宝藏，哈罗德站在昔日旧友的墓前，似乎有千言万语，但最后只是一句"好久不见、愿你们安息"。

哈罗德与加德纳告别，从纪念公墓出来时正是深夜，左岸区的天空却依然宛如白昼，远处的港口入口处被灯光照亮，那片黑暗属于天悯区，新换的义眼机体变焦后隐约看得见摆渡行人的气垫船。此时他终于能看清黑色港湾中海鸥所栖息的地方不过是白色泡沫塑料所组成的浮岛，各式各样的建筑失去了灯光的点缀像一个个死气沉沉的立方体。直到他把目光挪回左岸区，巨大的全息投影上播放的是星际旅行的广告，夸张地描绘着宇宙的绚烂星空。

曾几何时，哈罗德想。那时候依然看得到星星，而离他们又那么近，飞的足够高的时候，他们比地球上要大许多。大概是很多年前了，但现在是尘埃的天下、是霓虹灯的天下，很多年没有人看到星星了，至少在地球上是看不见的，可我曾经见过它们。他越走越快、越走越快，最终扎进了眼花缭乱的蓝紫色灯光之中。

星际逃杀

刘 洋 \ 作品

我良久地凝视着半空,看着那
不存在的公式,不敢相信自己竟然如此幸运
——那简直是上天特意为我留下的逃生之路。

　　第一次火星独立战争爆发的时候，我正在"阿瑞斯 13 号"采矿飞船上做机械手操作员。这是一艘相当老旧的飞船，前身大概是一辆私人游艇，其动力来源仍然是几十年前装备的内燃机。虽然改装后采用了新式的离子喷射引擎，但是电离系统老是出问题，动力的不稳定导致机械手经常卡在那些矿床的缝隙里。我不得不一遍又一遍地从封闭的舱体里爬出来，穿着廉价的太空服，手持射绳枪，在小行星带那危机重重而且高辐射的真空里，徒手与那些坚硬的岩石搏斗。每当这时，我都会忍不住大骂公司高层的那些吝啬鬼，连买新式飞船的钱都舍不得，同时下定决心，等下次休假回家的时候，一定要另外找一份体面的工作，再也不回到这该死的铁疙瘩里来了。

　　骂声在我的太空服里回荡，一点也渗透不到那寂静的外部空间中去。可是我还是一直骂着——除了这骂声，在这世界上我再也听不到别的声音。我调节好发射速度，瞄准，然后看着尖锐的枪头从射绳枪的箭筒中窜出，旋转着刺入机械臂周围的矿石中。石屑飞溅，可是一丝声音都没有，我仿佛在看一出情节单调乏味的老式默剧。这弥漫的冷寂让我害怕，如果不是偶尔还有周围的工友和我说几句话，我想我大概很快就会疯掉。

"该死，我的爪子又卡住了！"我把话筒调到通话频道，大声喊道。

我估计了一下延时，大概十秒钟以后就可以听到别人的回话——通常那只是一些不痛不痒的安慰之语，但我却可以借机打开话茬，聊点别的事情来打发时间。可是这次事情有点不对劲，我只听到耳机里传来奇怪的杂音，间或还夹杂着类似碰撞造成的嗡响。

"喂？……有人吗？"我再次试探着问道。

耳机里接着出现了太空服漏气的"嘶嘶"声。这声音让我不寒而栗。我发誓如果这是哪个家伙开的玩笑，这次回去后他就死定了。就在我惊疑不定的时候，杂音突然消失了，一个惊恐的声音像炸雷一般在我耳边响起："快跑！他们在抢矿……"

声音突然中断了。与此同时，雷达提醒我，有一艘不明飞船正在快速接近我的位置。就在我望向那个方向的时候，一小块圆柱形的物体猛地从我身前几千米的地方掠过，随后击中了我下方的小行星，汹涌的气体冲击波随后将我裹入其中。

我下意识地抓紧了身上那连接着飞船的钢索，这让我像失了控的风筝一样在空中旋转、颤动着。

风暴过后，我挣扎着回到采矿船。顾不得再管那被卡住的机械臂，让它和飞船脱离后，我立刻启动了推进引擎，将加速度推到最大。巨大的超重感并没有让我感到安心，因为从雷达上看来，后方的飞船仍然在一点一点地靠近我。

事后我才知道，那些家伙正是来自地球的政府军。他们毫无预警地攻击了小行星带里的数十个矿场。自从火星单方面宣布独立以来，这些隶属于火星开发公司的矿场就再也没有向地球联邦交过一毛钱的税。然而当时我什么也不知道，对于这一切只感到荒诞和不真实。在敌人的追击下，一心只想着逃。

我听到采矿船的老旧铁壳在惯性力的挤压下发出令人惊恐的细碎声响，像是随时要散架了一般。恐怕这艘老爷船已经很久没有这么放肆奔行过了。我灵活地绕过那些位于矿场周围的碎石悬浮点，试图利用这里的熟悉环境摆脱追击者。有一段时间，我确实拉大了与后方飞船的距离，但每次一进入空旷地带，它就立刻以更快的速度追了上来，像影子一样紧附在我身后。

随着时间的流逝，我已经渐渐远离了矿场，进入了小行星带的边缘。追击者仍然紧随其后。我始终不明白为什么他一定要追上我，不明白击毁这艘采矿飞船对他有何意义。也许是追击的过程让他体会到了某种乐趣，又或者是不断被这样一艘破旧飞船带着遛弯激怒了他。总之，他似乎下定了决心，不管我逃到哪里，他都会一直追下去。

一旦离开小行星带，我就将无路可逃。认识到这点的时候，飞船正好位于一颗孤零零的小行星周围。我记得这个星球，一个月前我还曾经在它上面钻探过矿石样本。在公司的记录册里，对其评级为 B+。这个星球刚发现的时候，还曾引起过很多人的注意。因为其直径只有 0.54 千米，可是表面重力加速度却达到了三个 g —— 这意味着它具有异常高的密度。要知道，一个同样大小的由冰和碎石结合成的小行星，其表面重力几乎是可以忽略不计的。钻探的结果显示，虽然其富含铁、镍等重金属，但还远不足以形成如此高的整体密度。最后通过声呐探测发现，在这个小行星的核心处有一个异常致密的小块。我们推测其可能是一个白矮星的碎片。这个小行星正是由附着在这个碎片上的星际物质而逐渐形成的。

在看到这个小行星的那一刻，我做出了一个不得已的决定。我将飞船减速下来，进入了这个小行星的环绕轨道，然后逐渐降低高度，想找一个平坦的地区实施降落。激光扫描的结果让我稍微惊讶了一下，因为这个小行星相当平坦，在扫描区域内，地面的高低起伏不超过一米。一般来说，小行星的地貌都是非常奇崛的，因为其微弱的重力不足以使其维持一个完美的球形。但是因为这个星球的重力很大，再加上它本身没有自转，也没有任何活跃的地质活动，这才会导致它形成如此平整的地表特征。

降落过程非常顺利，甚至没有产生太大的颠簸。飞船一停下，我就穿着宇航服溜了出去。小行星的地表有一层薄薄的碎石，非常坚硬，踏上去一点脚印都留不下。这对我身后的追踪者很不利。我迈开脚步，费力地向远处走去。刚从无重力的太空中来到这里，身体很不舒服，心跳也减慢了，简直像是要停止跳动了一样。头昏昏沉沉的，大概是缺血的缘故。我躺在地上，休息了片刻，身体才慢慢适应了一些。我知道不能再继续待在这里，于是强迫自己再爬起来，继续向前面走去。这里的重力是地球的三倍，行走的时候感觉像是背着两个人在前行一样，非常辛苦。

追踪者应该已经发现我的飞船降落了，我希望他能够就此离去，不再与我纠缠。可是在我离开飞船后不到十分钟，我就听见一阵巨大的轰鸣声在我后方响起。那是追击者的飞船缓冲降落的声音。我苦笑一声，只好继续向前面跑去。

即使在一个直径只有0.5千米的星球上，要找到一个人也并非易事。我一边这样安慰自己，一边四处寻找可能的藏身之地。虽然这里地势平坦，连一个小土丘都没有，但是在某些地方还是有一些狭小的裂缝或坑洞。我艰难地前行了几百米，来到了这个星球的另一侧，终于找到了一个合适的地洞，不大也不小，钻进去之后正好可以让我把身体蜷起来。

刚开始四周安静极了，只有我的呼吸声在头盔里回荡。身体沉重极了，手脚都没什么力气。我蜷在洞里一动不动，细心地留意着周围的动静。时间一分一秒地过去，什么事情都没有发生。一种莫名的安全感渐渐笼罩了我。一个念头开始出现在我的脑海里：他是不是走了？因为找不到我，他终于放弃了。这样的念头越来越强烈，我竭力压抑着想要探出头去看一眼的冲动，闭上眼睛，做了几次深呼吸。

我的谨慎是对的。在我藏起来过后约莫半个小时，我感到了岩石里传来的一阵异常的声响。细微的震动透过宇航服传导到我的身上，虽然不大，却很明显。那声音的源头离我并不太远，很像我之前拿射绳枪打进岩层所产生的震动。我愣了一下，很快就意识到那是他用手枪在向着地面胡乱开枪造成的。

枪声大概每一分钟响起一次。子弹击中的位置离我时远时近，我仔细地感受着岩层中传来的震动的大小，盼着他早点离开这附近。可是事实并不如我的意，岩石中传来的声音越来越清晰，很明显他正一步步接近我的藏身之处。我怀疑他可能发现了某些蛛丝马迹，或者是这里大量分布的地下裂缝让他起了疑心。我有些后悔当初的选择了，应该再多跑一段路，尽量离降落地点更远一点才对。现在要不要再冒险重新出去，转移到另外的地方呢？我犹豫着，终究没敢出去，因为那样很可能轻易地就被他发现了。

就在我犹豫不决的时候，最危险的一刻突然到来。我面前的一块岩石突然爆开，溅起的碎屑狠狠地甩到我的身上，害得我差点吃痛喊出声来。虽然喊出来也无所谓，没有大气层的情况下，他也很难听到我的声音，但我还是把呻吟声吞了下去。我一度怀疑他发现了我，身体不自觉地绷得紧紧的，随时准备跳出地洞。我甚至设想了几种反击的方案，可是没有一种是让我满意的。

幸而这只是一次意外。随后子弹的命中点又重新移到了别处，看来他并没有发现我的位置。

我松了一口气，这时候才发现内衣竟然已经湿透了，黏黏地贴在背后，很不舒服。可是我的手伸不进宇航服里，只好暂时先这样忍耐着。为了转移注意力，我开始观察起那块被子弹击中的岩石来。一个不光滑的弹坑就在我的眼前，我伸手量了一下，大概有两厘米深。嵌在里面的子弹还有些烫，毕竟岩石并不是一种良好的热导体。

90 米每秒。我脑子里突然蹦出了这个数据来。

那是子弹进入岩石前的速度。无数次将射绳枪刺入岩石中的经历让我对不同射速对岩石造成的影响格外敏感。我回忆了一下这个星球的岩层的硬度数据，再次看了看子弹冲击造成的痕迹，确认了刚才得到的速度值，同时估计了一个误差：正负不超过 1 米每秒。对于手枪子弹来说，这个速度非常低。我猜那一定是某种为了适应太空环境而特制的手枪，因为在低重力下不能使用后坐力太大的武器，那样会导致其很容易偏离方向。

突然，我对自己的行为觉得有些好笑。在这么紧要的关头，我竟然还在计算着这些无聊的数据！看来我真的是做矿工太久了，这次如果能逃命，回去真的要重新找一份正经的工作了。

我重新躺回去，闭上了眼睛。

就在这时，一个奇妙的点子开始在我的脑海里隐隐地浮现——刚开始我并不知道它是什么，只有一个模糊的概念，或者说猜测，但随着我凝神细思，它便一点一点地变得清晰起来。90m/s、30m/s、0.54km，这三个数据不停地在我脑子里打转，似乎它们之间有某种隐秘的联系。一个又一个公式在我面前组合而成，然后又像拼图一样散开，重新变为一团凌乱。

然后，在某个瞬间，它突然出现了：那么清晰、那么整洁、那么漂亮！三个数据完美地拼合在了一起，简直如神迹一般。我良久地凝视着半空，看着那不存在的公式，不敢相信自己竟然如此幸

运 —— 那简直是上天特意为我留下的逃生之路。

接下来就是对勇气和魄力的考验了。老天既然给了我这条路，那我就无论如何要去尝试一下。因为我知道，照这样下去，他迟早还是会找到我的。

我让自己急促的呼吸平复下来，然后慢慢向洞口探出头去，朝着四周看了看。我一下子就看到了他：一个黑影，在我右手方向，大约一百米处的地方。就是这个家伙，将我逼入了如此绝境。

该死！我恶狠狠地骂了一句，然后猛地从洞口冲了出来。

他似乎正看向别的方向，还没有发现我的踪迹。我站在原地一动不动，等着他转身。

冲我开枪吧，老是往地上打，算什么本事。我恨不得冲他大喊一声。

几秒钟后，他发现了我。看到我之后他似乎还愣了片刻，似乎被我的突然出现吓了一跳。可是在下一秒，他马上就恢复了冷静。我看见他举起手枪，迅速瞄准我，然后身体猛地一顿，想必是扳动了扳机。

在他开枪的前一瞬间，我下意识地向地面蹲去 —— 虽然这并没有太大作用。现在，一切都取决于他的枪法了。如果他是个神枪手，能够凭借一把手枪，在一百米外命中我，那我也只能自认倒霉。

还好，神枪手不是到处都有的。

子弹没有击中我。

开枪之后，他没有向别的地方移动，仍然站立在那里，直直地望着我。毕竟在这个星球上，每移动一步都是很费力的事情。他似乎被我蹲下的动作弄迷糊了，搞不清楚我到底被击中了没有。

我也撇着眼，看着他，心里默默倒数：

18，17，16…

他犹豫着向前走了一小步，然后又停了下来。

…9，8，7…

终于，他似乎确定了我还活着，重新举起了握着枪的右手，想要再补上一枪。

…3，2，1！

倒计时结束。我抬起头，定眼看着他。

一股空气像箭一样从他的宇航服里冲了出来。他倒在地上，抽搐了几下，然后就再也不动了。

我松了一口气，彻底瘫倒在地上 —— 我到底还是赌赢了。

$v^2=g^R$

这是第一宇宙速度的一个计算式。把这个星球的重力加速度和半径的数值带入公式，计算出的速度值大约为 90m/s —— 正好是手枪子弹的速度。

追击者沿着水平方向射出的子弹，在绕过这个星球一圈之后，正好击中了他自己。这并非巧合，而是注定。从出膛的那一刻起，子弹就成了这个星球的一个迷你卫星，它将沿着一条圆形轨道绕着这个星球做周期运动。从理论上来讲，追击者向任何一个方向水平射出的子弹，最后都会击中他自己。环绕轨道总是会闭合的。

我站起来的目的，就是为了让他射击的方向趋于水平。

而周期，或者说子弹绕这个星球飞行一圈的时间，正好是十八秒。

归乡

白乐寒 / 作品

1977年，两艘『旅行者』号飞船
各载着一张金唱片飞向了太空。

星孩在天河边缘玩耍。祂们拿来两个行星系，来打弹子球。气态巨行星庄严地行进，一路吞噬天体，把行星环撕扯成飞舞的飘带。岩石行星冲进小行星带，一头撞上一颗彗星，溅出漫天飞焰。行星与卫星跳贴面舞，后者很快解体，在行星表面击出火红的涟漪，把它变成一颗通红的巨眼。恒星对行星敞开胸怀，瞬间涌出烈焰，涨成一颗蓝玉，烙着一道玫瑰红的伤疤。星孩们看着祂们的游戏，不知第多少次为之着迷。如今星星之间的距离比以前远得多，这意味着打上一场要消耗更多的能量，但祂们不在意。反正只剩下祂们两个了，用掉多少能量都无所谓。祂们看着这奇妙的景象，几乎忘了输赢，不过这也是说说，祂们什么时候忘记过什么事？

一个星孩停下了动作。说是停下动作，其实祂们根本没有形体，只有思维。因此祂们不是看，而是感受到一切。不是说，而是触摸到心灵。祂们没有名字，祂们的名字就是"壹"和"贰"。

壹说："只剩下我们两个了。"

贰说："啊。"

话是没错，在天长日久的融合之后，整个种群只剩下了祂们两个。在贰漫长又广袤的记忆里，也没有出现过其他种类的生命。祂多么希望能找到另一种生命，与它们交谈，和它们玩耍，哪怕只是默默看着它们，也能让这宇宙显得不那么空空荡荡。可是时至今日，祂找到的也就只有这些生老病死的群星。能陪祂玩弹子球的个体，更是只剩了壹一个。贰回过神来，盘算着怎么用恒星影响群星的路线，以扳回局面。"说好了，"祂说，"要是我赢，你就再陪我玩上五十局。"

祂的心灵漫不经心地燃烧着。壹绝望地看着祂。贰真的这么沉迷这个游戏吗？玩了那么多局，赢了那么多局，也不见祂有一丝厌倦。要是能借此发现生命的迹象倒也还好，可是在那些神奇的现象和原理中，已经再没有什么新的东西了。壹观察着贰的心灵，祂比贰懂一点儿心灵的事。当祂还是捌、伍拾柒和拾万零壹的时候，祂就是同伴中读心的佼佼者。在记忆之初，当祂还是叁拾亿陆仟零捌万贰仟玖佰捌拾壹的时候，祂就听谁说过，心灵的变化一度是有形的，一眼就看得出来。至于是不是真的如此，答案已经埋没在记忆的迷雾中，不可考了。壹羡慕那个时代，在那样的时代，祂一定一眼就能看透贰的心。如今祂只能盯着那心灵的冷光，观察着它的微微摇晃。

"你就这么不愿意和我融合吗？"祂问。

贰没说话，把一颗白矮星弹入群星。它准确地避开了蓝巨星，搅起一池春水。群星追着它，划出一道道优美的弧线。"我只是喜欢热闹点儿。"祂说。

两个个体能算热闹吗？即使在过去，身处无数星孩之间，壹也从没感到过热闹。只有每一次与另一颗心灵的融合，能给祂带来深邃的快乐。现在，在贰的面前，祂感到越发寒冷，即使祂连形体都没有。壹看着彗星滑过群星的缝隙，不知说什么好。"可是作为星孩，我们必然是要融合的。"

"没有什么'必然'，"贰说。

"你不想变得更强大吗？"壹问。

"'强大'。"贰品尝着这个词语。祂们看着巨行星平静地旋转，混合了猩红与苍白，用黑暗的引力，不动声色地把小行星撕成十二块。"强大有什么意义？"贰反问，"没有你，没有我，只有'我们'。只剩下'我们'一个，安静地等待宇宙熄灭。那该是……多么无聊啊……"

祂在害怕。壹突然意识到，在那个心灵的洪流底下，有一根颤抖的细线。贰在害怕什么？壹不知道，祂想与贰相连，抚平那颗心的颤抖，可祂知道贰一定不愿意。于是壹只是说："不会无聊的。你还不知道过去是什么，也不知道未来是什么。"

不知为什么，壹总是有本事让贰平静下来。贰想坚守立场，却不由自主地被好奇心控制，祂好奇的不是未来，而是壹竟会说出"未来"这两个字。壹一向沉迷于内心，似乎对其他一切都没兴趣。组成祂的个体中也曾有一两个喜欢观察星空，或者跟别人玩耍的，但总的来说，这个壹还是一片神秘的大陆。贰盯着壹，朦朦胧胧地感受着那颗自转的心灵，就像发现了一个新世界。那个新世界中似乎透出了一道光。贰自己倒是无数次地演算过未来，每一次都走进了死胡同。但祂从没考虑过壹这个变量。一旦考虑到了，未来的走向就完全不一样了。

这意味着祂必须对壹了解到能建模的程度。可在漫长的过去中，祂一丝一毫都没有了解过壹。

过去。这也是贰不擅长的东西。壹如此沉溺于内心，想必也是为了挖掘祂们的过去。贰也能像检阅小行星带的每一粒小石子一样，轻松检视每一代自我的每一段记忆，然而在记忆的尽头有一道裂痕，一条巨大的断层，上面绵延着迷雾，祂从来不愿意深入。贰不知道自己是怎么了。也许这就是壹所说的"害怕"。祂害怕 —— 祂害怕不确定的感觉。无法确定记忆是不是存在，也就无法确认自己是不是存在。祂更害怕孤零零地面对那片不可知的迷雾……

"贰！"

壹的思维像电光一样划过祂的心灵。贰蓦地惊醒，发现自己快要把小行星带捏炸了。祂赶紧松开引力，为差点毁掉战局而道歉，把小行星一颗颗放回原位。"不，无所谓了，"壹说，"你看。"

无所谓？怎么能对游戏这么不严肃？可一旦贰展开感知，一切就被抛到了九霄云外。

在一片沧桑的小石头间，一个金属物体正在闪闪发亮。

星孩们从没见过这样的东西。它漂浮在小行星的夹缝里，比一颗流星体大不了多少。顶着一个白色的空心圆台，下面是个扁扁的正十棱柱，其间生出许多金属枝节，连着奇形怪状的金属器官。组成它身体的许多物质，从没在祂们熟悉的自然里出现过。它坑坑洼洼，布满伤痕，一声不吭，只是安静地漂流。

"另一种……生命。"贰喃喃道。

"还不知道它是不是生命，"壹说，"它的心灵一点动静都没有。说不定它连心灵也没有呢。"

"也许它只是感觉不到我们。毕竟它是另一种生命！得用它的方式与它沟通！"

于是祂们敲打它，摇晃它，制造不同的温度和压力，倾泻所有种类的电磁波，伸出思维，希望能触到它柔软的心。可金属物体毫无反应。"它是不是睡着了？"壹说。星孩们有时会陷入沉思，有时在记忆里潜得太深，也会像这样对谁都不理不睬的，壹把这种状态叫作"睡眠"。

"好吧，我们等一等。"贰说。

祂们等待着。一颗恒星亮起来，又熄灭了。祂们决定不再等了。

"它果然不是生命。"壹说。

"也不是我们知道的任何东西。"贰说，"想想看，它是不是你造的？"

壹想起自己是伍拾陆的时候，喜欢在星云中塑造恒星。身为贰仟玖佰零捌的时候，爱在岩石行星的表面雕刻花纹。但祂绝对做不出眼前这样的东西，和祂习惯的尺度相比，它实在是太小了。贰会这么问，说明这东西也不是出自祂的手笔。

那么，确实是另一种生命创造了它。

星孩们无比激动，一时不知如何是好，只能战战兢兢地展开思维，感知着它的每一寸构造。祂们注意到，金属物体的侧面嵌着一个小小的金色圆盘，反射着遥远的星光。直觉告诉祂们，这个小东西比其他的一切都重要。于是祂们把思维延伸过去，抚平它的划痕和凹坑，摸清它的每一个原子。现在可以好好观察它了：它由铝组成，表面刻满了直线和曲线，角落里嵌着一块同位素，一半是铀，一半已经衰变成了铅。贰虽然精于数学，却不擅长计算时间，对祂来说，时间的概念实在是太抽象了。祂只能隐约感到，圆盘来自十分久远的过去，久得足以让一颗健壮的恒星诞生和消亡。那么，这个金属物体会不会一度有过生命，然后又消亡了呢？或者说，消亡的是它的创造者呢？

说到底，"消亡"又是什么？

祂又感到了那种熟悉的寒意。

圆盘分为上下两个部分，可以分开。内部藏着一块圆片，由两层黄铜薄片组成，表面镀金。圆片的两面有着相同的外表：大小不等的同心圆环绕着中央的花纹，花纹看上去就像是行星的大气，大气上漂浮着一个个微小的、由直线和曲线组成的图案。

小行星移过，恒星现出光芒，圆片上滑过炫目的金光。星孩们默不作声，看着这个小小的、古老的造物。壹觉得，这种感觉就叫作"敬畏"。

"你说，它是造来做什么的呢？"祂问。

"我猜是用来计算星星的。"贰说，"你看，如果这些图案是数学符号，那么这儿画的就是一颗恒星。"

祂指着圆盘上的一组图案。从一个圆点，放射出十五条直线，每条线旁都画有短线，似乎代表了某种频率。贰太熟悉这种计算了，早在祂还是叁万零叁拾的时候，祂就已经学会了改变行星的参数，把它们丢向恒星做对照实验。所以如今祂才能在与壹的游戏中，保持三十五比十的好成绩。

壹盯着那组图案，懂了。"脉冲星！根据周围脉冲星的脉冲频率，就可以定位中间的恒星。那其他图案又是什么意思？"

贰的精神飞速运转着，思考着一切可能性。可是那些由圆形、方形和波形组成的图案，已经超出了祂的理解范围。与其说它们是数学，不如说是……

"艺术。"壹说。

"那是什么？"贰愣了一下。壹这个家伙，总爱抛出些莫名其妙的新概念。

壹想起一代代自己在冰冻的星球上刻下波浪，引导岩浆流过大地，烙下印记。那些自己不爱说话，不爱玩耍，别的星孩都不愿意与祂们融合，生怕融出个古怪的新性格。可一旦了解了祂们，才会知道祂们曾在沉默中留下那么多美丽的印痕。

"艺术就是描绘你自己。"壹说。

贰沉吟了一会儿。壹确实有几分道理。描绘自己——圆盘上画的那组同心圆，不就像圆片的正面吗？在那底下，和圆的直径等长的那条直线，不像圆片的侧面吗？两组图案旁画着许多短线，仿佛也传达着什么信息。还有那个怪模怪样的不规则图形，不就像一旁的装置上，某个部件的俯视图和正视图吗？贰越看越信。面对你那个唯一的、奇怪的同伴，有时候你不得不服气。

"是不是要像画的那样，把这个部件放在圆片上？"祂晕晕乎乎地问。

"试试看。"壹说。

贰试了。圆盘上下分开，圆片从中飘出，闪烁着黄金之光。装置漂流于太空，缓缓打开外壳。贰牵动引力，把圆片放在装置上，把不规则部件搁在圆片上。部件的末端有一根小小的金属细条，圆片旋转，细条滑过圆片上的一道道凹槽，发出轻微的振动。祂们与装置融为一体，感受着那振动，振动流过装置，被成倍放大，在装置的每一个原子上回荡。

"声波！"贰叫了出来，"这不就是画上的波形吗？——虽然不完全一样。"

"它说话了。它说话了!"壹的心灵剧烈地闪动着。贰伸出一丝思维,抚着那颗颤动的心。一时无话,因为祂自己的心灵也在震荡个不停。

"你还说它不是个生命。"祂终于说。

壹黯淡下来。"我也希望它是。可是你想,一种有形的生命,其存在时间必然是有限的。过了这么久,如今又悄无声息,它们恐怕早就消亡了……留给我们的只有这些话语,就像我在大地上刻下的那些痕迹……"

祂收回思绪,发现贰冷不丁地熄灭了。

"怎么了?"

"那还有什么意义?"贰问,"它们存在的时候,我们从不知道,现在它们消失了,我们再也不知道它们说了点什么。到头来,还是孤零零的一个……"

祂的心飘摇不定,就像行星顶上飘荡的极光。突然间,声波改变了,忽而高,忽而低,瞬息万变,偶尔爆裂,看着似曾相识。星孩们又围了上去,不管怎么说,祂们没法抵挡这个明晃晃的诱惑。

贰贴着装置,感受着它细微的振动:"你在说什么?"

"想想看,"壹轻轻地说,"如果你是这种生命,你会怎么思考?怎么感知?"

贰费力想象着困在一副金属壳子（或者其他壳子）里的感觉，可惜祂不擅长想象。祂盯着变动的声波，说："频率从不超出这个范围。它们是不是只能感知这个范围里的声波？"

"很可能，毕竟躯体是有局限的。"壹说，"也很有可能，它们只能在某种环境中生存。"

祂指着圆片上画着的旋转的大气。

大气。意味着合适的距离、合适的体积、合适的温度、合适的化学组成。许许多多的巧合叠加在一起，才能让星球拥有稳定的大气。还有什么呢？贰揣摩着声波，觉得自己真的见过相似的波形。电闪雷鸣，地壳运动，燃烧的岩浆，铺天盖地的雨。

"岩石圈、液态水。"贰说。

同时满足这三个条件的星球可不多。许多星球在诞生时一度如此，却很快失去了大气，从此要么冰封，要么成了炎热的地狱。星孩们潜入记忆，筛选出有希望的行星，将感知扩展到极限，在茫茫宇宙中搜寻。过去没有，现在也没有完全符合条件的。祂们找到一颗被水覆盖的行星，却发现它的大气太热太黏稠，一点都不像图上画的。祂们发现一颗黯淡的恒星，周围环绕着七颗岩石行星，其中一颗有海洋和稀疏的大气，却已经逐渐冰封。祂们寻找圆盘上画的那颗星，却一无所获。

"只能这样了。"壹说。祂们小心地让装置落在那颗冰雪行星上。落在地上，而不是水里，因为祂们不确定那装置能不能在液体中运作。天寒地冻，苍白的太阳遥遥闪烁，天地间只有茫茫的冰原，和一个格格不入的黑色小点。星孩们再度启动了装置。

不一样了。

在被大气笼罩的星球表面，声音不一样了。这才是它真正的形态，被祂们发掘了出来。波形本身也不一样了，一段空白之后，强大的秩序冉冉升起。信息从四面八方来：振动中有着优美的规律，就像数学；数学中浮现出光谱，涌现出生生不息的色彩；色彩编织成时间，瞬间爆发出无穷的变化、无限的生机活力，这是拥有永恒的星孩们无从想象的。壹融化在了这个瞬间里。祂不由得相信，祂们苦寻不得的生命，就藏在这片声音的海洋中。

"你在干什么？"贰问。

壹回过神，发现自己的心灵正随着声波跳动，绕着贰画出一道道弧线。贰有点不知所措，祂发现自己受到感染，也在有规律地一闪一灭："我们在干什么？"

"我猜这是一种'本能'，是我们从记忆之源继承来的。"壹的心灵轻轻环住了贰。雪花从高天上飘落，星孩们旋转起来，附近的小行星也跟着旋转，形成了一个舞蹈的旋涡，就像给一颗看不见的行星戴上了一道闪亮的光环。

"真美。"壹说。

"什么是'美'？"贰问。

"就是让你快乐的东西。"

"你说的话我大多听不懂,"贰说,"但这句话我懂了。它们怎么能创造出这么美的东西呢?"

一望无际的光环上,无数小天体随着引力起伏。声波弱了下来,很快又重新扬起,规律却已经不同了。星孩们平静下来。

"它在说什么呢?是在描绘自己,还是在描绘宇宙?"贰问。

"或者是一种哪里都不存在、只存在于心灵中的东西。"壹说。

"如果我的心灵中也有这样的东西,那我也会感到'幸福'。"贰大胆地抛出了一个概念。不知道为什么,祂觉得壹能懂。祂们看着那个铁皮盒子,羡慕起它早已消逝的创造者来。

星孩们摸索着那张金属圆片。贰感知着那些凹槽,感受着金属细条滑行的方式。祂学着那个装置,快速地解读着圆片中的信息。各式各样的波形,迥然不同的规律,千变万化的心灵。就像降落在这个星球上的亿万冰晶,每一颗都有着自己迷人的结构。然后祂解读到圆片的反面,悚然一惊。

"壹!壹!"祂叫起来。

壹正聚精会神地听着声音。声音中似乎隐藏着景象:祂看见无可名状的寂静生命,一瓣瓣打开半透明的身体;祂看见黑夜中燃烧着火焰,沙粒贴着沙丘飞行;祂看见一颗颗陌生的心,翻涌着势不可挡的巨浪。"怎么了?"祂埋怨道,"我正观察着声音中的形象呢!"

"形象？哪来的形象？这儿有形象！"

壹跟着贰，来到圆片的反面，潜入那一道凹槽。乍一听，声音不堪入耳，可贰一解读，壹就像这颗苦寒星球一样冻住了。原来这波形不该转化成声音，而该转换成形象，形象显现在壹的心灵中 —— 一个长方形，中间有一个圆。

再明白不过了。这是数学。

"我们能听懂它们了。"光明从壹的心尖滴落。

白色的背景上，一个圆点放射出十五条直线，每条线旁都画有短线 —— 正是圆盘上的那幅恒星位置图。右边是一幅黑色背景的图画：一个旋涡星系。

"玫瑰。"贰喃喃道。

"什么？"壹问。

贰逆流而上，拾起那段记忆。"我还是玖亿零贰佰肆拾柒的时候，在离这儿很远的地方，见过这个星系……我给它起名叫'玫瑰'。"

"'玫瑰'是什么？"

星孩们不会遗忘，也不会混淆，祂们从不给天体起名字，顶多给它们编上用于计算的代号。所以壹听到贰说出一个名字，就像听到了一个秘密。

"我不知道……也许这也是个来自记忆之源的词语吧。我只知道它指的是美丽的东西。我觉得那个星系很适合这个名字。"

贰的心灵悄悄地缩小了。壹觉得这可以叫作"害羞"。

"那么，'玫瑰'在哪里？"壹问，"它画在那幅星图旁边，说明它很可能就在那颗恒星边上。找到了它，我们就能找到那颗恒星。"

贰沉默了。

"找不到了，"祂说，"再也找不到了。'玫瑰'已经撞上了它的邻居，融成了一个新的星系。那些脉冲星一定已经被搅得一团糟，没法指路了。就算找得到，在星系碰撞中，那颗恒星也未必能幸存。"

太遥远了。壹看着星图，又看着贰，觉得一切就像火焰在水中的倒影，近在眼前，却遥不可及。

下一幅图中，小圆点有规律地排列着。一个、两个、三个，一旁是反复出现的直线和曲线。下一幅、再下一幅，还是那些直线和曲线。没错，这是数学，这些奇妙的生物正在教给祂们一种赖以沟通的语言。"这是数字，这是计算，这是时间、质量和长度，这些都可以用一个氢原子跃迁的时间和它吸收的波长来换算。"贰说。

"这又有什么意义？"壹问。

"什么'什么意义'？"

"它们告诉我们，它们来自一个有九大行星的恒星系，来自其中的第三颗行星。告诉我们行星的直径、距日距离、质量和自转周期。告诉我们这些，就好像期待着我们的回应。可它们怎么知道就有回应？怎么知道回应的时候，自己还存不存在？既然如此，又为什么要白费力气？"

贰被问倒了。另一种生命徒劳地展示着它们的恒星、恒星的耀斑、密密麻麻的陨石坑、浓云密布的巨行星。其中一幅与众不同，是用多种颜色表示的，多彩的横条上分布着黑色的细线 —— 一颗黄矮星的光谱。

"这是它们看到的光。"贰说。

"它们看到的或许比这还少。"壹说，"我们也要学着这样去看。"

于是祂们限制了自己对光的感知。宇宙立刻安静了下来。

听不见，看不见，感受不到。事物纷纷从心中溜走，宇宙成了一个牢笼，到处都是未知的黑暗。星孩们不禁打了个哆嗦。贰想起自己记忆尽头的迷雾，不由得同情起这些生命来。可是声波把祂唤醒，让祂回想起自己有多么羡慕。两相夹击之下，祂想到 ——

"因为它们渴望。"祂说，"因为它们有限，才会渴望自己得不到的东西。它们不介意白费力气，因为这是它们唯一能做的，所以才能在有限中创造出无限 —— 而我们连'渴望'是什么都不知道。"

我知道，贰想。你不知道吗？

一颗蓝色的星球滑过祂们的心灵。图像模糊，但仍可辨认。白色的云层在空中舒卷，棕色的大陆悬浮在海洋之上，正和圆片上画的一样。更多的蓝，河流蜿蜒入海，星星点点的云在空中织成云锦。星孩们从没见过这样的星球：美丽、辽阔、充满生机。

"它很快乐。"贰说。

壹的心中泛起闪光的涟漪，祂并不想纠正贰的用词。祂想为这个星球发明一个新的词语，却久久说不出话，只能回想起一些遥远而甜蜜的东西。

"我也想快乐。"祂说。

祂们慢慢读懂了那些弯弯曲曲的符号。分别带有一个、六个、七个、八个、十五个质子的氢、碳、氮、氧、磷元素，组成了一个个不断延展的多边形，进一步合成更复杂的结构，最后连成两条旋转的长链。这飘逸的螺旋不知怎地又变成了精密的躯体，有坚硬的部分，也有柔软的部分，奇形怪状，复杂至极。长形躯体在前后两端分叉，形成五个分支，顶端的几乎是个球形，另外四个又各自在末端生出五个枝节来。虽然是同一种生物，不同的个体又有着微妙的差别。计时开始了，一种个体（"雄性"）的一部分和另一种个体（"雌性"）的一部分相结合，产生了奇妙的反应。在一个雌性个体的体内，逐渐形成了一个小型的个体。在第两千两百九十八万两千四百"秒"，一个个体伸出它的五个分叉，把小型个体扯了出来。

"这就是它们的融合？"壹问，"可它们的思维没有进化，力量没有变强，估计连记忆也没有继承，仅仅是增加了数量。新生的个体显然很弱小，还需要其他个体的照顾。那融合又有什么意义？"

贰看着那些幼小的个体，它们用下肢贴近地面，围成一圈，凑近彼此。不知道为什么，祂觉得这情景有点熟悉。

它们一定很害怕，祂想。被孤零零地抛到这个宇宙中，既没有过去的记忆，也不知道未来是什么。就连现在也只有——祂解读着图上的符号——八十"年"。八十年？祂换算着时间，却毫无概念。难怪它们要增加数量，这样就可以彼此取暖。难怪它们要呼喊，哪怕只是徒劳，只要能找到一个同伴也好，就像祂紧抓着壹不放一样……

另一种生命正在对想象中的同伴倾诉。它们讲述着流淌着液态水的蔚蓝星球，布满了山川、沙漠、白雪和星孩们从未见过的绿色物体，也许那也是一种新的生命。各式各样的生命洒满了大地，笔直向上的，挤挤挨挨的，片片飘落的。在空中浮游的，在水中跳跃的，同样拥有"躯干""四肢"和"头部"却在地上横行的。当然还有那种奇妙的生命，用下肢站立，用上肢抓握，无处不在，变幻多端。热闹，太热闹了，但贰知道它们仍然没有找到第二种生命，可以听得懂它们的心。

我们懂。但它们不可能知道了。

"也许我们知道。"壹突然说。

"什么？"贰回过神来。

"也许我们见过它们，也许我们去过这颗星球，只是忘了。"壹说。

"怎么说？"

壹指着一种反复出现的生物。每次出现，它都多少有点不同，但总是围绕一个中心，放射状或螺旋状地展开它柔软的躯体。壹看看天空中落下的冰晶，觉得两者有些相似。"我总觉得见过它们。那些声波中也有它们……"

怎么可能。贰细细观察着它们，观察着它们漫山遍野、千变万化的模样。看着"另一种生物"将它们采集起来，置于头上。也许是有点熟悉。声波中又有什么？祂浸入其中。祂成了风暴与烈火，在落日前飞翔，在巨石间奔流、冲撞，从高崖上跌落，碎成一片片水花和无数细密的水珠……一阵轻响，祂依稀看到了那种生物的回声，散发着光和芬芳……

"花。"一个词从贰的心中浮现。

壹惊讶地看着祂。

像花一样，另一种生物绽开它们有五个分叉的末端。它们用它 —— 姑且称之为"手"吧 —— 抓握、表达和创造。它们舒展柔软的躯体，行走、跳跃和舞蹈。它们用头部的器官摄入水和其他生物 —— 显然它们不像星孩那样以星光为食。它们点燃了火，驯服了它，用它驱赶寒冷与黑夜。它们用土石和某种高大生物的残骸，建成一个个由三角锥、长方体、半球形组成的奇怪物体，藏身其中。它们用金属制造了各种器具，其中有许多小小的长方体，在平坦的"道路"上移动。真是可怜，它们不得不一路移动躯体，才能够来到另一个坐标。为了移动，它们开辟了跨越海峡的金属道路，制造出带翼的金属物体，乘风而上。圆柱体喷出遮天蔽日的巨焰，一个身披白色外壳的个体在星球之外飘浮。

"它们来见我们了。"壹说。

"可惜见到我们的并不是它们。"贰看着金光闪闪的圆片。

另一种生命找到了跨越时间的方法。它们抓着一种细小的工具，在平面上留下记号。那些弯弯曲曲的符号，星孩们一个也读不懂，但祂们知道这是一个种群的记忆。另一种生命握着一种修长的器具，去触碰弧形物体上细细的弦。于是，声音产生了。

壹听着最后的旋律。它开放，就像一朵花竭力向上。它落下，在黑夜中留下一个高贵的涟漪。它是奏给谁的？不知道，反正不是祂。可它还是用忧伤把祂灌满，让祂与早已消逝的弦一起轻轻颤抖。为什么，难道悲伤也可以成为美吗？

壹转向贰，发现祂也动弹不得。

"音乐，这是音乐。"贰说，"最后一幅图上记载的就是这首曲子。"

祂在说什么？壹紧盯着那颗快要燃烧的心。

"我听过这首曲子。"贰说。

祂没有解释，径直潜入自己的心灵，它像恒星一样白炽。祂聚集起自己的每一丝能量，箭一样钻入记忆的最深处。漫长的生命中，祂第一次感到了自己的渺小：一代代自我，无数个拾陆、叁佰柒拾伍、拾叁万肆仟陆佰捌拾柒，乃至根本不能以十进制命名的自我，就像亘古的地层，像亿万年电光闪烁的乌云压在祂头顶。祂提心吊胆地在乌云间飞行，提防着重重叠叠的自我，追寻着在云层尽头闪烁的东西。有什么轻盈地从身边滑过，也许那就是祂消失的记忆。

乌云的尽头只有一个空洞。

那是记忆的坟场，弥漫着记忆的幽灵。无可计数的概念模糊地舞动，一个巨大的存在凌驾于一切之上。就像是梦，如果祂知道梦是什么的话，一靠近，它们就银光闪闪地溜走了。贰感到亲切，又感到恐惧。祂本以为能找到自我的谜底，却只找到了一片断墙残垣。祂感到自己也在一片片崩解。过去、未来，他全都没有，只能和这些幽灵一起，永远迷失在当下的迷宫中。

光芒熄灭了，贰摇摇晃晃地回到现实。

"我再也不会快乐了。"祂想。

壹紧盯着祂，不敢触碰，也说不出话。贰看着那颗焦灼的心，一瞬间有些迷惑。电光亮起，祂突然明白，在最深处，那颗心和自己是一样的。

和我一样孤独。

也许我将不再害怕。

"请让我看到你的心。"贰说。仿佛等待已久，壹向祂敞开了思维。

记忆的丝线互相缠绕，意识的光芒轻轻碰撞。帷幕拉开，在这一刻，祂们终于看见了世界的全貌。一个早已消逝的新世界，在黑夜的底色上闪闪发光。大气幻觉般浮动，蓝色的星球缓缓转过脸。金黄、草绿、雪白和深蓝，在眼前一一闪现。旋律还在流淌，壹和贰手拉着手，在星球上空漂浮。小小的生命写下短暂的历史：捕猎、耕耘、迁徙、征战、创造、毁灭、仇恨、相爱。黑夜中亮起无数个光点，那是无数盏微小的灯，每一盏都是一颗心，每一颗都轻轻颤抖着，渴望着另一只手的抚摸。

"想起来了？"贰说。祂们对视着，随着弦的每一次振动而震颤。

"想起来了。"壹说，"他们就是我们。这是贝多芬。"

星孩在天河边缘打弹子球。胜负很快就要见分晓。双方只各自剩下一颗恒星，和几颗孤零零的矮行星，眼看着贰就要和往常一样赢定了。

贰盯着矮行星封冻的表面。壹知道祂在想念什么。

"到最后，我们还是没有找到同伴。"贰说。

"你难过吗？"壹问。

"有一点。"贰说，"不过不要紧。"

成败在此一举了。贰操纵着引力，把恒星对准矮行星，凝神一击。蓝巨星呼啸着最后的火焰，笔直地冲向红巨星，撞出了一颗超新星。

"贰！"壹失声喊道。

一切沐浴在光辉之中。星星的残骸变成了天堂，尘埃和气体变幻如海底的天光。斑斓的潮水涨起，波动如蝴蝶的翅膀，天蓝、玫瑰红和金黄的仙乐在四面八方回荡。宇宙的角落里，绽开了一朵微小的花。

"我输了。"贰平静地说，"引力把我们连在了一起。"

祂们注视着彼此。

"从今后不会有我，不会有你，只会有我们。"贰问，"我们之后又会有什么呢？"

"我不知道。"壹说，"但我们会知道的。"

贰绽放出一个人类的微笑，走进壹的心中。

现在，没有贰，也没有壹了。只剩下了孤零零的一个祂。祂在群星的育婴房中躺下，回味着那一首摇篮曲。我们终归孤独。我们并不孤独。

图书在版编目（CIP）数据

忘却的航程 /刘慈欣等著 ．—北京 :北京理工大
学出版社，2024.3
　（科幻硬阅读．牧星人）
　ISBN 978-7-5763-3382-4

　Ⅰ．①忘… Ⅱ．①刘… Ⅲ．①幻想小说 - 小说集 - 中
国 - 当代 Ⅳ．① I247.7

中国国家版本馆 CIP 数据核字（2024）第 031793 号

责任编辑：时京京　　　**文案编辑：**时京京
责任校对：刘亚男　　　**责任印制：**施胜娟

出版发行 / 北京理工大学出版社有限责任公司
社　　　址 / 北京市丰台区四合庄路 6 号
邮　　　编 / 100070
电　　　话 / （010）68944451（大众售后服务热线）
　　　　　　（010）68912824（大众售后服务热线）
网　　　址 / http:// www.bitpress.com.cn

版 印 次 / 2024 年 3 月第 1 版第 1 次印刷
印　　　刷 / 三河市华骏印务包装有限公司
开　　　本 / 880 mm×1230 mm　1/32
印　　　张 / 10.625
字　　　数 / 208 千字
定　　　价 / 46.80 元

科幻不是目的，思考才是根本。
科幻小说是献给那些聪明的头脑和有趣的灵魂的一份礼物。
喜欢科幻的书友请加科幻QQ一群：26725844，QQ二群：869132197。